Umberto Eco

树 Costruire il nemico 敌

e altri scritti occasionali

[意] 翁贝托·埃科 著

李婧敬 译

上海译文出版社

目录

序

这部文稿原本以《偶谈集》命名。后来，出版社担心如此朴素的名字难以引起读者的注意，倒是第一篇文章的题目还算值得玩味。他们的顾虑不无道理，于是《树敌》最终成为本书的书名。

何谓“偶谈”，这类文章又有何特点呢？偶谈是作者原本无意创作，而应他人要求就某一话题撰写的发言或文稿。这些主题能够促使或引导作者对某些他原本会忽略的问题进行思考——相对于自己脑子里冒出来的奇思异想，这些来自外界推动的反思往往更丰富些。

偶谈的另一特点在于它用不着不惜一切代价地标新立异，只要能娱乐交谈的双方即可。总之，撰写偶谈是一种巴洛克式的修辞学练习，就像罗克萨娜向克里斯蒂安（实际是通过他向西哈诺）提出的挑战——“跟我谈谈爱”。

我在每篇文稿（都是近十年间撰写的）的题注都记录下相应的日期和写作缘由。其中，最能突出偶谈性质的两篇是《绝对与相对》和《火之炫》。这两篇发言稿曾在米兰艺术节的晚间主题活动中被宣读。当年，关于相对主义的争论正盛，米兰艺术节恰好是一个探讨绝对主义的大好机会。至于那篇《火之炫》，则更是典型的偶谈了，我绝不会无端谈起那个（烫手的）话题来寻开心。

《天堂之外的胚胎》是二〇〇八年的一篇会议发言。当年，在博洛尼亚召开了一次关于医学研究道德准则的会议。后来，这篇文稿被收录进弗朗西斯科·加洛法罗[①]主编的《医学研究的道德准则和欧洲的文化特征》（博洛尼亚，克鲁埃博出版社，二〇〇九年）。《四十年后的六三学社》成为了一次会议的举办契机。那次会议也在博洛尼亚召开，议题就取自这篇文章的标题。

对雨果极致派文风的思考取材于三篇不同的书面及口头发言稿，而关于虚构天文学的文字游戏则曾以两个不同的版本“觍颜”出现在两场会议中，一场关于天文，另一场关于地理。

《寻宝》糅合了关于该主题的多篇文章，《发酵的美味》则在一次关于皮耶罗·坎波雷西[②]的会议上被宣读。

《电视女郎与保持缄默》是发表于二〇〇九年意大利符号学协会大会上的一篇即席演说。

还有三篇纯属自娱自乐的文章，分别发表在三期《藏书者年鉴》上，其主题也与当年的年鉴主题相呼应：《既入乡，则随俗》——“寻找新乌托邦群岛”、《我是爱德蒙·唐泰斯!》——“消遣于青葱岁月的阅读”、《〈尤利西斯〉：我们的惦念》——“迟来的评论”。另外，二〇一一年的《藏书者年鉴》还刊登了《岛屿缘何总难寻》，这篇文章改写自二〇一〇年的一篇会议发言稿。会议的举办地点为卡洛福泰，议题为群岛。

《关于“维基解密”之反思》改编自两篇文章，一篇发表于法国《解放报》（二〇一〇年十二月二日），另一篇发表于《快报》（二〇

① Francesco Galofaro，意大利符号学学者。
② Piero Camporesi（1926—1997），意大利历史学家和人类学家。

一〇年十二月三十一日）。最后，回到本书的开篇之作《树敌》，它曾在伊瓦诺·迪奥尼基[①]组织的博洛尼亚大学经典作品朗读晚会上被宣读。如今，詹·安东尼奥·斯特拉[②]在他那部三百多页的《黑人、同性恋、犹太人及其他：针对“他者”的永恒之战》中就此话题进行了精彩的阐述，与之相比，我这二十多页文字可谓相形见绌。不过话说回来，把它扔进垃圾桶未免也有些可惜，毕竟我们一直在不停不休地树敌。

① Ivano Dionigi（1948—　），意大利博洛尼亚大学校长、拉丁语学者、博洛尼亚科学院成员、西塞罗研究中心成员。

② Gian Antonio Stella（1953—　），意大利《晚邮报》记者、作家，以其政治、经济和社会类报道而著称。曾获得多个新闻报道和记者奖项，包括一九九七年度伊斯齐亚新闻奖、二〇一〇年度巴尔齐尼奖和圣文森特奖等。《黑人、同性恋、犹太人及其他：针对“他者”的永恒之战》是一部论述种族主义和排他主义的作品。

树 敌*

几年前，我曾在纽约遇到一个名字十分拗口的出租车司机，他说自己是巴基斯坦人。随后，他问我从哪里来，我说意大利。他又问起意大利有多少人，当他得知意大利的人口竟如此之少，且官方语言并非英语时，显得十分震惊。

最后，他问我谁是意大利的敌人。我问"什么?"，他耐心地向我解释说他想知道这几百年来意大利在和哪个民族打仗，不管是为了领土争端、种族仇恨，还是边界侵略等其他原因。我说我们没和任何民族打仗。他耐着性子，继续向我解释他想知道谁是我们的宿敌，也就是那些曾经和意大利人相互残杀的民族。我再次重申我们没有这样的敌人。最近的一场战争发生在半个多世纪以前，即使是在那场战争里，最初的敌人和最终的敌人也并非同一个民族。

他对我的回答很不满意。一个民族怎么可能没有敌人呢？下车时，我为本民族这种麻木的和平主义多给了他两美金的小费。结果刚一下车，我就突然意识到刚才本应这样回答他：意大利人并非没有敌人，但却不是外来的敌人。他们根本无法在"谁是敌人"的问题上达成共识，因为他们总是在内部持续地争斗：比萨和里窝那斗，归尔甫党和吉伯林党斗，北方派和南方派斗，法西斯分子和反法西斯游击队斗，黑手党和国家斗，政府和法院斗——只可惜当年还没发生两届普罗迪政府的倒台事件，否则我还可以向他好好解释一番什么叫在盟友的"火力支援"下打败仗。

不过细细想来，我的确认为我国最大的不幸恰恰就在于近六十年来，我们不曾有过真正的敌人。意大利的统一得益于奥地利人的存在，或者如白尔谢[①]所说，得益于"粗野且令人生厌的日耳曼人"；而墨索里尼则是通过一战时期"残缺的胜利"[②]、多加里战役和阿杜瓦战役之辱以及犹太式的富豪民主所强加于意大利的不公正裁决才成功激起了国民的复仇情绪。且看当伟大的敌人苏联解体，"邪恶帝国"逐渐消失之时，在美国出现了怎样的局面：他们的救世主身份濒临崩溃，直到本·拉登出现时才得以缓解；后者对美苏对抗时期从美国所受之恩惠念念不忘，终于在这关键时刻向美国伸出怜悯之手，为布什政府提供了树立新敌，从而提升民族凝聚力及巩固自身权力的绝好机会。

拥有一个敌人不仅对确立自身身份有着重要意义，同时也意味着获得一个对照物，用来衡量我们的价值体系，并通过与其对阵来突显自身的价值。因此，当这样的对立者不存在时，就需要人为地树立一个敌人。我们不妨看看维罗纳的光头党在此事上所表现出的"慷慨的灵活性"：凡不属于本团体的任何其他团体都被看作是他们的敌人。所以说，我们今晚探讨的主题并非简单地"识别对自身具有威胁性的敌人"，而是制造和定义敌人的过程。

在《反喀提林演说四篇》中，西塞罗本不需要对敌人的外表进行描述，因为他已经掌握了喀提林阴谋叛变的证据。然而，在进行

---

* 本文曾在2008年5月15日博洛尼亚大学经典作品朗读晚会上宣读，后被收录入由伊瓦诺·迪奥尼基编著的《政治颂歌》（米兰，布尔出版社，2009年）。——原注

① Giovanni Berchet（1783—1851），意大利浪漫派诗人、文艺理论家。

② 加布里埃尔·邓南遮语，指意大利虽然是战胜国之一，但却没有获得任何实际利益。

第二次演说时，他却特意将喀提林盟友的嘴脸描绘了一番，将其卑劣形象影射到核心人物喀提林的身上。

> 一群在夜宿宴会的家伙，与厚颜无耻的女人纠缠不清，沉迷于酒池肉林，头戴花环、涂脂抹粉，被女色折腾得萎靡不振，还口出狂言要屠杀忠诚的市民，将城市付之一炬……他们就在大家眼前：头发一丝不乱，胡须修得整整齐齐，身着齐脚面的长袖衣衫，披着面纱，而不是裹着长袍……这些表面如此精致儒雅的“少年”不仅学会了唱歌跳舞、谈情说爱，还学会了捅刀子、下毒药。

西塞罗有着与奥古斯丁相同的道德伦理观，都十分鄙视异教徒。因为他们与基督教徒不同，常常流连于马戏场、剧院和露天剧场，以及庆祝酒神节。由此看来，敌人是与我们不同的人，他们遵循有别于我们的习俗。

外族人就是一种典型的异类。早在古罗马时期的浮雕作品中，蛮族人就总是以一副胡子拉碴和塌鼻的形象出现。众所周知，就连“蛮族人”这个词本身都在影射外族人在语言及思维上的缺陷①。

然而自古以来，在大多数情况下，这些异类被我们当作敌人，并非由于他们构成了直接威胁，而是由于他们中的一些代表显示出某种威胁性——虽然并没有直接威胁到我们。这也就意味着不是威胁性突显了差异性，相反，是差异性成为了威胁性的标志。

---

① 蛮族人一词的意大利语为“barbaro”。该词是一个拟声词，来自 balbutire（意为结巴，口吃）。因此，该词原本用于形容那些说话含混不清的人。

请注意塔西佗如何形容犹太人："我们认为神圣的一切，在他们看来都是世俗的，我们认为肮脏的一切，在他们看来都是合法的。"（这话不禁让人联想起英美人对法国人食用青蛙以及德国人对意大利人滥用大蒜的厌恶。）犹太人是"古怪"的民族，因为他们不吃猪肉，做面包时不放酵母，在第七日无所事事，只在他们的族群之间通婚，出于"特立独行"的心理需要而非卫生或宗教原因（请注意这一点）实行割礼，对死人实行土葬，还不崇拜我们的皇帝。一旦他们在实际生活中表现出某些有别于我们的习惯（如实行割礼、守安息日等），这类说法也就越发夸大其词，变成了传闻（如供奉毛驴的肖像，污蔑父母、子女、兄弟、祖国和神灵）。

在对待基督徒的问题上，小普林尼[①]并没有找到具有实质意义的控诉要项，因为他不得不承认基督徒非但没有犯下任何罪行，反而一直在行善积德。可他最终还是将他们统统处死，理由就是因为基督徒不供奉罗马皇帝。这样一种明显而本能的拒绝行为显示了他们的"差异"所在。

另外，随着不同民族间接触的增加，新型的敌人已不仅仅是处于我们的群体之外、在远隔千里的地方显示其差异的人群，还包括那些处于我们内部的人——我们之中的人。就好比今天的非欧移民。从某种程度上说，他们的行为与我们不尽相同，也说不好我们的语言。在尤维纳利斯[②]的《讽刺诗》里，他们就是狡猾奸诈、厚颜无耻、好色淫荡、有胆子跟朋友的祖母上床的希腊佬。

黑人由于其独特的肤色而成为所有种族的异类。在一七九八年美国的第一版《不列颠百科全书》中，我们可以读到针对"黑人"一词的如下描述：

---

① Gaius Plinius Caecilius Secundus（61—113），古罗马作家。112 年前后担任小亚细亚执政官，期间主持审问基督徒。

② Decimus Junius Juvenalis（55 至 66—约 127），古罗马诗人、修辞学家。

不同黑人的肤色也有细微的深浅差异；但他们的面部特征都无一例外地与其他人种有着明显的区别。他们的脸颊圆，颧骨高，额头微突，鼻子短、宽且扁，嘴唇厚，耳小，总之外貌丑陋奇异。黑人妇女的腹部下垂，臀部丰厚，身材类似于马鞍形。这个不幸的人种天生就带有如下恶习：懒惰、不忠、记仇、残忍、无耻、狡诈、欺骗、下流、分裂、卑鄙、放荡，这些低劣的品行令他们无视自然法则，同时丝毫感受不到良心的谴责。他们不知同情为何物，是人类腐化堕落的可怕典型。

黑人是丑陋的。敌人必须丑陋，因为只有好人才配拥有美丽（“身心至善”的观点）。美丽的根本特征之一是在中世纪时被称为*integratis*①的品质（即全方位具备代表某一种族平均素质的所有特征。因此，对于人类来说，肢体残缺、眼睛残缺、身高低于平均标准或呈现出“非人类”的肤色，这些情况都属于丑陋的范畴）。这样一来，对于像独眼巨人波吕斐摩斯和侏儒迷魅这样的人物，我们立刻就会把他们当成敌人的典型。公元五世纪时，帕尼翁的普利斯库斯②曾把阿提拉③描写成身材矮小、阔胸大头、眯缝眼睛、胡子稀疏灰白、鼻子扁平、（最重要的是）皮肤黝黑的家伙。有意思的是，五个世纪之后，在拉乌尔·格拉贝④的眼中，阿提拉的面容则更加接近魔鬼：身型瘦弱、脖颈歪斜、面容苍白、眼窝青黑、额头千沟万壑、鼻子扁塌、嘴巴前突、嘴唇浮肿、下颌尖削、留着山羊胡子、耳朵多毛且呈尖形、头发粗硬而蓬乱、牙齿如犬牙般参差不齐、头骨狭长、鸡胸驼背（《编年史》）。

---

① 拉丁语，完整、完善。

② Priscus of Panion（420—471），拜占庭帝国的历史学家。其作品《历史》具有极高的可信度和价值，作者在该书中描写了自己出使匈奴帝国时在阿提拉王宫的种种经历。

③ Attila（406—453），古代欧亚大陆匈奴人的领袖和皇帝。

④ Raoul Glaber（985—1047），法国修士、著名编年史学家。

公元九六八年，当克雷莫纳的柳特普兰多主教[①]奉神圣罗马帝国皇帝奥托一世之命前往拜占庭担任使节时，面对完全陌生的文明，他也曾将拜占庭人视为缺乏“完善”品质的民族（《君士坦丁堡使馆报告》）：

我站在尼基弗鲁斯一世[②]面前，他的相貌极其古怪，身材矮小的俾格米人，脑袋却硕大无比，眼睛眯缝得像只鼹鼠，配上那一大堆又短又厚的灰白胡子，就显得更加丑陋。他的脖子只有一根手指那么长……他是个黑人，看着他的肤色，你就不会愿意在深夜里遇见他。他大腹便便，臀部却很干瘪，大腿长得与他的身材很不相称，小腿却短得可怜，脚部扁平。他穿着一件乡巴佬式的衣服，由于穿得太久，已经旧得褪色，而且臭气熏天。

“臭气熏天”。敌人总是散发着臭气的。例如，在第一次世界大战爆发之初，某个叫贝里永的作家曾写过一本书，名为《德意志种族的巨大排便量》（一九一五年）。他在该书中称一个普通德国人排出的粪便量比法国人更多，且气味更加难闻。如果说拜占庭人臭气熏天，那么，菲里克斯·法布里[③]在《耶路撒冷、阿拉伯及埃及的朝圣者》（公元十五世纪）一书中所描写的撒拉逊人的气味同样令人难以忍受：

撒拉逊人的身体会散发可怕的恶臭，因此，他们会不间断

① Liutprando da Gremona（920—972），意大利历史学家、主教和神圣罗马帝国的外交家。

② Nikephoros I（约 750—811），拜占庭帝国皇帝，802—811 年在位。

③ Felix Fabri（1441—1502），德国多明我会修士，一生中曾两次前往耶路撒冷朝圣，并创作了两部游记。第一部用德语写成，篇幅较短。第二部以拉丁语写成，其中详尽描述了所到之处的种种见闻。

地进行各种各样的清洗；由于我们没有体臭，他们并不介意与我们共同沐浴。但他们对于犹太人却没有如此宽容，因为犹太人的体味比他们更加难闻……所以说，臭烘烘的撒拉逊人很喜欢与像我们这样没有体味的人待在一起。

在朱塞佩·朱斯蒂[①]的笔下，奥地利人的体味也不好闻（还记得那句“阁下，您因我艴然不悦，只为那寥寥几句戏言”[②] 吗）：

我走了进去[③]，那里站满了士兵，
他们来自北方，
可能是波希米亚或克罗地亚，
却杵在这儿，活像葡萄园里的木桩。
……
我不由后退，因为站在当中
我不否认，从那群乌合之众的身上
我闻见令人憎恶的气息
那您出于本职而感受不到的气息。
散发恶臭的衣服令人闷热难耐，
对不起，阁下，我猜那是牛脂的臭味
蔓延在天主高贵的家，
直至大圣坛上的烛台。

最臭的莫过于吉卜赛人了，正如龙勃罗梭[④]所说，他们“以腐烂

---

① Giuseppe Giusti（1809—1850），意大利诗人。
② 摘自朱塞佩·朱斯蒂的诗歌《圣安布雷佐》。
③ 指走入圣安布雷佐大教堂。
④ Cesare Lombroso（1835—1909），意大利犯罪学家、精神病学家。

的动物尸体为食”（《犯罪人论》，一八七六年）。另外，在《俄罗斯之恋》中，詹姆斯·邦德的女对手罗莎·克列伯也散发着体臭。她不仅是个苏联人，还是个同性恋：

> 塔迪娜打开门，站在那里，目光与坐在圆桌后的那个女人相对，在屋顶中央灯光的照射下，她猛然想起自己曾在哪里闻到过那股气息。那是一个炎热的夏日，莫斯科地铁站里的味道，庸俗的香水掩盖着牲口般的恶臭。在俄罗斯，人们不管洗没洗澡，都爱一个劲儿地往身上抹香水，尤其是在没洗澡的时候……
>
> 卧室的门开了，那个“克列伯”出现在门口……她穿着一件透明的橙色双绉纱睡衣……膝盖从睡衣的中缝处探了出来，粗糙得好似黄色的椰子。她的膝盖微微前倾，摆成了一个经典的模特姿势……罗莎·克列伯摘下了眼镜，往自己脸上涂了一层厚厚的粉底和胭脂……随后，她轻轻倒在一旁的沙发上。“亲爱的，把中间的灯关了，开关就在门旁边。然后坐到我身边来，我们俩得好好地相互认识一下。”

很久以来，至少从基督教诞生开始，犹太人就是呲牙咧嘴并且恶臭难当的，他们的典型就是敌基督。因此，他们是基督教的大敌，不光是我们的敌人，也是上帝的敌人：

> 这就是他们的面孔：脑袋像燃烧的火焰，右眼红得像血，左眼绿得像猫。他们有两个瞳孔，眼皮是白色的，下嘴唇很大，右腿骨孱弱，脚大，拇指又扁又长。（《我主耶稣基督的古叙利亚圣约书》，公元五世纪）

敌基督将在犹太人之中降生……如所有人一样，他有父亲和母亲，但他的母亲却不是我们所说的处女……在那个女人受孕之初，恶魔就钻进了她的子宫，由于恶魔的存在，他在母亲的子宫内汲取营养，而恶魔的能量也将永远伴他左右。（蒙捷昂代尔的阿德索，《关于敌基督的降生及其时间》，公元五世纪）

他将长着两只火眼，毛驴的耳朵，狮子的鼻子和嘴，因为他将在烈火和最无耻的矛盾之声中让人们做出最为罪恶的疯狂之举，唆使他们无视上帝，在他们之间散布最恐怖的恶臭，用贪婪的行为瓦解教会组织，随后摆出一副狰狞的面孔，露着可怕的铁牙冷冷地奸笑。（宾根的希尔德加德，《认识主道》，公元十二世纪）

如果说敌基督将在犹太民族中诞生，那么他的形象就会不可避免地对犹太人造成影响，这一点无论是在世俗排犹主义、宗教排犹主义还是在十九至二十世纪的资产阶级排犹主义中都有所体现。我们从面容开始说起：

通常来说，他们的面色青黑，长着鹰钩鼻子，眼窝深陷，下颌前突，说话时嘴部动作夸张，肌肉剧烈紧缩……不仅如此，他们还总会染上与血液有关的恶疾：从前是疟疾，如今是类似的坏血病、淋巴结核、出血症……有人说，犹太人身上常常会散发恶臭……还有人把其中的原因归结于犹太人常吃洋葱、大蒜等具有刺激性气味的蔬菜……更有甚者认为犹太人酷爱鹅肉，由于这种食物含有大量黏性粗糖，才导致这个民族的气色显得格外青黑阴郁。（亨利·格雷古瓦，《论犹太人肉体、道德和政

治的复兴》，一七八八年）

一段时间以后，瓦格纳又从语音和表情等方面对犹太人的“肖像”进行了一番添油加醋的渲染：

犹太人的外貌十分古怪，比起其他各个方面，怪异的外表让这个民族显得尤为可恶：谁都不想与一个有着如此相貌的人发生任何关系……我们无法想象由一个犹太人来扮演任何古代或现代的英雄或美男子，否则一定会情不自禁地感到别扭甚至可笑……最让人难受的莫过于犹太人标志性的怪异口音……他们说出的那些咝咝啦啦而又尖利的词语让我们的耳朵备受折磨。他们奇特的遣词造句方式简直与我们的标准语言背道而驰……听他们说话的时候，我们会不由自主地把注意力集中在他们讲话的方式上，却听不进具体的内容。也正是因为这个原因，我们对于犹太音乐才会有如此糟糕的印象。听一个犹太人说话，你会感觉通篇充斥着非人的表达方式……自然而然，作为最能真切表达个人情感的方式，犹太人的歌声就成了他们这种与生俱来的枯燥秉性的最典型代表。你可以说犹太人具有各种各样的艺术天赋，除了唱歌——因为他们天生就是五音不全的民族。①

希特勒以更为优雅的方式表达了一种接近于嫉妒的情绪：

我们应针对年轻人的着装加强教育……假如我们目前没有

① 理查德·瓦格纳：《音乐中的犹太主义》，热那亚，艾菲比出版社，1850 年。——原注

忽视对于形态美的教育，就不会有成百上千的年轻女子被长着罗圈腿的犹太小混混迷得神魂颠倒。[①]

从面容到服饰，犹太人的敌对形象就这样被塑造起来：他们残杀幼儿，嗜血解渴。这样的形象很早就出现在乔叟的《坎特伯雷故事集》中。书中讲述了一个少年的悲惨经历。这个少年与特伦托的圣西蒙尼诺[②]十分相似，当他唱着"大哉救主之母"经过一个犹太人居住区时，遭到了犹太人的绑架。后来，犹太人割断了少年的喉咙，把尸体扔到井里了事。

犹太人残杀少年、嗜血解渴的习俗有着十分复杂的历史根源。因为在基督教的内部敌人——异端分子——之中，这种习俗也早已存在。以下文字便是佐证：

夜晚，当人们点亮灯光，享受欢乐时光时，他们却会把一群少女带到某所房子里，参加他们的秘密仪式。在仪式中，他们熄灭灯光，因为他们不愿光亮见证接下来即将发生的丑事。这群男人随机在少女们身上发泄兽欲，哪怕她们是自己的姐妹或女儿。事实上，他们认为这种违反圣规、与血亲发生乱伦关系的行为能取悦魔鬼。仪式结束，这群人各自回家，待九个月之后，乱伦之子降生的时刻，他们将在同一所房子里再次集会。在这可怜孩子出生的第三天，这些男人会活生生地把他们从母亲手中抢走，用无比锋利的尖刀刺穿其柔软的身体，将喷涌而出的血液收集在酒杯之中，再把气息尚存的孩子投入火中烧死。随后，他们把残余的灰烬与酒杯里的血液相混，制成一杯可怕

---

① 阿道夫·希特勒：《我的奋斗》，米兰，彭皮亚尼出版社，1934年。——原注

② Santo Simonino di Trento，意大利特伦托的一个孩童，1475年复活节遭到犹太人绑架并被杀害。

的混合饮料，偷偷地洒在食物和饮品中，好似往蜂蜜中下毒药。这就是他们的圣餐。①

有时，敌人被看作是低人一等的群体，所以显得怪异又丑陋。在荷马的笔下（《伊利亚特》），塞尔西忒斯（“两腿外屈，撇着一只拐脚，双肩前耸，弯挤在胸前，挑着一个尖翘的脑袋，上面稀稀拉拉地长着几蓬茸毛。”）的社会地位要低于阿伽门农和阿喀琉斯，因此对他们心存妒忌。塞尔西忒斯与德·亚米契斯塑造的勿兰谛（《爱的教育》）没有多大区别，两人都其貌不扬：最终，奥德修斯将塞尔西忒斯打得血肉模糊，而社会则将让勿兰谛遭到监禁：

坐在他的旁边的是一个毫不知顾忌的相貌狡猾的小孩，他名叫勿兰谛，听说曾在别的学校被除了名的……代洛西读着国王的悼词的时候，笑的只有一人，就是勿兰谛。勿兰谛真讨厌，他确是个坏人。父亲到校里来骂他，他反高兴，见人家哭了，他反笑了起来。他在卡隆的面前胆小得发抖，碰见那怯弱的“小石匠”或一只手不会动的克洛西，就要欺侮他们。他嘲笑大家所敬服的泼来可西，甚至于对于那因救援幼儿跛了脚的三年生洛贝谛，也要加以嘲弄。他和弱小的人吵闹了，自己还要发怒，务必要对手负了伤才爽快。他的帽子戴得很低，那深藏在帽檐下的眼光好像含有着什么恶意，谁都见了要害怕的。他在谁的面前都很放肆，对先生也会哈哈大笑。有机会的时候，偷窃也做得来，偷窃了东西还装出不知道的神气。时常和人相骂，带了大大的钻子到学校来刺人。不论自己的也好，人家的也好，摘了上衣的纽扣，拿在手里玩。他的纸、书籍、笔记簿都又破

① 普塞洛斯：《论恶魔的工作》，热那亚，ECIG 出版社，1985 年。——原注

又脏，三角板也破碎了，钢笔杆都是牙齿咬过的痕迹，不时咬指甲，衣服非破则龌龊……先生有时也把他置之度外，他不规矩，先生只装作没看见。他因此愈加坏了，先生待他好，他反嘲笑先生；若是骂他呢，他用手遮住了脸装假哭，其实在那里暗笑。[1]

因为社会地位低下而被划入丑人行列的显然还包括流氓惯犯和妓女。不过说到妓女，我们又进入了另一个话题，一个关于性别敌视或性别歧视的话题。自古以来，一直是男性主导社会，书写历史，或一边主导社会一边书写历史，所以女性向来都被描绘成“祸水”。我们可不能被女人天使般的容貌所迷惑，相反，正是由于大多数文学作品中的女性都以温柔美丽的形象出现，民众更感兴趣的杂文世界一直在把女性的形象妖魔化，无论是在古代、中世纪还是现代都是如此。关于古代作品，我在此仅提马亚尔[2]一例（《讽刺诗》）：

> 维图斯提拉，你曾委身于三百个执政官；如今你已发疏齿落，胸部干瘪，好似知了，腿瘦肤黑，如同蚂蚁。你额上的皱纹比外套上的褶子还密，乳房如蛛网般耷拉……你的眼神如早晨的猫头鹰一样呆滞，身上发出山羊般的恶臭；你的屁股像老母鸭一样晃来晃去……只有通往墓地的火把才能进入你的阴道。

下面这段文字又是出自谁的手笔呢？

---

① 本段译文摘自德·亚米契斯的《爱的教育》，译者夏丏尊（桂林：广西师范大学出版社，2004年）。

② Martial（约40—约104），古罗马诗人、最重要的拉丁语讽刺诗作家，著有《讽刺诗》。

> 女人是有缺陷的动物，有着无数肮脏的嗜好，不胜枚举，更不堪谈论……没有任何生物比女人还不纯洁：除了猪，假使它们在泥里打个滚，就跟女人一样丑陋；假如有人要否认这点，不妨让他跟女人搅和在一起，在她们的秘密场所里厮混。那些地方藏匿着大量可怕的工具，女人们就是利用那些工具改头换面，又出于羞愧之心把它们偷偷放在那里。

倘若放荡不羁的乔万尼·薄伽丘（《大鸦》）对女性的评价尚且如此，大家可以想象一个中规中矩的卫道士又会想些什么，写些什么，来维护所谓的“保罗原则”（倘若玩火必自焚，莫若从不知晓肉体的快感）呢？

十世纪时，克吕尼的圣俄多[①]曾写下这样的文字：

> 身体再美妙，也不过是皮囊。事实上，假如男人们能像波埃提亚的猞猁一般，长着一双具有透视力的慧眼，看穿女人皮囊之下的一切，那么只消一眼，就足以让他们恶心反胃：原来，这优雅的女性之美无非是恶毒、血腥、肮脏、仇恨的混合体。想想看，她们的鼻孔、喉咙和肚子藏纳了多少污垢……就好比用手指头去触摸呕吐的食糜和排泄的粪便那样令人作呕，我们又怎能用自己的双臂去拥抱一团粪土呢！

后来，这种所谓“正常”的厌女癖逐渐发展成对于女巫形象的构建，这可谓是现代文明的杰作。不错，早在古代文明中，女巫的形象就已为众人所知晓。例如在贺拉斯的《讽刺诗集》（“我本人见

---

① Oddone di Cluny（约 878—942），克吕尼修道院的第二任院长，后被天主教封为圣人，是克吕尼改革的倡导者之一。

过康妮迪亚，她穿着黑色的衣服，赤脚、散发，跟萨迦纳大女巫咆哮。两人面色苍白，恐怖骇人。"）和阿普列尤斯的《金驴记》中，都对女巫有所描述。但无论是在古代，还是在中世纪时期，所谓的巫婆和巫师大都来自道听途说的民间传闻。在贺拉斯生活的年代，罗马并未处于女巫势力的威胁之下。即使是在中世纪，巫术说到底也只是一种自我暗示。换句话说，所谓女巫，无非是那些认为自己具有巫术的人。这正如九世纪的《主教会规》所述：

> 某些思想堕落的妇女信奉撒旦，被他的妖言和幻象所迷惑，认为自己能在夜晚驾乘某种牲畜，与众多妇女一道追随月亮女神狄安娜而去……教士们只好反复告诫上帝的子民，这些说法纯属一派胡言，这些幻觉也只会困扰心术不正之人，无法侵蚀忠诚教徒的思想。事实上，撒旦会化身为光明天使，去控制愚蠢女人的想法，并利用她们摇摆不定的信仰统治她们。

然而，在现代世界中，女巫们开始集会、举行仪式；开始飞行；开始变身为动物；开始成为社会的公敌，以至于必须受到宗教裁判所的审判，必须被处以火刑。当然，今晚的主题并非讨论“女巫”这一复杂的现象，也并非研究她们是不是在一系列社会危机、西伯利亚萨满教或永恒的邪恶典型影响之下所产生的替罪羊。我们今天在这里所探讨的是一种树敌的模式——这种模式与将异端分子及犹太人定性为敌人的过程十分相似。十六世纪时，就有诸如吉罗拉莫·卡尔达诺（《世间万物》）之类的科学界人士对此提出善意的反对：

> 她们是一些处境窘迫的妇女，生活在深山老林里，靠吃栗子和草叶维持生命……因此她们往往瘦削畸形，面如土

色，眼球突出，从眼神中就能看出脾气阴郁古怪。这些妇女通常沉默寡言、精神恍惚，看上去与那些被恶魔摄去了魂魄的人没有什么分别。她们对自己的想法相当执著，说起话来语气坚定，所以当人们听到这些妇女气定神闲地讲述那些即使从来没有发生过、也永远不会发生的事情时，也往往容易信以为真。

接下来的几轮迫害是针对麻风病人展开的。卡洛·金兹伯格曾在《夜间历史：解读安息日》（都灵，伊诺第出版社，一九八九年，第六至八页）中进行如下叙述：一三二一年，法国所有的麻风病人都被烧死了，因为他们曾试图在河水、喷泉和井水中下毒，来毒害全国的民众。“那些女麻风病人承认了罪行，或是主动的，或是迫于酷刑逼供。所有没怀孕的女麻风病人都要被处以火刑。有身孕者要被囚禁起来，直到孩子出生并断奶之后，再被烧死。”

从这段文字中，我们不难看出对传播疫病者处以刑罚的根源。但金兹伯格所描述的迫害还不自觉地体现出另外一点：麻风病人被与犹太人和撒拉逊人扯到了一块儿。许多年代史学家都曾有过类似的记述，说犹太人是麻风病人的帮凶，因此有许多犹太人也与麻风病人一起被烧死。“当时，无法无天的民众对麻风病人进行就地处决，在完全不通报神父或地方长官的情况下，就直接把他们关在房子里，连同牲口和家具一起统统烧掉。”

有一个麻风病人头目承认曾受到犹太人的金钱诱惑：那个犹太人曾交给他一些毒药（用人血、尿液、三种草药和神圣的祭品配制而成），毒药被藏在一些袋子里，袋子里还装有重物，以便能够沉入喷泉水池的底部；可授意犹太人这样做的却是格拉纳达的国王，另外一份史料表明巴比伦的苏丹也曾参与阴谋。就这样，三类宿敌瞬间被搅和到了一起：麻风病人、犹太人和撒拉逊人。至于第四类敌人——异端分子，则是因为一个细节而被卷进来的：麻风病人在集会时要朝祭品吐唾沫，还要践踏十字架。

晚些时候，女巫们也开始举行类似的仪式了。十四世纪时，出现了最初的针对异端分子的审判程序手册，如贝尔纳·居伊[①]的《针对邪恶堕落的审讯指导》和尼古拉斯·埃梅里克[②]的《审讯守则》；十五世纪（当时，佛罗伦萨的费奇诺[③]奉科西莫·德·美第奇之命翻译了柏拉图的作品，人们正准备高歌“多么轻松，多么美妙，我们与中世纪告别了”），则出现了约翰尼斯·奈德[④]的《蚁丘》（创作于一四三五至一四三七年之间，一四七三年正式出版），该书第一次谈论了各类现代巫术。

一四八四年，教皇英诺森八世在题为《最热切的期望》的训令中写道：

> 不久前，我们听说了一则令人痛心疾首的消息。在德国的某些地区……一些男男女女，无视自身的健康和对于天主的信仰，从肉体上投身于恶魔，残害幼儿、动物、植物……通过魔法、妖术、符咒和其他极其可恶的巫术荼毒生灵……考虑到我们自身的义务，为了以适当的方式阻止上述邪恶行为继续扩散，殃及更多无辜的生命，特批准施普伦格[⑤]和克拉马[⑥]两位宗教裁判官前往上述地区履行宗教裁判之职责。

---

① Bernard Gui（1262—1331），中世纪晚期多明我会修士、宗教裁判法官。

② Nicolas Eymerich（约1316—1399），罗马天主教神学家，曾担任阿拉贡王朝宗教裁判所大法官。

③ Marsilio Ficino（1433—1499），文艺复兴时期意大利最重要的人文主义哲学家之一。

④ Johannes Nider（1380—1438），德国神学家。

⑤ Jacob Sprenger（1436—1495），瑞士多明我会神学家、神圣罗马帝国宗教裁判所特别法官，与克拉马合著《女巫之锤》。

⑥ Heinrich Kramer（1430—1505），德国神学家、神圣罗马帝国宗教裁判所大法官。

在《蚁丘》的基础上，施普伦格和克拉马后来又出版了臭名昭著的《女巫之锤》。

一四七七年，宗教裁判所针对日内瓦行政区圣若里奥兹堂区的安东尼娅进行了审判，从这份审判文件（可谓众多文件中的沧海一粟）中我们就能明白女巫之敌是如何被构筑起来的：

> 被告抛弃了丈夫和家庭，和一个叫马塞特的人来到河边一个叫“拉兹帕洛伊”的地方……那里正在举办一场异端集会：男男女女，互献殷勤，唱歌跳舞，后退行进。有人给她展示了一个名叫罗比内的貌似黑人的恶魔，告诉她说：“这就是我们的主人，如果你想实现你的愿望，就要向他膜拜。”于是被告问自己该怎么做……那个叫马塞特的家伙回答她说：“你要彻底抛弃你的上帝、你的天主教信仰和对于圣母马利亚的崇拜，并且认定名叫罗比内的恶魔为你的主人和导师，一切按照他的意愿行事……”听了这话，被告感到十分为难，起初表示拒绝。但最后她还是抛弃了上帝，说出了这样的句子：“我抛弃我的造物主、我的天主教信仰和圣十字，我接受恶魔罗比内做我的主人和导师。”随后，被告亲吻了恶魔的脚，以表崇敬……接着，她把一个木头十字架抛在地上，并用左脚践踏直至彻底毁坏……她骑上了一根长约一尺半的棍子。为了前往集会，她必须用一个圣体盒里的油膏涂抹棍子。然后，她要把棍子夹在两腿之间，大喊一声：“走，去找恶魔！”棍子会应声腾空而起，飞快地把她送往集会地点。被告还承认在那里吃了面包和肉食，喝了酒，继续跳舞；他们所谓的恶魔会化身为一个长着黑肉的人，教徒们要亲吻他的屁股表示尊敬；最后，恶魔熄灭集会上的绿色篝火，大声喊：“梅克勒特！梅克勒特！”听到这喊声，所有的男女教徒——包括被告和那个叫马塞特·加林的——都应声倒地，

像牲畜一样乖乖地躺下。[①]

这份包含朝十字架吐痰及亲吻肛门等细节的证词与一个半世纪前审判圣殿骑士会时的证词几乎完全吻合。令人震惊的是，不仅在这场十五世纪的审判过程中，审判官在提问及宣判罪行时受到先前案例的左右，而且在所有的案件审判过程中，受害者在这种高度保密的审判结束时都会不由自主地认为自己确实犯有被指控的罪行。在审判女巫的过程中，不仅要构筑一个敌人的形象，不仅要让被告承认自己并没有做过的事情，还要让她在承认的过程中自认为确实有罪。克斯特勒在《正午的黑暗》（一九四一年）里所述的审判就是如此——无论是怎样的审判，包括斯大林式的审判，第一步都是构筑出一个敌人的形象，然后再说服被告将自己等同于那个形象。

因此，树敌还包括让敌人“自愿承认”的过程。许多戏剧和小说作品都为我们展示了类似于“丑小鸭”的形象：由于遭到同伴们的鄙视，他们也习惯性地认为自己确如同伴所说的那般丑陋。莎士比亚的《理查三世》就是一个典型的例子：

> 可是我呢，天生我一副畸形陋相，不适于调情弄爱，也无从对着含情的明镜去讨取宠幸……我既被卸除了一切匀称的身段模样，欺人的造物者又骗去了我的仪容，使得我残缺不全，不等我生长成形，便把我抛进这喘息的人间，加上我如此跛跛踬踬，满叫人看不入眼，甚至路旁的狗儿见我停下，也要狂吠几声……我找不到半点赏心乐事以消磨岁月，无非背着阳光窥看自己的阴影，口中念念有词，埋怨我这废体残形。因此，我

---

① 朱塞皮娜和欧金尼奥·巴蒂斯提：《女巫的文明》，米兰，莱里奇出版社，1964年。——原注

既无法由我的春心奔放……就只好打定主意以歹徒自诩了。[1]

如此看来，敌人是不可或缺的。即使文明在不断进步，敌人的形象也不能被消除。树敌是人类天性的一种需求，就算是性格温和、热爱和平的人也不能免俗。在这种情况下，无非是把敌人的形象从某些人转移到某些自然力量或具有威胁性且必须被战胜的社会因素上。例如：资本主义的剥削、环境污染、第三世界国家的饥饿问题等。如果说上述树敌行为都“不无道理”，那么正如布莱希特所说，对于不公正现象的仇恨和报复便也会翻转脸面，变成正义。

既然树敌是与生俱来的心理需要，那么在此种需要面前，道德是否就显得软弱无力了呢？我认为，道德的作用并不在于粉饰一个没有敌人的世界，而在于试图理解对方，站在对方的角度进行换位思考。在埃斯库罗斯的笔下，我们看不到对波斯人的仇恨，因为他对波斯人的悲惨遭遇感同身受。恺撒对于高卢人表现出高度的尊重，最多也只是让他们在每次投降时痛哭流涕一番。塔西佗对日耳曼人相当赞赏，说他们体格健美，对于他们的指责也仅限于不讲卫生及怕苦怕累，因为他们无法忍受炎热和干渴。

尝试去理解对方意味着打破陈规，而不是否认或消除双方之间的差异。

然而，我们都是现实主义者。如此理解敌人，只有诗人、圣人或叛徒才能做到。我们内心深处的本能则完全是另外一码事。一九六八年，美国出版了一部作者不详的作品：《来自铁山的秘密报告：关于和平的可能性与渴望度》（甚至也有人把它记在加尔布雷斯的名下）。显然，这是一篇反战的文章，或者说是一篇充满悲观主义色彩的、认为战争无法避免的文章。发动战争就必定要确立对抗的

---

① 本段译文摘自莎士比亚的《理查三世》，译者方重（北京：人民文学出版社，2010 年）。

敌人，因此，战争的不可避免性直接导致了确定及树立敌人的必然性。因此，这篇文章以极为严肃的态度进行了分析，并认为整个美国社会转而趋向和平的态度会带来灾难性的后果，因为只有战争才是促使人类社会和谐发展的根基。战争所带来的消耗是调节社会良性发展的阀门：只有战争才能消耗社会的储备物资，战争是一只飞轮；有了战争，一个群体才会有“国家”意识；如果没有应对战争的经历，一个政府甚至无法确立自身的合法地位；只有战争才能维护不同阶级之间的平衡，才能妥善处置和利用反社会的因素。和平会导致社会的不稳定以及青少年犯罪率的上升；战争则能以最正确的方式疏导各种骚动的社会力量，赋予他们某种“地位”。军队是穷苦之人及被社会边缘化人群的最后希望；只有掌握着生杀大权的战争体系才能驱使社会付出血的代价来换取其他本不依靠战争的产业——如汽车产业——的发展。从生态学的角度来看，战争是解决多余生命体的阀门；如果说直到十九世纪，在战争中死亡的多半还是有价值的社会群体（士兵），留下的却是老弱病残，那么如今的战争体系已能解决这一问题，因为我们可以朝养老中心等地点进行定点轰炸。比起残杀幼儿的宗教仪式、禁欲行为、强制断肢及过度使用死刑等行为，战争能更有效地控制人口的增长……说到底，虽然战争充满了冲突和对抗，但却是一种最为“人性化”的发展艺术。

这么说来，我们应该坚持且加紧树敌的行为。乔治·奥威尔在《一九八四》中为我们提供了一个堪称典范的模式：

接着，屋子那头的大电幕上突然发出了一阵难听的摩擦声，仿佛是台大机器没有油了一样。这种噪声使你牙关咬紧、毛发直竖。仇恨开始了。

像平常一样，屏幕上闪现了人民公敌爱麦虞埃尔·果尔德施坦因的脸。观众中间到处响起了嘘声。那个淡茶色头发的小女人发出了混杂着恐惧和厌恶的叫声。果尔德施坦因是个叛徒、变节分子，他一度（那是很久以前了，到底多久，没有人记得清楚）是党的领导人物之一……后来从事反革命活动，被判死刑，却神秘地逃走了，不知下落……他是头号叛徒，最早污损党的纯洁性的人。后来的一切反党罪行、一切叛国行为、破坏颠覆、异端邪说、离经叛道都是直接起源于他的教唆。反正不知在什么地方，他还活着，策划着阴谋诡计……

温斯顿眼睛的隔膜一阵抽搐。他看到果尔德施坦因的脸时不由得感到说不出的滋味，各种感情都有，使他感到痛苦。这是一张瘦削的犹太人的脸，一头蓬松的白发，小小的一撮山羊胡须——一张聪明人的脸庞，但是有些天生的可鄙，长长的尖尖的鼻子有一种衰老性的痴呆，鼻尖上架着一副眼镜。这张脸像一头绵羊的脸，它的声音也有一种绵羊的味道。果尔德施坦因在对党进行他一贯的恶毒攻击……要求立即同欧亚国媾和，主张言论自由、新闻自由、集会自由、思想自由，歇斯底里地叫嚷说革命被出卖了……

仇恨刚进行了三十秒钟，屋子里一半的人中就爆发出控制不住的愤怒的叫喊……仇恨到了第二分钟达到了狂热的程度。大家都跳了起来，大声高喊，想要压倒电幕上传出来的令人难以忍受的羊叫一般的声音。那个淡茶色头发的小女人脸孔通红，嘴巴一张一闭，好像离了水的鱼一样。甚至奥勃良的粗犷的脸也涨红了。他直挺挺地坐在椅上，宽阔的胸膛胀了起来，不断地战栗着，好像受到电流的袭击。温斯顿背后的黑头发姑娘开始大叫“猪猡！猪猡！猪猡！”她突然拣起一本厚厚的《新话词典》向电幕扔去。它击中了果尔德施坦因的鼻子，又弹了开去，他说话的声音仍旧不为所动地继续着。温斯顿的头脑曾经有过片刻的清醒，他发现自己也同大家一起在喊叫，用鞋后跟使劲地踢着椅子腿。两分钟仇恨所以可怕，不是你必须参加表演，而是要避不参加是不可能的……一种夹杂着恐惧和报复情绪的快意，一种要杀人、虐待、用大铁锤痛打别人脸孔的欲望，似乎像一股电流一般穿过了这一群人，甚至使你违反本意地变成一个恶声叫喊的疯子。[①]

即使没有《一九八四》中描述的这般疯狂，我们也能意识到人类对于树敌的需要。我们正在见证自身对新移民群体有多害怕。我们把某些非主流的外族个体的特点扩展到整个民族，把罗马尼亚的移民树立成意大利的敌人。对于这个正在经历种族变革、对自我身份的识别感到困惑的社会，移民成了理想的替罪羊。

当然，最为悲观的观点出现在萨特的《禁闭》里。一方面，由于异类的存在，我们才能认清自己，基于这一点，才有了共存和忍让。但另一方面，我们更希望这个异类古怪到让我们无法忍受，由此，我们便把他放到敌人的位置上，也就构筑起了我们的人间地狱。当萨特把三个生前互不相识的死人置于同一间酒店房间里时，他们中的一个参透了其中可怕的真相：

你们会明白这道理是多么简单。简单得不能再简单了。这儿没有肉刑，对吧？可我们是在地狱里呀。别的人不会来了，谁也不会来了。我们得永远在一起……这儿少一个人，少一个刽子手……他们是为了少雇几个人。就是这么回事……我们当中的每一个人，都是另外两个人的刽子手。

---

① 本段译文摘自乔治·奥威尔的《一九八四》，译者董乐山（上海：上海译文出版社，2006年）。

绝对与相对*

今晚，假如各位都是冲着这个颇具恐怖主义色彩的标题来听演讲的，说明大家已做好足够的心理准备。不过一堂严肃的、关于"绝对"与"相对"的课程至少得持续两千五百年，因为长久以来，关于该话题的真实论战从未有过定论。此刻，我之所以出现在这里，是因为今年米兰艺术节的主题是"关于'绝对'的冲突"。自然，我必须弄明白"绝对"到底指什么。这是一个哲学家理应提出的最基本问题。

由于我并未参加米兰艺术节的其他活动，便在上网搜索了一些与"绝对"相关的艺术作品。我找到了马格里特的《认识绝对》，以及许多不知名画家的作品：《绝对之画》、《追求绝对》、《寻找绝对》、《绝对的徒步者》等等。还有一些诸如"绝对伏特加"之类的广告图片。似乎这一概念颇得大众的欣赏。

与此同时，该词还让我想起了它的反义词之一："相对"。随着教会的高层人士甚至是一些非宗教派别的思想家展开针对所谓"相对主义"的攻势，"相对"一词也逐渐变得流行起来。在他们眼里，相对主义几乎成为恐怖主义的代名词，如同贝卢斯科尼眼中的"共产主义"一般可怕可憎。今晚，我的讲话很可能无法澄清这些概念，相反，会让大家变得更加茫然。但我想尽力告诉大家，无论是"绝对”还是“相对”——在不同的场合及背景下——同一个词很可能意味着完全不同的含义，因此绝不可如挥棒球杆一样胡说滥用。

根据哲学辞典上的释义，绝对指的是那些 ab solutus① 的一切。它们与其他事物没有联系，也不受任何限制，集存在的原因、理由和解释于一身。因此，绝对是与上帝十分类似的概念，因为上帝定义自己为“我是自有永有的”（拉丁语原文为“ego sum qui sum”）。与他相比，余下的一切都是附属物，无法成为自身存在的理由：即使出于偶然而存在，也完全可以不存在，或者说明天就不再存在。太阳系和我辈凡人都属于此类。

由于是附属物，所以总会消亡。正因为如此，我们的内心有股绝望的需求，渴望攀附上什么永恒的东西，即“绝对”。然而，这种“绝对”，既可具有超越性（如《圣经》的神圣），又可具有内在性。假如不提斯宾诺莎或布鲁诺，依照唯心主义哲学家的说法，我们便是这“绝对”的一部分。因为（按照谢林等人的说法）“绝对”是意识主体的不可分割的单位，或是那些一度被看成非主体的事物——如“自然”、“世界”等——不可分割的单位。在这样一种“绝对”之中，我们与上帝融为一体，成为某种尚未完成的事物的一部分，时刻面对前进、发展、无穷尽的生长和无穷尽的自我定义。但假如事实果真如此，我们就永远也无法定义和认识这种“绝对”。因为我们是其中的一部分，而作为部分，试图去了解我们所在的整体，无异于妄想拉着自己的头发走出沼泽地的明希豪森男爵。

于是，我们只能把“绝对”想象成一个有别于我们且不依附于我们的事物，如亚里士多德的上帝：思考正在沉思的自己；又如乔伊斯笔下的迪达勒斯：“待在他的创造物之内、之后、之外或之上，不

---

* 本文为 2007 年 7 月 9 日米兰艺术节上发表的演说。——原注

① 拉丁语，不具依附性。

见其影踪，细小到灰飞烟灭，从容淡定，只管修他的指甲。”事实上，十五世纪时，库萨的尼古拉也曾在《论有学识的无知》中说：“上帝是绝对的。”

然而，对于尼古拉而言，上帝的绝对性在于他是永远无法触及的。我们的认识与上帝之间的关系就好比一个内接多边形与其所在的圆之间的关系：多边形的边越多，就越接近其所在的圆，但两者却永远不可能合二为一。在尼古拉看来，上帝就好比一个圆，圆心无所不在，圆周却无处可寻。

大家能想象出一个圆心无所不在、圆周无处可寻的圆吗？显然不能。但我们却可以命名这样一个概念——正如我现在所做的一样。各位都知道我正在谈论与几何有关的内容，只是从几何角度来说，我所说的内容却又是无法理解的。因此，能否理解一个概念与命名一个概念并赋予它某种含义是完全不同的两码事。

什么叫命名一个概念并赋予它某种含义呢？我们可以从以下几个层面来理解：

A. 具备一定的文化素养，去认识某种事物、情境或事件。例如，一系列关于“狗”或“踉跄”的描述以及图形，都能赋予这两个词含义，帮助我们区分狗和猫、踉跄和跳跃。

B. 进行定义和（或）分类。我们不仅可以对狗这个事物进行定义或分类，还可以针对如过失杀人和蓄意杀人等事件或情境进行定义或分类。

C. 了解某实体在实际和理论层面上的其他属性。例如：关于狗，我们知道这是一种忠诚的动物，适用于狩猎或看家；关于过失杀人，我们知道刑法规定这种行为应受到某种惩罚，等等。

D. 在可能的情况下，了解生产某种事物或制造某种事件的方法。我知道“花瓶”一词的含义，因为即使我不是陶瓷匠，也知道制作花瓶的工艺——同样，我也了解“斩首”和“硫酸”的意义。

然而，对于“大脑”这个概念，我能理解的层面仅限于 A、B 和 C 的一部分，却不知该如何生产它。

以下由查尔斯·桑德尔·皮尔士对锂元素作出的定义可谓一条包含 A、B、C、D 四个层面的完美定义：

> 假如大家翻开一本化学手册，去查询关于锂元素的定义，就会读到锂是一种原子量约为七的元素。倘若手册的作者具备较好的逻辑学知识，就还会告诉大家：如果你找到一种硬度很大、易碎且不溶于水的灰白色半透明玻璃体物质，并且具有以下特性：燃烧时发出不明亮的紫红色火焰；若将其粉碎，并与氧化钙或干燥的老鼠药混合，可被盐酸部分溶解；待溶液挥发后，将剩余物质用硫酸处理并提纯，可通过常规方式将其转变为一种氯化物；将这种处于固态的氯化物融化，并用六支强电元件进行电解，可最终形成一个呈玫瑰银色、漂浮在汽油上的金属小球——这种物质就是锂标本。这条定义（或称其为解说，事实上，它比单纯的定义更有用）的特别之处就在于它不仅说明了“锂”一词的含义，还针对如何获取该元素的感官体验进行了描述。(《皮尔士选集》)

上述文字不愧是一条完整而详尽的定义典范。然而，我们也能看到许多模棱两可、含混不清的表述。举个例子，“最大的偶数”一词的确表达了某种含义，我们能意识到这是某个能被二除尽的数(即我们能将它与“最大的奇数”区分开来)，我们甚至还能隐约地设想找到这个数的方法，即不断地想象一个尽可能大的非奇数……然而我们却会发觉实际上永远找不到这个数，就好比永远抓不住一个可望而不可即的梦想。一条类似于“圆心无所不在、圆周无处可寻的圆”的表述就没有描述如何得到这个圆的方法，它不仅无法支撑任何定义，还会让任何绞尽脑汁去想象它的人希望落空，最终只留下一个无底洞般的噩梦。一条类似于“绝对”的表述归根到底是一种重言式的说法（绝对是非附属之物，而附属之物即为非绝对之物），不包含任何描述、定义和分类；我们想象不出该如何得到它，也不了解它具有哪些属性，除非我们假定它具有所有属性，就像安瑟伦所说，是“可以想象的无与伦比的伟大存在”（这倒让我想起另一句话，据说是鲁宾斯坦[1]所言：“我相信上帝吗？不，我相信的是……比他大得多的东西……”）。我们能尝试理解的，最多也只是那句经典的“黑夜观黑牛，满眼皆是黑”[2]。

当然，对于我们所不理解的概念，我们不仅能够为其命名，甚至还能从视觉上加以展示。可这些画面并不能真正代表概念本身，只能引起我们对于概念的联想，然后再彻底将我们的期待粉碎。在这种追寻的过程中，我们所获得的，恰恰是一种无可奈何——但丁在《神曲·天国篇》的最后一歌中把这种感受表达得淋漓尽致：当他终于与天堂的神灵四目相对时，他是多么渴望描述目之所见的一切，然而，除了“无法形容”，他再也找不到更为贴切的字眼。最终，他只好把他的所见形象地比喻成“一本读不尽的书”。

> 啊，浩荡的神恩哪，
> 依靠你，我才敢于定睛对永恒的光如此深入地观照，
> 以至于为此竭尽了我的视力！
> 在那光的深处，我看到，
> 分散在全宇宙的一切
> 都集结在一起，被爱装订成一卷：

---

① Richard Lowell Rubenstein（1924—　），美国犹太神学家。
② 黑格尔将谢林提出的“绝对同一”讽刺为“在黑夜里看黑牛”。

各实体和各偶然性以及它们之间的相互关系，
好像以如此不可思议的方式融合在一起，
只是我在这里所说的仅仅是真理的一线微光而已。
我确信，我看到了
把宇宙间的一切融合成和谐的整体的这个结子。
因为我说这话时，感到更加快乐。
仅仅一瞬间就使我忘记了我看到了什么，
忘记的程度超过二十五个世纪使人们淡忘那一冒险之举，
它曾令涅普图努斯对阿耳戈的船影惊奇不置。

当莱奥帕尔蒂试图向我们描述“无限”时，表达的亦是这种难以名状的无奈。（“我的思绪就这样，沉落在这无穷无尽的天宇：在无限的海洋中沉没该是多么甜蜜。”）

正因为如此，我们才会在本届米兰艺术节期间见到许多艺术家参与谈论“绝对”这一概念。那位伪名为丢尼修的哲学家就曾说过：既然神灵离我们如此遥远，不可能被理解，也无法被触及，那么我们只能通过比喻、隐喻，甚至是具有贬损之意的象征和一些不恰当的表述来谈论他们，只为表明我们的语言是如此贫乏：

人们还会用一些最低级的事物名称来称呼神灵，如香脂、基石等。有时，人们还会借用动物形象，如狮子、豹子等加以描述，说某个神灵威武如猎豹，或者像凶猛的熊。（《论上天的等级》）

某些天真的哲学家主张只有诗人才知道该如何描述“存在”或“绝对”。但事实上，诗人表达的也只能是某种“无法确定”的状态。例如诗人马拉美就穷尽了毕生的精力试图“对大地的奥义进行俄耳甫斯式的解释”：

> 当我说“一朵花”时，我的声音悬隔了所有花的形式，而一种异于一切寻常花束的、理念的、温柔的东西如音乐般袅然升起，这是一朵在所有花香中都遍寻不得的花。（《诗的危机》，一八九五年）

事实上，这段文字是难以翻译的。诗人通过它表述了一种情境：在一片空白的背景之中，当他说出某个词语时，关于这词语的不可名状的全部含义就会以“无形”的形式脱颖而出。事实上，

> 点点滴滴的猜测是种幸福的感觉，诗歌的魅力恰恰在于此：令人浮想联翩，如梦如幻。但为某物命名的行为却把诗歌的这种能量打压了四分之三。（《于勒·于雷关于文学演变的访问》，一八九一年）

马拉美的一生都在追寻这种梦境，同时也陷入一种窘境。但丁也曾面临同样的境遇。事实上，从最初的那一刻开始，但丁就深深地明白企图以淋漓尽致的方式去描述“无穷无尽”是种恶魔式的狂妄之举，于是，他以一部表达窘境的诗作回避了诗歌自身的窘境：与其描述不可言说之事，不如说明那些事情不可言说。

要知道，（与伪丢尼修和库萨的尼古拉一样，）但丁是天主教徒。我们可以一面相信“绝对”，一面又认为它是不可想象、也不可定义的吗？当然可以，只要我们能接受用感受“绝对”代替分析“绝对”。这所谓的感受绝对就是信仰，是“所望之事的实底，未见之事的确据”[①]。埃利·威塞尔在本届米兰艺术节上曾引用过卡夫卡的名言：“我们可与上帝交谈，却不可谈论上帝。”如果说在哲学层面上，

---

① 但丁：《神曲·天国篇》，第二十四歌，第64—65行。

“绝对”是“黑夜观黑牛，满眼皆是黑”，那么对于如圣十字若望等神秘主义者来说，却宛如“沉沉暗夜”（“引导我的黑夜，比晨曦更令人愉悦”），是所有无法言喻的激情的源泉。圣十字若望用诗歌表达了自己这种神秘主义的经历：面对“绝对”的不可言说性，我们反而感到有了保障，因为这精神上的不满能转化成某种物质上的完满。正是基于此，济慈才会在他的《希腊古瓮颂》中看到了“绝对”的替身——“美”。

> 美即是真，真即是美：这就包括你们所知道，和应该知道的一切。

对于从美学角度理解宗教的人来说，这种观点是成立的。但圣十字若望想要告诉我们的是，只有他那种带有神秘主义色彩的对于“绝对”的体验，才能为他确保唯一可能的真相。由此，许多信徒认为如果某些哲学理论否定了认识“绝对”的可能性，那么它同时也否定了任何真理的标准，或者说由于那些哲学否认存在评判真理的绝对标准，它们同时也否认了体验“绝对”的可能性。但事实上，说某些哲学否定认识“绝对”的可能性是一回事，而说某些哲学否定存在评判真理的标准——包括评判周遭世界的真理的标准——又是另一回事。那么，真理与对于“绝对”的体验之间果真存在如此密不可分的关系吗？

相信某些事物的真实性是关乎人类生存的重要大事。当别人与我们交谈时，他所说的话非真即假——假如这个原则都不成立，那么我们就无法维系群体生活；倘若如此，就算某个药盒上写着“阿司匹林”，我们也无法完全排除里面装着“的士宁”的可能。

一种关于真理的投机理论认为“真理是认知与存在的对应”，也就是说，我们的头脑好比一面明镜，假如这面镜子没有变形或变模糊，它就应该真实地反映事物的真实状态。支持这种理论的有圣托马斯，也有唯物主义和经验批判主义者列宁。由于圣托马斯不可能是列宁主义者，我们只能说列宁在哲学方面是一个新托马斯主义者——显然，列宁自己并没有意识到这一点。然而，在神志正常的情况下，我们所说的一定是大脑中所思考的内容。因此，我们并不能判断事物本身的真假，只能判断我们对于事物状态所做断言的真假。塔尔斯基曾提出过一个著名的理论："雪是白的"这句话为真，当且仅当雪是白的。现在，我们暂且不去讨论雪是否白（该问题正变得越来越有争议性），我们可以举另外一个例子："正在下雨"这句话为真，当且仅当屋外正在下雨。

第一个"正在下雨"（带引号的）是一个陈述句，只能代表句子本身。而第二个"正在下雨"（不带引号的）则表达了事物的真实状态。但这种状态却仍然需要用文字来表达。为了避免这种语言媒介，我们只能这样做："正在下雨"（带引号的）这个句子为真，如果情况确实如此（此时，我们只能用手指指向落下的雨点，而不说话）。然而，在这个判断中，我们尚且可以利用手指表明对雨的感觉，假如换一个句子："地球绕着太阳转"，要靠感觉完成判断，难度可就太大了（因为我们感觉到的很可能恰好相反）。

为了判定一条陈述是否符合客观事实，就必须事先对"下雨"这个术语进行理解和定义。我们需要确定以下几点：下雨不仅仅是感觉到有水滴从高处落下（因为可能是有人在阳台上浇花），水滴必须有一定的落差（否则，我们谈论的就是露或者霜），而且必须持续一定的时间（不然，我们就应该说是几滴零星小雨）等等。这样一个定义应该接受经验的检验，因为所有人都对下雨有所体验（只要伸出手掌，相信自己的感觉就行）。

但是针对"地球绕着太阳转"这一陈述，其判定真假的过程就要复杂得多。那么，对于以下几条陈述，所谓的"真实"分别意味着什么呢？

一、我肚子疼。

二、昨天夜里，我在梦里见到了庇护神父。

三、明天一定会下雨。

四、世界将于二五三六年完结。

五、死后有来生。

陈述一和陈述二都表达了某种主观感受，但肚子疼是一种显著的、无法忽略的感觉；至于回忆头天夜里做的梦，我却无法肯定自己的记忆是否准确。另外，这两条陈述都无法由他人立刻验证。当然，如果一个医生真要弄清我究竟是得了结肠炎还是其他疑难杂症，他可以使用一系列检验工具；但若是一位心理分析师想要检验第二条关于梦见庇护神父的陈述是否真实，则会遇到更大的困难，因为我完全有可能是在说谎。

第三、第四和第五条陈述都是无法立刻验证的。关于明天是否会下雨，明天自有结论。但世界是否会于二五三六年终结，我们却难以验证（正因为如此，我们对一位天气预报员和一位先知的信任度会有所区别）。陈述四和陈述五之间的区别在于：陈述四的真假到二五三六年终会揭晓，而从经验的角度来说，陈述五的真实与否却永远永远都悬而不决。

六、每一个直角都必须是九十度。

七、水总是在一百度沸腾。

八、苹果是被子植物。

九、拿破仑死于一八二一年五月五日。

十、只要跟着太阳的轨迹走，就能到达海岸线。

十一、耶稣是上帝之子。

十二、对于《圣经》的直接诠释是由教会的导师决定的。

十三、胎儿已经是具有灵魂的人。

根据我们共同认可的原则，上述句子中的某一些是真实的（或虚假的）：直角的确是九十度，但只在欧几里得的几何系统里才成立；当我们信任普及性的物理规律，且句中的“度”是指“摄氏度”时，陈述七中的“水在一百度沸腾”才是真实的；至于“苹果是被子植物”，这句陈述也是基于某些关于植物分类的理论才成立。

有些人很信赖前人作出的检验：我们之所以相信拿破仑死于一八二一年五月五日，是因为我们相信历史书里的内容。但我们必须承认很可能有那么一天，我们会在某英国海军上将的档案里发现一份未发表的文件，证明拿破仑死于另外一天。有的时候，出于功利主义的想法，尽管我们知道某种想法未必正确，却仍会把它当成正确的理论加以应用，例如，当我们想在茫茫沙漠中找到方向时，就会认定太阳是从东往西移动的。

关于宗教方面的陈述，我们不能说它们难定真假。假如我们把福音书中的佐证看成历史上真实存在的，那么一个新教徒自然会把基督的神性视为同样的东西。然而，天主教会的神职人员却不这么看待这个问题。至于胎儿的灵魂，则要看关于“生命”、“人类”、“灵魂”等概念是如何定义的。例如，圣托马斯（参见《天堂之外的胚胎》）认为胎儿和动物一样，只有觉魂，而不像真正的人那样具有灵魂，因此也无法参与肉体的复活。圣托马斯这话如果放在今天，定会被打为异端邪说，但在当时那个极度文明的时代，他却被奉为圣人。

所以说，对于真理的判定取决于我们所参照的标准。

是否检验和接受一条真理，存在不同的标准。承认了这一点，我们才谈得上所谓的“包容”。在一场考试中，出于教学和科学的要求，我有权让一个声称水在九十度沸腾的学生留级。然而，一个基督教徒却应该接受某些人不信奉上帝，而把安拉或穆罕默德视为真主（对于一个穆斯林来说，反之亦然）。

“判定真理存在不同标准”，这本是一种典型的现代思想，在逻辑学和科学研究中尤为如此。然而，根据我们近期所面临的一些争论，这种思想似乎会引发相对主义，并被看成是当代文化中的历史顽疾，因为这种思想会否定任何真理的存在。对于反相对主义者来说，究竟什么叫“相对主义”呢?

某些哲学百科全书认为，有一种思想叫作认知相对主义。根据这种思想，人们对于事物的认知，只能在一定的条件下进行，而这些条件是由人类的能力所决定的。从这个意义上说，康德也应算是相对主义者，但他却从未否认存在具有普遍价值的规律。另外，从伦理角度说，他也信仰上帝。

在另一部哲学百科辞典里，我却找到了如下解释：“相对主义不承认存在任何绝对原则，无论是在认知领域，还是在行为领域。”但我认为，否认认知领域存在任何绝对原则，与否认行为领域存在任何绝对原则是完全不同的两回事。某些人可能认为“对儿童进行性侵犯是罪恶的行为”这一说法只在一定的价值体系内才成立——因为在某些文化中，这种行为曾经是被允许或容忍的。然而，同样是这些人，却认为毕达哥拉斯定理无论是在哪个时代、哪种文化中，一定都是成立的。

没有哪个正常人会给爱因斯坦的相对论贴上相对主义的标签。承认对于真理的衡量取决于衡量者不断变化的状态——这是一条在任何时间、任何地点、对于任何人都成立的原则。

作为一个哲学流派的名称，相对主义是在十九世纪随着实证主义的兴起而提出的。根据这种理论，“绝对”是永远无法被认知的，它最多也只能被理解成一条移动的边界，是科学研究不断靠拢的目标。可是，没有任何一位实证主义者宣称那些从客观上可以被证实、对所有人都具有普遍价值的科学真理是无法达到的。

将各本哲学手册匆匆浏览一番之后，我发现倒是有一种哲学理论可以被定义为相对主义思想，即所谓的“整体主义”。该理论认为：关于任何一条陈述，我们只有在一定的有机假设和概念模式下，或如某些人所说，在一定的科学范式中，才能判定其真假（或其是否具有意义）。整体主义者（自然）认为在亚里士多德体系下和牛顿体系下，“空间”这一概念的内涵是不一样的，因此，这两种体系也就不具有可公度性。如果一种体系能对所有的现象作出解释，那么这种体系就比其他体系更具合理性。然而，还是那些整体主义者，他们最先告诉我们某些体系根本无法对所有现象作出解释，而另一些体系却能逐渐胜出，因为相对于其他体系，它们能作出较好的解释。所以说，即使是表面包容的整体主义者也要面对那些需要作出解释的现象；虽然他们嘴上不说，实际上也得遵循最基本的现实主义：无论如何，总得有一个方式去定义事物所处的状态。对于这个方式，也许我们永远也无法真正认识，但假如我们根本不相信存在这样一种方式，我们所进行的研究就不再具有任何意义，人类也就不用费尽心机地尝试用新的体系来解释世界了。

整体主义者通常自称为实用主义者。关于这一点，我们可不能含糊：真正的实用主义者，如皮尔士，并不认为“某理论只有在发挥作用时才是真理”，他们认为“一条理论只有是真理，才能发挥作用”。在他们主张易谬论（这种理论认为我们所有的知识都有可能是错误的）的同时，恰好也肯定了人类只有通过不断纠正自身的认识，才能把“真理的火炬”世代传承下去。

这些理论之所以会被怀疑为“相对主义”，在于它们强调不同的体系是永远不可通约的。毫无疑问，托勒密的天体系统与哥白尼的天体系统的确不具备通约性，且只有在托勒密的体系中，“本轮”和“均轮”这两个概念才有意义。但上述两种体系的不可通约性并不意味着这两种体系不可比较。恰恰是通过对它们进行比较，我们才能理解托勒密用这两个概念所指的是什么样的天体现象，也才明白哥白尼试图用另一种概念模式进行解释的，实际是同样的两种现象。

哲学上的整体主义与语言上的整体主义十分类似。因此，一种语言会通过其特有的词法和句法结构把某种世界观强加于使用这种语言的人。本杰明·沃尔夫[①]曾说，西方语言倾向于用分析事物的方式来分析事件。例如，从语法角度来说，“三天”和“三个苹果”具有相同的结构；但某些美洲土著居民的语言结构却更加倾向于用分析事件的方式来分析事物——所以说，在描述某些现代物理学现象时，霍皮人的语言比英语要更为好用。另外，沃尔夫还提到，爱斯基摩人的语言中有四个词来描述不同状态下的“雪”，因此，当我们只看到一种状态时，他们却能看到更多的状态。这个说法后来遭到了驳斥，我们暂且抛开其真伪不论，无论如何，我们与爱斯基摩人的交流也不会因为这种语言现象而被阻隔。事实上，西方滑雪者也懂得如何区分不同种类、不同状态的雪，只要与爱斯基摩人多接触几次，他们就会明白当我们说“雪”这个词时，对应的究竟是他们语言里那四个词中的哪一个。这就好比法国人，他们把“冰”、“冰柱”、“冰激凌”、“镜子”、“水晶玻璃橱窗”等词统统称为glace，但在大清早，他们也不会由于语言的局限，对着一面冰激凌刮胡子。

最后，并非所有当代思想都接受整体主义观点，这种观点只是众多支持认知多元化的理论之一。根据这些理论，我们可以从不同的角度去认识同一个事实，我们从每一个角度所看到的亦是不同的侧面，这些侧面是无穷无尽的。认为任何事实都是从某一特定的角

---

① Benjamin Lee Whorf (1897—1941)，美国语言学家。

度来认定的，这不叫相对主义（也不叫个人主观主义）；认为我们总是通过且仅通过某种描述来认识事实，可以避免我们盲目相信或妄想呈现在我们面前的总是同一个事实。

在“认知相对主义”的词条旁边，百科词典中还收录了“文化相对主义”这一概念。早在欧洲人以令人批判的方式与其他种族进行最初接触的时代，蒙田和洛克就最先意识到不同的文化不仅包含不同的语言和神话，还包括不同的道德体系（这些道德体系在各自的世界中都行得通）。今天，对于生活在新几内亚森林里的原始部落来说，食人肉的行为仍然合法，甚至受到推崇——对于这一现象，我认为无可厚非。同样，在某些国家，通奸者会遭受与我国社会不同的惩罚，这也不值得大惊小怪。但承认文化的多样性至少要做到两点：首先，承认某些行为在各种文化中具有普遍性（例如母亲爱护自己的孩子，又如人们表达厌恶和愤怒情绪时，总会使用相似的面部表情）；第二，我们不要随意扣上“道德相对主义”帽子，既然不同的文化有着不同的道德价值体系，那么人们就可以自由地用其想法和愿望来指导其行为。我们应该承认并尊重文化间的差异，但这并不意味着要放弃我们自身的文化立场。

那么，当代文化的毒瘤——相对主义的魅影是何时出现的呢？

针对相对主义的世俗批判主要把矛头对准了过头的文化相对主义。当马尔切洛·佩拉[①]推出他与拉青格联合撰写的文集《无根》[②]（米兰，蒙达多利出版社，二〇〇四年）时，他清楚地知道文化间存在差异，但他却认为西方文化中的某些价值（如民主、政教分离、自由主义等）比其他文化的价值更高。由此一来，西方文化就有充

---

① Marcello Pera（1943— ），意大利哲学家、政治家。

② 该书分为两部分，第一部分是意大利时任参议院主席马尔切洛·佩拉写给拉青格主教的信件，第二部分则是拉青格主教致佩拉的回信。书中探讨了欧洲局势、《欧盟宪法》、相对主义、天主教与伊斯兰教等问题。

分的理由自认为在这些方面比其他文化更具优越性，且这种优越性应该被普遍认可。然而，佩拉在强调这一点时的论述却值得商榷。他说："如果隶属B文化的成员自愿表示他更喜爱A文化——假如属于伊斯兰文化的居民都纷纷迁徙到属于西方文明的地区——那么，我们就有理由相信A文化比B文化更高等。"这种说法是站不住脚的，因为在十九世纪，爱尔兰人曾大举向美国移民，但这并不是因为他们不热爱天主教文化，更喜欢新教文化，而是因为爱尔兰发生了马铃薯疫情，如果不移民，他们就会死于饥荒。佩拉之所以抗拒相对主义，是因为担心对于其他文化的容忍会导致西方文化屈从于移民大潮以及他们的文化。所以说，佩拉所捍卫的并非"绝对主义"，而是西方文化。

在《反相对主义》（罗马-巴里：拉特尔扎出版社，二〇〇五年）中，乔万尼·杰维斯[①]构建了一个"安逸的相对主义者"的形象：一个晚期浪漫派、尼采式后现代主义思想家，以及"新时代运动"思潮的追随者等多种身份的奇异结合。对于他来说，相对主义是一种非理性主义，是科学的对立面。杰维斯对文化相对主义的反动本性进行了控诉："如果说每一种社会形式都应该被尊重和认可（甚至被尊为各种'主义'），那么不同的民族就会被隔绝。"无独有偶，更有一些文化人类学家，他们非但不重视不同民族间长期存在的生理和行为差异，反而一味地强调由文化造成的差异。当他们过分地重视文化因素而忽略生理因素时，实际上是再次间接地强调了精神第一性、物质第二性。因此，只有从宗教的视角看待这一问题时，他们的观点才站得住脚。

所以说，相对主义究竟是与宗教精神相对立，还是一种经过伪装的宗教思想，实在难下定论——就连那些反相对主义者们也未曾

---

① Giovanni Jevis（1933—2009），意大利心理分析学家。

就此达成共识。事实上，不同的人口中所说的相对主义指的是完全不同的现象。

对于某些信徒来说，担心是双重的：一方面，他们担心文化相对主义一定会导致道德相对主义；另一方面，他们担心既然存在检验真理的不同方式，那么就不可能认识绝对真理。

关于文化相对主义，当年的拉青格主教曾在某些著名的训导教谕中把文化相对主义和道德相对主义相提并论，并抱怨说有太多人支持道德多元化是民主的基础。

我早就说过，文化相对主义与道德相对主义没有关系：出于文化相对主义的思想，人们允许新几内亚的巴布亚人穿鼻钉。然而，在道德层面上，我们的民族绝不会认可成年人（包括神职人员）奸污七岁幼童的行为。

至于相对主义与真理之间的矛盾，若望·保禄二世曾在《信仰与理性》通谕中强调：

> 现代哲学过于偏重对人类知识的研究，却忘记了对存在的探寻。它不鼓励人们发展认识真理的能力，反而强调其认识的条件和局限。由此产生了许多形式的不可知主义和相对主义，它们使哲学研究迷失在一片怀疑主义的流沙之中。

拉青格则在二〇〇五年的一次布道中说：

> 目前，一种相对主义的独裁局势正逐渐形成，这种思想不承认任何“绝对”概念，只把所谓的自我和自我意志作为衡量真理的唯一标准。然而，我们却有不同的标准：上帝之子，真正的人。

这里，我们看到了关于“真理”的两个不同概念，一个是字面意义上的真理，另一个则带有神学属性。事实上，早在《圣经》（至少是我们读到的译本）里，这两个概念就已经出现了。有时指的是表明事物真实状态的真理（“我实实在在地告诉你们”），有时指的却是神性的内在属性（“我就是道路，真理，生命”）。这就把许多天主教神父摆到了如今拉青格所说的相对主义的立场上，因为在他们看来，不必在意某条关于现实世界的言论是否与真实状态相符，只需重视那条配得上真理之名的唯一真相，即救世信息。当圣奥古斯丁面对地球究竟是球形还是扁形之争时，他似乎更倾向于球形的观点，但他曾表示：鉴于即使知道这一点也对拯救灵魂毫无用处，因此这两种理论实际上不分高下。

在拉青格主教的诸多文章中，极少出现不带神学色彩的真理概念，绝大多数指的都是以耶稣为化身的启示性真理。既然关于信仰的真理是启示性的真理，又何必非要将它与哲学及科学意义上的真理（这个概念有着完全不同的性质和目的）相对立呢？我们不妨借鉴圣托马斯的做法：他知道阿威罗伊派关于世界永恒的论述是可怕的邪说，在《论世界的永恒》中，他出于信仰接受了创世论，但他同时认为从宇宙学的角度来看，人们通过理性的方式既无法证实世界是由上帝创造的，也无法证实它是永恒存在的。然而，拉青格却在他的《一神论》（米兰，蒙达多利出版社，二〇〇二年）中对所有的哲学和现代科学思想作出了如下描述：

> 人们认为，真理的本来面貌是无法被认知的。但我们可以一步一个脚印地前进，去伪存真。现在有一种趋势，想用“认同”来替代“真理”。这只会让人类离真理越来越远，甚至丧失辨别善恶的能力，从而完全屈服于大多数原则……人类毫无规则地设计和“组装”世界，这样必然会超越人类的尊严，导致人类的权利遭到质疑。这样的一种理性系统没有为“上帝”的概念留下任何空间。

认为科学上的真理是不断经历检验和纠正的对象，这原本是一种严谨的观点。但拉青格却由此斥责该观点将尽毁人类的尊严，这种推理是站不住脚的。除非他认为所有的现代思想都宣称这世上不存在事实，只存在对事实的诠释，继而宣称没有“存在”的基础，因此上帝死了，最终，既然没了上帝，那么一切都变得可能。

无论是拉青格，还是其他反相对主义的普通人都不是空想者，也都不是阴谋家。他们中的有些人属于温和派或批判派，反对的是某种特定的极端相对主义，即认为“不存在事实，只存在诠释”的观点。另外一些反相对主义者则属于激进派，他们把“不存在事实，只存在诠释”的靶子扩展到整个现代哲学思想。这是个严重的错误，倘若他们参加当代大学的哲学史考试，一定会不及格。

“不存在事实，只存在诠释”的观点是尼采提出的，他在《论道德之外的真理与谎言》（一八七三年）中对此进行了清晰的论述。由于自然已抛弃了解读它的钥匙，人类的思想只能在被称为“真理”的概念性假想的基础上运转。我们自认为在谈论树木、色彩、雪和花，但它们都只是些隐喻，与原始本质并不相符。世上的树叶千变万化，却并不存在一片“叶子”的原型——“所有叶子的纹理、图案、形状、色彩、褶皱都依照它来绘制，只是因为绘制者的双手笨拙而不免导致走形”。一只鸟和一条虫子对于世界的感知与我们肯定是不一样的，我们无须去讨论哪一种感知更为正确，因为根本就不存在一条界定“正确感知”的标准。自然“并不了解任何形式、任何概念，也就不认识任何种类，它只知道一个 X，一个对于我们来说既无法达到、也无法定义的 X”。于是，真理变成了“一组游移不定的隐喻、转喻和拟人形象”，是人们诗意的创造，却被强行转化为知识，“一切都是幻象，我们却忘了它们的虚幻本质”。

然而，尼采却回避了以下两种现象。第一，当我们已经适应自身这种具有强制性且值得怀疑的知识，就确实能从某种程度上认识自然：假如有人被狗咬伤，即使不知道具体是哪一只狗，医生也明白该给伤者注射什么样的药剂。第二，自然会时常迫使我们宣称现有的知识并不可靠，并强制我们选择另外一种知识体系（这就涉及认知模式的革命问题）。尼采意识到了自然的这种强制性，并将其视为“可怕的力量”，因为这些力量会不断地强加于我们，与我们的“科学”真理相对立。但他却拒绝将这些“可怕的力量”概念化，因为他已在逃避它们。而我们所做的，正是构筑起概念化的武器来进行防御。变化是可能的，但这种变化并非结构上的重组，而是一场持久的、诗意的革命：

> 如果我们每个人的感觉都各不相同，或者说如果我们能时而像鸟儿、时而像虫子、时而像植物那样感知世界，又或者说，对于同一个刺激源，一个人认为是红色，另一个人认为是蓝色，甚至还有第三个人将其感知为一种声音，那么，任何自然的规则就都无从谈起了。[①]

因此，艺术（以及神话）

> 不断混淆概念的类别，不断引入新的换位、隐喻、转喻；不断表达处在清醒状态下的人类的愿望：把现存的世界描绘成一个多色彩、不规则、无因果关联、断裂、刺激且常变常新的形象，可这副样子只会出现在梦中的世界里。

以此为前提，逃离现实的第一个可能就是委身于梦境。但就连

---

① 以下两段摘自弗里德里希·尼采：《希腊悲剧时代的哲学和 1870—1873 年遗稿》，见《文集》第三卷，第二章，米兰，阿代尔菲出版社，1973 年。

尼采本人也承认艺术虽能带来极大的愉悦，但它对于生活的统治终究只是骗局。或者说，这是尼采的追随者们所吸取的教训。对尼采而言，存在的消失与上帝的死亡是相吻合的。尼采宣称上帝死亡，使得许多信徒得出了一个陀思妥耶夫斯基式的错误结论：假如不存在上帝，或上帝即将消失，那么一切都不受约束。

然而，恰恰是那些不信奉神灵的人明白，既然不存在地狱或天堂，那么人类必须在现世通过慈爱、同情和建立道德准则来拯救自己。去年，欧金尼奥·莱卡达诺[1]出版了一本书[2]，书中收录了大量其他作者的文章来强调其观点：只有把上帝放在一边，人类才可能真正拥有道德生活。在此，我不想评论莱卡达诺和其他作者的观点是否正确，只想告诉大家有一些人认为上帝的缺失并不会消除道德问题。对此，马尔蒂尼主教已有了清楚的认识，也正是他在米兰建立了一座非信徒布道台。可惜马尔蒂尼没被选举为教皇，这不禁让人质疑红衣主教团的神学政策，当然，这些问题已超出我的学术范围了。另外，十多天前，埃利·威塞尔曾说过：认为一切都不受约束的人并非认为上帝已死，而是自诩为上帝（这是所有大大小小的独裁者的通病）。

无论如何，“不存在事实，只存在诠释”的观点并不能代表当代哲学思想的主流。它们中的大部分都对尼采及其追随者进行了如下驳斥：首先，如果不存在事实，只存在诠释，那么它们都是针对什么而做出的诠释呢？第二，就算人们是在就诠释进行诠释，也总该有一个初始事物或事件来推动人们开始诠释。第三，即使“存在”是无法被定义的，也总得弄清楚我们用隐喻的方式所指的“我们”是谁。由此，说出真理这一问题，就由认识的客体转移至认识的主体。

---

① Eugenio Lecaldano（1940—　），意大利哲学家。

② 欧金尼奥·莱卡达诺：《没有上帝的道德》，罗马-巴里：拉特尔扎出版社，2006年。——原注

上帝也许是死了，但尼采没有。而我们又是以什么为根据来证实尼采的存在呢？难道说他只是一个隐喻？如果说是，那么做出该隐喻的又是谁？不仅如此，假如人们总是通过隐喻来描述事实，那么为了做出这些隐喻，总得使用到一些具有文字含义的单词，这些单词必须表明一些我们的经验所了解的特性。打个比方，如果我不具备对于人类腿部的直接（非隐喻的）认识，对该部位的形状和功能有所了解，又怎么可能把支撑桌子的木棍称为“桌腿”呢？当某些人试图宣称在不同的主体之间不存在同一的检验标准时，他忘了是那些存在于我们之外的因素（也就是被尼采称为“可怕力量”的因素）时常阻止我们表述出这样的标准，即使以隐喻的形式也不行。再者，从实践的层面来说，燃素理论对治疗炎症无能为力，抗生素的疗效却立竿见影，这就说明不同的医疗理论之间还是有优劣之别的。

所以说，“绝对”很可能是不存在的，即使存在，也难以理解，遥不可及，但总有一些自然力量在赞成或质疑我们的诠释。假如我把一扇画得十分逼真的假门当成了真门，且打算径直穿过它，那道无法穿越的墙壁必然会无情地否定我的诠释。

事物总是以某种方式存在或发展的，其证据不仅仅在于所有的人都终有一死，也在于当我尝试穿墙而过时，会撞断自己的鼻梁。死亡和那道墙就是“绝对”的唯一形式，对于这种形式，我们无须置疑。

当我们妄想对那堵墙视而不见时，它那显而易见的存在会对我们说不。对于捍卫“绝对”的人来说，这或许是一个非常朴素的检验真理的标准。但还是套用济慈的那句话吧：“这就包括你们所知道，和应该知道的一切。”

火之炫*

本届米兰艺术节的主题是“四大元素”。若要将它们一一品评，这显然超出了我的能力范围。于是，我只选择了其中的“火”作为发言的主题。

理由何在？相比起其他三大元素，尽管“火”在我们的生活中扮演着极其重要的角色，却更容易被我们遗忘。气——我们每天都在呼吸，水——频繁出现在日常生活里，土——是我们无时无刻不在踩踏的对象，至于火——我们与它的接触日趋减少。曾经属于火的功能正被一些看不见的能源所取代；如今，光的概念已经不再与火焰紧密关联，只有煤气（几乎看不见）、火柴或打火机（仅对吸烟者而言）以及蜡烛顶端的微弱火苗（仅对仍然坚持去教堂做礼拜的人而言）才能让我们联想起“火”。

为数不多的幸运者仍然保留着壁炉。那我就从壁炉说起吧。一九七〇年代，我曾买下一幢乡间小屋，里面装有一座精美的壁炉。在我十二三岁的儿子们眼里，炉膛里燃烧的木柴和跳动的火焰绝对是从未见过的奇景。每当我点燃壁炉，他们就会放弃打开电视机开关的念头。燃烧的火苗比任何电视节目都要炫目多姿，它们讲述着无穷无尽的故事，每时每刻都在变化，从不像电视节目那样无聊地重复某一模式。

在当代人之中，对“火”钻研最深的恐怕要数加斯东·巴什拉[①]，其研究领域涉及诗歌、神话、心理学及精神分析学。他曾针对伴随人类想象的各种原始形象进行深入的研究。在这一过程中，他发现火的形象几乎无处不在。

火的热量令人想到太阳的温暖，人类也曾把太阳比作“火球”；火令人目眩神迷，是激发人类幻想的首要动因；火是全人类的第一个禁忌（不可玩火），由此成为体现法律神圣的标志；火是如此神奇，它产生于两个木块，又在熊熊旺盛之际将其吞噬——这样一种诞生方式具有强烈的性暗示，因为火种的产生来自木块的摩擦。从另一方面来看，假如我们从精神分析的角度对这一现象进行更深入的解读，就会想起弗洛伊德的观点：控制火的前提是放弃以排尿的形式将其熄灭的满足感，即放弃冲动式的生活。

“火”的确是许多冲动的象征，如“怒火”、“爱火”等。象征意义上的“火”几乎出现在所有与“激情”相关的话题中。不仅如此，由于火焰与鲜血有着相同的颜色，火也象征着生命。火是热量的源泉，因此它还象征人类将营养物质分解——即消化的过程；又因为它的燃烧过程依赖于燃料的不断供给，所以火与人吸取营养求得生存的过程颇为相似。

火还是促成各种物质转化的首选工具，当人们打算使某个事物发生变化时，首先想到的就是火：为了让火长燃不灭，人们必须加以照看，这一过程就好比照料一个初生的孩子；在火身上，我们一眼就能洞察到生命的悖论：它能带来生命，也能带来死亡、毁灭和痛苦；它象征着纯洁和净化，同时也意味着肮脏，因为灰烬是它的残余物。

---

* 本文为2008年7月7日在米兰艺术节会议上的发言稿，会议主题为“四大元素：火、气、土、水”。——原注

① Gaston Bachelard（1884—1962），法国哲学家、诗人。

火可以是刺眼的光线，令人不敢凝视，就好比无法凝视太阳；但火也可以被人控制，当它化作柔和的烛光时，我们便可以在这光线下做影子游戏。在失眠的夜里，一缕孤零零、消散在无边黑暗中的火光会让人浮想联翩。看着烛光，我们可能想到生命的源泉，也可能想到即将消逝的残阳。火产生于物质，随后转化为更为轻盈无形的状态，由火焰底部的红色或蓝色转变为火苗的白色，直至化为青烟，消散殆尽……从这个意义上说，火的本质是向上的、超凡的。可在另一方面，人们知道火产生于地球的中心，只有在火山苏醒时才会从地心喷发而出，所以火也象征着深不见底的地狱。它意味着生命，但燃烧的过程同时也是熄灭的过程，一个渐渐衰弱的过程。

在这里，我想引用《火的精神分析》中的一段文字来结束巴什拉的观点：

> 链条上吊着一口深色的大铜锅。那口三足大锅下面是滚烫的灰烬。祖母对着铁管子猛吹了一口气，将怏怏的火苗再次吹旺。锅里煮着各种食物：喂猪的整块土豆和人吃的小块土豆。大锅下的灰烬里还包裹着一只新鲜鸡蛋——那是给我的。火候也不用沙漏来衡量，当一滴水——很可能是我的口水——在蛋壳上蒸发而去的时候，鸡蛋也就熟了。后来我惊讶地发现丹尼斯·帕潘[①]居然也按照祖母的办法来照看他的锅。在吃鸡蛋以前，我必须消灭一份黄油面包糊……如果我表现不错，他们就会拿烤架给我烤些薄脆饼。那四四方方的薄饼下压着的是烧得像剑兰一样红的火苗。随后，薄脆饼被放进了我的围裙里，当

① Danis Papin（1647—1712），法国物理学家、数学家和发明家。他最早发现水蒸气的弹力，设计过一种以他的名字命名的锅。

我捧起来吃时，与其说是烫嘴，不如说是烫手。是的，我是在吞火，当薄脆饼在我的牙齿下变得粉身碎骨时，我吞下了火的颜色、火的味道，甚至它燃烧时的噼啪声。我常常这样，像品尝甜品一样享用这奢华的美味，连火都有了一丝人情味儿。

所以说，火意味着太多东西。除了是物理现象，它几乎成为一种象征。与其他象征物一样，火具有多重含义，根据不同的场合，会引发不同的联想。在今天这个讨论“火”的夜晚，我并不想尝试从精神分析的角度对火进行剖析，倒是想从符号学的角度对它进行一次粗浅而随性的解读，探寻我们眼中的火（有时，它带给我们温暖，但有时它也会将我们置于死地）到底具有多少种含义。

神圣之火

人类与火的最初接触是间接地通过阳光以及直接地通过闪电和火灾来实现的。自然，火与神灵有着密不可分的联系。在所有的原始宗教中，我们都可以找到某种对火表示崇敬的仪式，无论是黎明时分的拜日典礼，还是神庙密室内长明不熄的圣火，都不例外。

在《圣经》里，火总是神灵显现的征兆。伊利亚被一辆火战车载着劫走，在一片火光之中，正义之神欢欣雀跃（“耶和华阿，愿你的仇敌都这样灭亡。愿爱你的人如日头出现”，《士师记》；“智慧人必发光如同天上的光。那使多人归义的，必发光如星，直到永永远远”，《但以理书》；“当上帝来报偿义人的时候，他们将面对恶人燃起怒火，如同干草中的火焰”，《所罗门智训》），而天主教会的神父在谈论基督时，则总会使用到“灯火”、“启明星”、“光芒”、“光辉”、“初生”、“正义的太阳”、“朝阳”、“星光”之类的字眼。

早期哲学家曾把火看作宇宙的根本。亚里士多德认为，赫拉克利特所说的“万物之源”就是火。的确，在他的某些作品片段中，我们也能找到相应的论据。依据赫拉克利特的观点，每隔一段时期，宇宙就会浴火重生，在此过程中，存在一种万物与火的交换，就好比用金子换商品，用商品换金子一样。对此，第欧根尼·拉尔修则有另外一种解读：他认为宇宙万物都是生于火又灭于火的。因此，一切物质的形成都源于火元素紧缩和膨胀（火的冷凝形成水，水的紧缩形成土，土的稀释再次形成水，而水的发光汽化则助火再生）。唉，众所周知，赫拉克利特的表述是十分含混的，正如上帝通过德尔斐传达神谕时既不明说也不隐藏，只是暗指。所以，许多人认为赫拉克利特对于火的论述仅仅是为了表明宇宙万物的瞬息万变，即所谓的“诸行无常”：一切都是变化无常的，我们不仅不可能两次踏进同一条河流，也不可能两次被同样的火焰灼烧。

在普罗提诺的作品（《九章集》）中，我们可以找到关于火之神圣的最美描述：既然“太一”是无可名状、无运动也无消耗的万物之源，那么这个“太一”只能是一个类似于太阳的光源——不断放射光芒，自身却始终如一，没有任何变化和消耗。正因为如此，火被他视为神灵的化身。

如果说万物源自放射，那么在地球上，就没有什么比神圣火光的照耀更为炫目了。这种纯净而简单的色彩之美凌驾于物质的黑暗之上，同时蕴含着一种无形而理性的光辉。因此，与其他任何物质相比，火都蕴含着更多的美感：它没有固定的形态，比其他任何物体都轻盈，轻得几乎无形；它总能保持纯洁，不含任何构成其他物质的元素，同时却是其他所有物质的组成要素；它能让他物升温，自身却不冷却。火的本性让它拥有各种色彩，能够赋予其他事物形态和颜色，其他一切事物只要远离了火光，也就丧失了美丽。

伪丢尼修（五至六世纪）曾写下这样一段带有新柏拉图主义色彩的文字，这些文字对整个中世纪的美学观点都产生了重要的影响。我们在《论上天的等级》第十五章中可以读到：

> 所以我想，火代表天国智慧中最为神圣的元素；事实上，圣洁的神学家们常常用火来象征那些超现实的、无形象的“真体”，好像火在许多方面是把上帝的特质有形地表现出来（倘若我说这话不是不敬）。我们可以说，那可感觉的火是内在于万物之中，又通过万物而不与之掺杂，更超出万物之上，一方面点亮万物，另一方面，本身潜而不显，其本质全不可知——除了在接近物体时会表现出自己的作用之外——它看不见、抓不住，却能将其他所有事物牢牢掌握。

在中世纪的美学观点中，除了比例之外，清晰和光明也占有十分重要的地位。如今的电影和各种角色扮演游戏常常让我们认为中世纪是一个“黑暗”的历史时期，不仅思想黑暗，色彩也是阴森恐怖。这完全是一种误导。当然，中世纪的生活环境确实较为阴暗，人们大多生活在森林、古堡，或是仅靠壁炉照明的狭小房间里；但抛开喜欢早睡且不喜欢夜间活动（浪漫人士的最爱）的习惯来说，中世纪本身却是光彩夺目的。

中世纪的人们把美定义为光线明亮和色彩艳丽（当然，比例协调也是必要的）。所谓的色彩艳丽是一个较为简单的概念，就是指红色、蓝色、金色、银色、白色和绿色的组合，无需色彩渐变，也无需明暗对比。事物的光彩就由这些颜色的和谐搭配产生，而非来自外界光线的笼罩，色彩也不会从形象的边界流溢开来。在中世纪的微缩画中，光线似乎是由物体本身发射出来的。

这种光芒四射的色彩也常常呈现在诗歌作品之中：草是绿的，血是红的，奶是白的，在圭尼泽利的诗篇中，一位美丽女子的脸庞是“白里透红”的（更不用说更晚些时候的“明净、清澈而温柔的水”了）。

在一些神秘主义学者，尤其是在宾根的希尔德加德的眼中，火更是活灵活现。她曾在《认识上帝之道》中写道：

> 我看见一道强烈的闪光，在这闪光之中，出现了一个蓝色的人形，他在一团明艳的红色火焰中彻底燃烧。绚丽的闪光笼罩着通红的火焰，通红的火焰也映衬着绚丽的闪光，同时，那耀眼的闪光和通红的火焰环绕着整个人形，形成了象征品德和能量的唯一光芒……
>
> 火焰具有鲜亮的色彩，焕发与生俱来的生机，散发炽烈的热量。它鲜亮的色彩是为了散发光芒，它勃勃的生机是为了持久地存在，而它炽烈的能量则是为了燃烧。

至于但丁在《神曲·天堂篇》中对光的描述，就更为灿烂夺目了。有意思的是，这些情景居然由十九世纪一位名叫古斯塔夫·多雷[①]的艺术家进行了最为逼真的展示，他竭尽全力（当然，不可能完全达到）地让诗句中的情景出现在人们眼前：那些耀眼的光芒、那些漩涡般的火焰、那些灯光、那些太阳、那些出现在“渐亮的地平线”（第十四歌，第六十九行）上的微光、那些洁白的玫瑰、那些在《神曲》第三部里盛放的红润花朵，就连上帝的目光也在这熊熊的火焰中迷醉了（第三十三歌，第一百一十五至一百二十行）：

---

① Gustave Doré（1832—1883），法国著名版画家、雕刻家和插图作家，曾为但丁的《神曲》创作插图。其作品光感强烈，对色彩的暗示到位，立体感很强。

在那崇高的光的深奥而明澈的本性中，
我看到三个光圈有三种颜色、一个容积；
一个光圈似乎是另一个光圈的反射，
犹如一道彩虹反射着另一道彩虹，
第三个光圈红如烈火，
它同等地来自这边和那边，正在熊熊燃烧。

光在中世纪时的宇宙学里享有至高无上的地位。早在九世纪时，约翰内斯·斯克图斯·爱留根纳①就曾（在《评〈论上天的等级〉》第一卷中）写道：

这个宇宙工厂是一束由许多部分，即许多种光线组成的巨大的光芒，这束光芒可以揭示所有可知事物的种类，并且用思维的视线去感知它们。在那些有智慧的信徒的心中，神性的恩泽与理性的帮助相得益彰。因此，神学家将上帝恰如其分地比作“光芒之父”，因为他是万物之源，他体现于万物之中，并通过他的智慧之光将万物统一、将万物创造。

十三世纪时，罗伯特·格罗斯泰斯特②曾提出一种光线宇宙学。他认为整个宇宙由唯一一束具有能量的光芒形成。这束光芒是所有美和存在的源泉。这不禁让我们想到宇宙大爆炸理论。这束唯一的光芒忽强忽弱，由此便产生了星球和各种元素所在的自然空间，万事万物的颜色和大小也就有了无穷无尽的变化。圣文德（在《隆巴哲学思想注疏》第二卷第十二章第一篇和第二卷第十三章第二篇中）

---

① Johannes Scotus Eriugena，爱尔兰新柏拉图主义哲学家、诗人。
② Robert Grosseteste（约 1175—1253），英国政治家、经院哲学家和神学家。

认为光是普遍存在于任何实体（无论是天上的，还是地下的）的属性，它是构成各种实体的实质，其含量越高，这种实体就越真实，越称得上是实体。

地狱之火

火可以在天国涌动，将阳光照射在我们身上，同样也能从地底喷发而出，散布死亡。正因为如此，自古以来，火与地狱王国就有着不解之缘。

在《约伯记》里，利维坦的口中“发出烧着的火把，与飞迸的火星……它的气点着煤炭，有火焰从它口中发出”。而在《启示录》中，当第七封印开启时，冰雹与火焰将从天而降，地面上将出现一口通往深渊的井，烟雾和蝗虫奔涌而出。四个天使被幼发拉底河冲散，他们带领着无数身着喷火盔甲的士兵冲杀。当羔羊再次出现，最高法官坐在一朵白云之上时，太阳烧死了幸存者。大决战结束后，怪兽和假先知一道被活生生地抛进烧着硫磺的火池里。

在福音书里，有罪之人被抛入了矶汉那地狱的火湖之中（《马太福音》）：

> 将稗子薅出来，用火焚烧。世界的末了，也要如此。人子要差遣使者，把一切叫人跌倒的，和作恶的，从他国里挑出来，丢在火炉里。在那里必要哀哭切齿了。

有意思的是，但丁笔下的地狱却没有我们想象中那么多的烈焰，因为诗人已经绞尽脑汁地设计出种种残酷的刑罚。无论如何，当我们看到那些躺在燃烧坟墓里的异教徒，那些挣扎于沸腾血河里的暴力伤人者，那些被火雨抽打的渎神者、鸡奸者和吝啬鬼，那些头朝下倒插于孔洞中、脚掌被烈焰灼烧的买卖圣职者，以及那些被投入滚烫沥青里的贪污者时，就已经大呼过瘾了。

毫无疑问，与但丁相比，在一些巴洛克时期的作品里，关于地狱的残酷描写是有过之而无不及的，丝毫没有受到当年艺术气息的影响。例如，在圣亚丰索[1]的作品中，我们可以读到这样的一页内容（《论死亡之准备》，第二十六章）：

> 在所有的刑罚中，最让那些被打入地狱者痛不欲生的，就是地狱之火……虽说在人间，火也是最为痛苦的极刑，但人间之火是不能与地狱之火相提并论的。正如圣奥古斯丁所说，人间之火不过是纸上之画……在地狱里，可悲的人将被火焰团团包围，就好比一根被丢进炉膛的柴禾。被打入地狱者的上方、下方和四周全都是深不见底的烈焰深渊。除了火焰，他摸不到、看不到、呼吸不到任何其他事物。他将淹没于大火之中，仿佛一条游弋在水里的鱼。这火不仅在他身体的四周燃烧，还将窜入他的五脏六腑，将他百般折磨。他的身体也将成为一团火，脏器灼烧着腹部，心脏灼烧着胸膛，脑浆灼烧着头颅，血液灼烧着血管，甚至连骨髓也在灼烧着骨头：每个被打入地狱的人本身也将变成一个火炉。

厄科勒·马基欧利[2]在《阐释悲悯》（一六九四年）中写道：

---

① Saint Alphonsus de Liguori（约 1696—1787），意大利天主教神父、经院哲学家和神学家。

② Ercole Mattioli（约 1640—1694），意大利政治家、外交家，某些历史学家认为，他就是路易十四当政期间的神秘囚犯“铁面人”。

根据某些极为著名的神学家的观点，火的神奇之处在于它能集所有的折磨于一体：寒冰的冷酷、铁和荆棘的刺痛、胆汁的苦涩、蝰蛇的剧毒、所有猛兽的凶残以及所有元素和星体的阴暗……然而，更为神奇的是“火的无上权威”，尽管火的种类是单一的，但它却能区分罪孽的轻重，从而让罪孽更深的人接受更残酷的折磨，这就是德尔图良所说的“火之智慧”，或是埃梅萨的优西比乌斯说的“火之裁决”。因为它的猛烈程度会与罪孽的种类与轻重及祈祷的种类与轻重相适应……火几乎成了一种充满智慧和理性的物质，能够区分不同的罪人，让他们品尝不同程度的痛苦滋味。

当年的牧童露希亚在揭开法蒂玛圣母的最后一个秘密时，曾说：

秘密一共有三个部分，我将展示其中两个部分。第一个有关地狱的景象。圣母向我们展示的似乎是一片巨大的地下火海。魔鬼和人形的灵魂沉浸在火海中，如同透明的、燃烧的灰烬，全部呈黑色或古铜色。他们浮在大火之中，有时随着烟云被跳跃而出的火苗抛向空中，又如同火星一般散落回茫茫火海，没有重量，也没有平衡感。他们那痛苦而绝望的尖叫和呻吟令人恐惧和发抖。恶魔的形态与灵魂不同，它们呈现出恐怖而令人憎恶的怪物形象，且全都是黑色和透明的。

炼金之火

在神圣之火与地狱之火之间，还存在着炼金之火。对于炼金实验来说，火与坩埚都是不可或缺的关键要素。有了它们，炼金术士就可以对原始物质进行操作，从而获得“点金石”：一种能使普通金属变为金银的石头。

对于原始物质的处理分为三个阶段，以不同的颜色和逐渐形成的物质相区分，分别称为“黑化工程”、“白化工程”和“红化工程”。所谓的黑化指的是将物质进行腐化溶解；白化是指物质的升华和蒸馏过程，而通过红化则可到达最终的状态（红色是太阳的颜色，而太阳也常常成为金子的别称）。在这一系列的操作过程，最重要的工具是密闭炉。当然，其间还会用到蒸馏器、瓶子、研钵，以及所有带有象征性名称的特制工具，如“哲人之蛋”、“子宫”、“婚房”、“鹈鹕”、“球体”、“坟墓”等。用于炼金的最根本原料是硫磺、汞和盐。但这其中的过程却很模糊，因为炼金术士们所使用的语言必须遵循以下三个原则：

第一，由于该项技艺的内容是不可言说的最高机密，那么作为秘密中的秘密，其表述的方式永远都是影影绰绰、扑朔迷离的。任何象征性的诠释都无法得到最终明确，因为秘密总在别处：“可怜的傻小子！你怎可如此天真地认为他们会把那些最重要的机密如此公开地告知于你？我可以打包票，如果有谁想按照常规的字面意义来解读那些神秘派哲学家的文字，就将陷入千头万绪的迷宫，永远也找不到那根引领他走出迷局的阿里阿德涅之线。”（阿特弗斯[①]）。

第二，炼金术士们提到的常见的物质，如金、银、汞等实际上都另有所指。他们口中的金或汞与我们所熟知的物质其实毫无关系。

第三，如果说每篇文章的含义都另有玄机，那么反过来，他们所有的文章都在谈论同一个秘密。正如《哲人集会》[②] 中所提到的：“要知道，我们所有人，无论说什么，所说的都是一致的……一本书

① Artephius，十二世纪时许多炼金术士提及的神秘作家。
② 盛行于埃及的隐喻式炼金术代表作，又称《炼金术汇编》。

会揭开另一本书中的玄机，只要认真寻找，定能找到答案。”

那么，在炼金的过程中，究竟哪个阶段需要火的参与呢？由于炼金之火与消化之火及妊娠之火有着相似的特性，因此，它应该在黑化过程中介入。换言之，火的热量将与金属、黏液及油性物质中的湿气发生作用，使原始物质发生“黑化”。假如我们查阅一篇由帕尼迪①撰写的名为《神秘学词典》的文章，就可以读到以下文字：

> 当热量作用于原始物质时，这些物质首先会变为粉末和油性黏液，它们先从瓶口蒸发，随后又如露珠或雨水一般落入瓶底，几乎变成一种又黑又油的浓汁。这就是所谓的升华、蒸发、上升和下降。凝固之后，这液体就会变成黑色的沥青状物质，被称为“臭土”。因为它会散发出一股类似于霉菌和腐尸的臭味。（《神秘学词典》，“操作要点”，第一百五十五至一百五十六页）

在不同的文章当中，我们能找到一系列诸如蒸馏、升华、煅烧、蒸煮或高温处理、反射炉处理、溶解、凝结及凝固等术语，它们所指的实际上是同一个过程——将原始物质进行熬制溶解。因此，帕尼迪总结说：

> 请注意，尽管有不同的表达方式，但它们所指的是同一操作过程，以下所有说法都具有相同的含义：用蒸馏器进行蒸馏、将灵魂与身体分离开来、烧制、煅烧、使元素融合、使元

① Antoine-Joseph Pernety（1716—1796），法国作家，普鲁士国王腓特烈二世的图书管理员。

素发生转变、把一种元素转化为另一种元素、分解、熔化、再造、孕育、创造、提取、滋润、用火加工、用锤子锻打、黑化、纯化、润滑、溶解、升华、粉碎、粉末化、用研钵研磨、在大理石上研磨……所有这些数不胜数的表达都意味着按照同一种步骤将原始物质进行熬煮，直到它变成深红色。因此，勿让瓶子挪动，勿让它离开火焰，因为物质一旦在中途冷却，就将前功尽弃。(《神秘学词典》，“普遍规则”，第二百零二至二百零六页)

此外，在许多作家的笔下，火的名称也是五花八门，如：波斯之火、埃及之火、印度之火、初始之火、天然之火、人工之火、灰烬之火、沙之火、锉之火、熔化之火、火焰之火、反自然之火、阿吉尔之火、氮之火、天之火、腐蚀之火、物质之火、狮之火、纯化之火、龙之火、粪之火等等。那么，这到底是什么火呢？

自始至终，火都在加热炉膛。但“火”这个名词不也有可能指代红化工程结束时的红色产物吗？的确，帕尼迪就曾用以下名词来表述红化后的点金石：红色橡胶、红油、红宝石、矾、地狱灰烬、红体、果实、红石、红色氧化镁、星形石、红盐、红硫、血、罂粟、红酒、红矾、胭脂虫，以及所谓的“火，天然之火”（《神秘学词典》，“标注”，第一百八十七至一百八十九页）。

所以说，炼金术士们一直在拿火做文章。火是炼金过程的基本要素，同时也构成了最为神秘的炼金谜团之一。由于我从没炼出过金子，所以无法对上述问题进行清晰的解答。现在，我要谈谈另一种火——技艺之火。在这里，火成为创新的工具，而匠人们则成了神的模仿者。

作为技艺之源的火

柏拉图曾在《普罗泰戈拉篇》中写道：

有一段时间，世界上只有诸神，没有凡间的生物……后来创造这些生物的时刻到了，诸神就指派普罗米修斯和埃庇米修斯来装备他们，并给他们逐个分配适宜的力量……埃庇米修斯与普罗米修斯商量，让他一个人来分配。“我分配完了以后，”他补充说，“你再来过目。”他说服了普罗米修斯，然后就开始工作。他把力量给了某些动物，但没有给他们速度，而把速度给了那些比较弱小的动物。他给某些动物装备了武器，而对那些没有武器的动物赋予其他能力，使它们能够自保。对那些形体较小的动物，他让它们能飞，或者让它们能在地底下居住，而对那些形体庞大的动物来说，它们的身体本身就是一种保护。他的整个分配遵循一种补偿的原则，用这些措施来确保没有一种动物会遭到毁灭……埃庇米修斯充分采取各种措施，使动物免于相互屠杀以后，又为动物提供能够抵御季节变化的装备，使它们长出密密的毛或坚硬的皮，足以抵挡严寒，也能抵挡酷暑，睡觉时还能用作天然的被褥。他还让有些动物脚上长蹄子，有些动物脚上长茧子，天然地起到鞋子的作用。然后他又给动物指定不同种类的食物，有些吃地上长的草，有些吃树上长的果子，有些吃植物的块根。他允许有些动物吞食其他动物，但使这些食肉动物不那么多育；而对这些动物的牺牲品，他使之多育，以便保存这个物种。

埃庇米修斯不是特别能干，在这样做的时候他竟然把人给忘了。他已经把一切能提供的力量都分配给了野兽，什么也没留给人。正在他手足无措的时候，普罗米修斯来检查工作，发现别的动物都配备得很合适，只有人是赤裸裸的，没有鞋子，没有荫庇，也没有防身的装备……

面对这尴尬的局面，普罗米修斯不知道怎样才能拯救人，于是就从赫菲斯托斯和雅典娜那里偷来了各种技艺，再加上火（因为没有火，任何人都不可能拥有这些技艺，拥有了也无法使用），把它们作为礼物送给人。

自从获得了火种，人类的各种技艺——至少是希腊语中所指的各种“技术”——就诞生了，人类从而开始统治自然。可惜柏拉图没有读过列维·斯特劳斯，没告诉我们自从人类学会了取火，也就开始烹煮食物；不过说到底，烹饪也不外乎一种技艺，因此也属于柏拉图所提出的各种“techne”之列。

关于火与各种技艺之间的关系，本韦努托·切利尼[1]在他的《自传》中为我们作了精彩的描述。我们可以看到他是如何用文火让蜡从珀尔修斯像的泥模中流出的。

熔化的蜡从我做的很多通风管里流出来。通风管越多，模子浇铸得越好。蜡流完以后，我围着珀尔修斯的模型建了一个漏斗状的炉子。那是用砖垒的，垒时上面一块砖与下面一块砖交错开，这样就留出了很多孔眼让火充分燃烧。然后我开始陆续地放木柴，让火烧了整整两天两夜。最后蜡全部流完了，模子也烘干了，我就开始挖坑来放模子。我严格按照技术的标准，做得一丝不苟……把模子抬到垂直位置，小心翼翼地把它吊到炉子上方，让它正好对准坑的中央，接着我又轻轻让它落到炉子底部……最后，我确信模子已经固定，坑已经填住，通风管

① Benvenuto Cellini（1500—1571），意大利文艺复兴时期的金匠、画家、雕塑家。

也安装完毕……于是我就转身去照看炉子，我在里面堆了很多铜锭和其他铜料。这些铜块也是按照技术的标准堆放的：一块一块地码好，让火可以从中间穿过去，这样它们就会更快地受热熔化。最后，我精神十足地命令点燃炉子，松木柴堆了起来，一方面由于木柴的松脂，另一方面由于我设计的良好通风，炉子的燃烧情况极佳，以至于……作坊着了火，我们担心屋顶会塌下来砸到我们头上；这时外面又下起了雨，大风从园子不停地往里吹，明显地降低了炉子的温度。我在这些不利的境况下奋战了好几个小时，我这强壮的身体已经掏出了十二分的劲儿。最后我实在受不住了，一阵这世上最为剧烈的高烧突然向我袭来，我感到非得回家去倒在床上不可。

就这样，在人造之火、意外之火和身体之火（高烧）的作用间，脑中构想脱胎为一尊塑像。

如果说火是神的工具，那么人类学会取火就是学会了一种原本只有神才掌握的能力。因此，就算是在庙宇中点燃火也算是人类的一种傲慢之举。在希腊文明中，盗火事件很快就被赋予傲慢的色彩。奇怪的是，所有颂扬普罗米修斯的作品——不仅是那部古典悲剧作品，还包括许多后续的艺术创作——更多地都在强调普罗米修斯因此遭受的惩罚，而非火种给人类带来的福祉。

作为显灵之兆的火

当匠人们带着自豪和傲慢接受和承认自己与神的相似之处，并将自己的作品看作神造物的替代品时，颓废艺术家们则敏感地开始将审美体验与火相提并论，将火与显灵相提并论。

显灵的概念（且不论该术语）是由沃尔特·佩特在他的文论《文

艺复兴论》中的“结语”中提出的。事实上，这篇著名的“结语”之所以要以赫拉克利特的一句引言开篇[1]，是不无道理的。现实是由一系列力量和元素生成的总和，但这些力量和元素也在逐渐消解，只有流于表面的经验才会让我们认为它们如此庞大且总是不合时宜：“但是，当我们的思考开始作用于那些事物时，它们就会在思想的影响之下逐一分离，而它们之间的黏合力也会如魔法般断开。”因此，我们所处的世界是一个不稳定的、瞬息万变的、没有延续性的世界：习惯被打破了，惯常的生活消失不见，剩下的只有稍纵即逝的瞬间。

> 每个瞬间都有一些人的手中或面部呈现出美好的姿态，一些山峰和海洋显现出格外迷人的色调，一些激情、洞见和智慧的昂奋对我们有着不可抗拒的真实感与吸引力。但一切只在那个瞬间。

不断保持这种精神昂奋的状态，就是“生命的成功”：

> 只有当一切在我们的脚下融化，我们才能够看清种种强烈的激情，种种能提高人的眼界、使人精神豁然开朗的知识进步，种种感官的刺激，例如奇异色彩、奇香异味，以及艺术家的匠艺，或者某位友人的面容。

几乎所有的颓废派作家都曾用“闪电”这一意象来形容感官和美学上的昂奋状态。但第一次将该状态与火相联系的，当数邓南遮。显然，我们所说的联系，并非简单而俗套地赞叹一句（如米拉·迪·科德罗在《约里奥的女儿》中尖叫道）“火焰真美”。正是在《火》这部小说中，邓南遮将美学上的昂奋与对于火的体验相提并论。面对威尼斯的风情万种，斯泰利奥·埃弗雷纳不仅联想到火：

---

[1] “结语”标题下有一句希腊语题词：“赫拉克利特说：‘万物皆流，无物永驻。’”

这种生命力就像一种无法抵御的闪电时时在万千事物中震颤，从竖立在里面回荡着人们祈祷声的教堂顶部的十字架，到拱桥下微微颤动着的水晶般的海水，无不闪烁着一种欢欣之光。因面临不幸的灾难而深感焦虑的人们从心灵深处警觉地发出尖锐的呼喊声，就像光灿夺目的金色天使从钟楼的顶端向人们预示着什么似的。他出现了，他踩着一片彩云像驾着一辆火焰车一般出现了，后面拖拽着紫袍的衣摆。

邓南遮的《火》为显灵论理论大家詹姆斯·乔伊斯所钟爱，他从中获得了启发："斯蒂芬认为精神顿悟是一种突然的精神显灵，它往往通过某种语言、动作或难以忘怀的意识活动来实现。"（《斯蒂芬英雄》）因此，在乔伊斯的作品中，这样的顿悟总是以某种火光闪现的体验出现。在《一个青年艺术家的画像》中，"火"一词出现了五十九次，"火焰"和"火焰般的"的出现也高达三十五次，至于其他表现发光发热的词，就更是不计其数了。在邓南遮的《火》中，当福斯卡里娜听到斯泰利奥所说的话时，觉得自己"沉浸在那犹如熔炉般的灼热的氛围中"。对于斯蒂芬·迪达勒斯来说，精神昂奋常常以耀眼的光芒出现，因此常被比作阳光。同样的情形也发生在斯泰利奥·埃弗雷纳身上。我们不妨比较以下两段文字：

邓南遮的《火》：

帆船强行调转方向，一个奇迹令他震惊。晨曦透过抖动的船帆，把永恒地屹立在圣马可钟楼和圣乔治·马乔雷钟楼上的天使照得闪闪发光，映红了其上屹立着命运之神的金球，使圣马可大教堂的五座王冠式的圆顶异常光彩夺目……

赞美奇迹！一种向往强大和自由的超凡感情充溢着年轻诗

人的心，就像海风鼓起了已胀满的风帆。在船帆紫红色的光焰中，他像是看到了自己热血的光辉。

乔伊斯的《一个青年艺术家的画像》：

他的思想是一片的怀疑和自我怀疑，偶尔由直感的光所照亮，在那样的时候，由于直感的光是如此强烈，整个世界便会在他脚下倾颓、消亡，仿佛被大火霎时吞没了似的：从那以后，他便不善言辞，以漠然和无动于衷的眼光来回应别人的注视，因为他觉得美的精神像一件外套一样将他紧紧地裹住了。

重生之火

我们已经说到赫拉克利特认为宇宙的每一个时期都是凭借火来重生的。但还有一个人与火有着更为亲密的关系，他就是恩培多克勒。（相传，）他为了证明自己的神性，或者说为了让信徒们相信自己已经神化，甚至跳入了埃特纳火山。这样的一种终极净化、这样一种在大火中彻底灭亡的选择，让每一个时代的诗人都慨叹不已。荷尔德林的诗句（《恩培多克勒之死》）便是明证：

没看见吗？
我生命中最绚烂的时光
今天再次到来
而那即将来临的时刻，将更为光彩；
走吧，孩子，
让我们登上古老而神圣的埃特纳之巅
因为神灵常常在那高处显现。

就在今日，就用这双眼
我要登上山顶，俯瞰河流、岛屿和海面；
那儿的夕阳将为我祈福
它流连于金光荡漾的灵动水面
那曾经是我的最爱。
随后，在我们的周围，
永恒的星光将静静地闪耀
当地心的热量从深邃的山底向上涌起
震撼的一切将把我们温柔地抚慰
这便是苍穹的灵魂。于是……

总之，赫拉克利特和恩培多克勒描绘出了另一幅关于火的图景。它不仅是造物者，同时也是毁灭者以及令万物重生者。历史学家曾提到过类似于宇宙大爆炸的“大火”（或是火灾以及世界末日等事件），在这样的过程中，诞生于火的万物都将在演化周期结束之时重归于火。就其本身而言，“大火”理论并不能说明人类可以通过火完成净化过程。但很显然的是，种种以火为基础的祭祀仪式都体现出一种理念：火有毁灭、净化和重生的功能。基于此，人们认为火刑也是具有神圣意义的。

过去的许多世纪中，人类曾实施过无数次火刑。受刑者不仅包括中世纪的异端，也包括现代（至少是直到十八世纪）的女巫。只有邓南遮的唯美主义才让米拉・迪・科德罗认为火焰是美丽的。曾经惩罚过众多异教徒的火刑是恐怖的，因为在火刑之前，他们还要遭受其他刑罚的折磨，其具体情形只要看看多里奇诺修士和他的妻子玛尔盖丽达被当局政府逮捕时是如何苦苦祈求的（参见《异端首领多里奇诺修士的故事》）就知道了。当城里的钟声震耳欲聋地响起时，他们被关进一辆囚车。囚车四周围绕着刽子手，之后有士兵护卫，他们游遍了整座城市。每经过一个街角，刽子手们就用烧红的铁钳撕下他们的一块肉。玛尔盖丽达是最先被烧死的，多里奇诺眼睁睁地看着这一切，脸上的肌肉一动不动。就算是铁钳撕咬着他的肢体，他也未动声色。囚车继续沿街前进，刽子手们则继续将铁钳浸入烧红的火盆之中。多里奇诺还经受了其他的刑罚，但他始终一声不吭，只是在鼻子被割下来时微微耸了耸肩膀。再就是当他的雄性器官被切掉时，他长长地叹了一口气，似乎是在呻吟。他的临终之言依然丝毫不带悔改之意，他说自己将在死后第三天复活。随后，他被烧死了，骨灰随风飘散。

对于所有时代、所有种族及所有宗教的审判官来说，火不仅可以净化人的罪过，还可以净化书的罪过。历史上有不少焚书事件，有的是出于不慎，有的是出于无知，还有的（如纳粹分子的焚书行为）则是为了销毁某种堕落艺术的证据。出于道德和精神健康方面的考虑，堂吉诃德的热心朋友将他所有的骑士小说都统统烧光；在埃利亚斯·卡内蒂的小说《迷茫》中，主人公最终将自己的藏书付之一炬，那场面不禁令我们想起恩培多克勒壮烈跳入火山的场景（“火焰最终将他吞噬之时，他放声大笑，似乎一辈子都从没那样放肆地笑过”）；在雷·布拉德伯里的《华氏 451》里，一切书籍都要被烧毁；而在我写的《玫瑰的名字》中，修道院的图书馆也被一场大火烧得精光。

在《世界毁书通史》（罗马，维耶拉出版社，二〇〇七年）一书中，费尔南多·贝兹深入分析了火在焚书过程中的关键作用。他如此写道：

> 火是具有救赎性的元素，因此，在几乎所有的宗教中，人们都会利用火来表达他们对于各自神灵的崇拜。这是一种保护

生命的能量，同时也是一种具有毁灭性的能量。通过用火来摧毁事物，人类尝试着效仿上帝，通过火来主宰生与死。因此，人们总是崇拜太阳，认为它能净化世界，同时也不断流传类似于宇宙大爆炸的毁灭性传说。火的用途显而易见：它能把一部作品的精神削弱为物质。

当代的宇宙之焚[①]

从富于童话色彩的拜占庭希腊火[②]（其配方一直是军事机密，路易吉·马莱尔巴还曾专门就此写过一部精彩的同名小说），到由贝托尔德·施瓦茨[③]（后来死于一场惩罚性的火灾）偶然发现的黑火药，火在每一场战争中都扮演着毁灭者的角色。对于叛变者而言，火是惩罚的工具，而“开火”一词则是开枪的命令，这个貌似呼唤生命源头的词语事实上加快了死亡的步伐。说到最让人类不寒而栗的战火——全人类第一次为世界上某个区域内的战事而感到惶恐不安——还要数原子弹的爆炸。

一名在长崎上空投下原子弹的飞行员曾经这样写道：“突然间，一千个太阳的光芒照亮了机舱。尽管有深色的眼镜保护，我还是不得不把眼睛闭上了两秒钟。”《薄伽梵歌》里有以下诗句：“假如一千个太阳的亮光瞬间照亮天空，世界就像沐浴在天神的光辉中……我将成为死亡之神，毁国毁民。”当第一颗原子弹爆炸之时，浮现在奥本海默[④]脑海里的就是这些诗句。

---

① 根据古希腊斯托亚学派的宇宙模型，宇宙是在一场突然的大火中产生的，且这一过程会定期重复。

② 拜占庭帝国所使用的一种可以在水上燃烧的液体燃烧剂。阿拉伯人将这种恐怖武器称为“希腊火”。

③ Berthold Schwarz，生活于十五世纪的传奇德国修士，传说中黑火药的发明者。

④ Robert Oppenheimer（1904—1967），美国物理学家，1945 年主导制造出世界上第一颗原子弹，被称为“原子弹之父”。

很遗憾，我的演说马上就要结束了——不过，将这最后一点时间拿来谈谈最后一个话题倒也算是符合逻辑：人类在地球上的终极历险，或是地球在宇宙中的终极历险。如今，三大元素都面临着前所未有的威胁：空气正被二氧化碳及其他多种污染物破坏；水则在某些地方汹涌泛滥，而在另一些地方日趋稀缺。只有火仍然保持着优势，通过不断上升的热量使土地渐渐干旱，以至于四季颠倒、冰山融化、陆地逐步被海水侵蚀。在浑然不觉之中，我们正在走向第一次真正的大灭亡。就在布什拒绝与中国政府签订《京都议定书》的时候，我们正在因为火而朝着死亡大步迈进——至于之后重生的那个宇宙，我们并不在意，反正那也不是属于我们的宇宙了。

佛陀在《火燃经》中曾如此宣讲：

> 比丘们，这一切在燃烧！哪一切在燃烧？眼在燃烧，形色在燃烧，眼识在燃烧，眼触在燃烧。凡依赖于眼触而升起者——乐、痛、不乐不痛之体验——也在燃烧。燃起为何？燃起了欲望之火……我告诉你们，燃起了生、老、死，燃起了忧、哀、痛、悲、惨。耳在燃烧，声音在燃烧……鼻在燃烧，气息在燃烧……舌在燃烧，比丘们，味感在燃烧……比丘们，触感在燃烧……比丘们，观念在燃烧……比丘们，如此观之，一位圣者的多闻弟子便疏离厌离，不再热衷于眼，疏离形色……疏离耳，疏离声音。疏离气味……疏离一切依赖于舌头接触而升起的乐、痛、不乐不痛之体验。

然而，人类却不知道如何才能放弃（甚至部分地放弃）依赖嗅觉、味觉、听觉和触觉所产生的愉悦，也不知如何放弃摩擦取火。或许，人类还是应该把取火的技艺交还给神，让他们时不时地通过闪电带给我们一些火种就足矣了。

寻　宝*

寻宝是种令人着迷的经历：如果计划周全，线路独特，在不起眼的修道院里寻到颇具价值的珍宝，那将是十分有意义的旅行。说到巴黎城边的圣丹尼大教堂，早在十二世纪，以喜爱珠宝、珍珠、象牙、金质烛台以及祭坛饰面而闻名的伟大收藏家苏杰尔①就已经以珍藏于此的大量宝物为基础，总结出了一套收藏圣典、一种带有神秘主义色彩的哲学理论。只可惜大量宝物，如圣物箱、圣瓶、国王加冕时的服装，以及路易十八和玛利亚·安托瓦内特下葬时的王冠，还有那幅太阳王所赐的《牧人朝拜图》都已下落不明。但其中一些还是可以在卢浮宫里找到的。不过若要去这里寻宝，意义并不太大。

相反，布拉格的圣维塔大教堂却是不可错过的寻宝圣地。在这里，你可以看到圣阿德尔伯特和圣瓦茨拉夫的头骨、圣斯德望的宝刀、圣十字架的一块残片、最后晚餐的桌布、圣女玛加利大的一颗牙齿、圣维塔莱的一块胫骨碎片、圣女索菲亚的肋骨、圣爱本的下颌、摩西的权杖和圣母马利亚的服饰。

圣约瑟的订婚戒指曾被列入约翰·贝里公爵珍稀藏品的目录，如今已经遗失，但很有可能收藏于巴黎圣母院。在维也纳的皇家收藏中，人们可以欣赏到伯利恒的牲口槽残片、圣斯德望的袋子、刺中耶稣肋骨的长矛、圣十字架上的一颗钉子、查理曼大帝的战刀、施洗约翰的一颗牙齿、圣女亚纳的一块手臂骨，捆绑耶稣使徒的锁链、福音书作者圣约翰的一块服装残片、另一块最后晚餐的桌布残片。

可是，无论寻宝者多么细心，仍然可能忽略一些近在咫尺的珍品。我相信在米兰人中，真正参观过米兰大教堂藏品的人屈指可数，就更不用说外地的游客了。在那里，我们能够找到阿里贝托的福音书的封面（十一世纪），上头点缀着精美的景泰蓝饰片和金丝，还镶嵌着宝石。

对于寻宝者来说，寻找各种不同质地的珍贵宝石是他们最为热衷的爱好之一。在此过程中，他们不仅要分辨钻石、红宝石或祖母绿，而且还要找到在宗教文献中提及的特殊宝石，如蛋白石、绿玉髓、绿柱石、玛瑙、碧玉、缠丝玛瑙等。简而言之，必须得有本事鉴别出那些真正的宝石。米兰大教堂还收藏着一尊巴洛克时期的圣卡洛·博罗梅奥大型银色雕像。由于雕像的捐赠者认为银子不过是当时的一种廉价材料，所以特意要求雕像前胸的十字架完全使用各种光彩熠熠的宝石制成。藏品目录中说，这些宝石有真有假，有的只不过是彩色水晶。但抛开这些严格的商业甄别不论，我们首先应该学会感受藏品的华丽美感——这也是当年的工匠希望营造的氛围。无论如何，大部分珍宝馆的收藏都是真材实料的。比起任何一家珍宝馆里最不起眼的小橱窗，巴黎最大的珠宝店充其量也不过是跳蚤市场。

另外，我还建议大家看看圣卡洛·博罗梅奥的喉管。更值得一看的则是庇护四世的圣像牌。那是一座小巧的神龛，两旁是天青石

---

* 本文有两个版本。第一版题为《寻宝》，收录于《米兰：奇观、奇迹、奇闻》，米兰，切利普出版社，2001 年。第二版较第一版有所扩充，题为《期待蕴藏于珍宝之中的符号学》，收录于《图文杂锦：献给奥马尔·卡拉布雷泽的刻板文字和滑稽草图》，锡耶纳，普罗塔贡出版社，2009 年。——原注

和金子制成的柱子，环绕其中的金色画面描绘了耶稣从十字架上被放下的场景。上方的彩条缟玛瑙圆盘上，有一副镶嵌着十三枚钻石的金色十字架。精巧的三角墙拱架则是用金子、玛瑙、天青石和红宝石等材料制作而成的。

回溯到更久远的时期，这里还藏有一只圣安布罗斯时期的使徒骨灰盒。那盒子是银质的，装饰着极为精美的浮雕图案，而比浮雕更吸引眼球的则是一幅带有神秘主义色彩的、名为《五拼双折图》[①]的象牙连环画。那幅画中呈现出五世纪时的拉文纳制作工艺，展示了耶稣生命中的重要场景。中心部分，在一个涂有玻璃体浆料的银槽中，有一只神秘的羔羊，那是整幅画面中唯一色彩暗淡的形象，呈现在老旧的象牙背景之上。

按照历史传统，上文中所举的物件通常都被粗略归为“次要艺术品”，即不值得用形容词修饰的艺术品。但如果真要说什么东西是次要的（即艺术价值较低），我看就是米兰大教堂本身。倘若有人问我在大洪水即将来临之时，是去拯救米兰大教堂还是那幅《五拼双折图》，我一定会毫不犹豫地选择后者，而且绝不是因为它可以较为便捷地被运送到方舟上。

此外，在一间名为“圣卡洛·博罗梅奥密室”的附属祈祷堂里，存放着圣卡洛·博罗梅奥的遗体和一只用银和水晶制成的匣子——我个人认为那匣子本身的价值更甚于装在其中的物品。然而，即使算上这间祈祷堂里的陈列，我仍认为米兰大教堂中所收藏的珍品远不止于此。通过翻阅那本题为《米兰大主教堂圣品文物清单》的目录，你会意识到那些被称为“珍宝”的物品只是所有藏品中的沧海一粟。余下的藏品分散地存放于各个圣器收藏室中，包括大量的花

---

① 收藏于米兰大教堂的珍宝收藏室。这是两幅用象牙制成的封面和封底，每幅图均切割为五个部分，因此而得名。

瓶、象牙制品、金制品和令人垂涎三尺的宗教圣物，如耶稣王冠上的荆棘条、圣十字架的残片，以及多位圣人——圣女阿格尼斯、圣女阿加莎、圣女凯瑟琳、圣女普拉谢德斯、圣辛普利西奥、圣加犹和圣杰隆修斯——的遗骸。

观赏这些宝贝时，不必用过度的科学眼光进行审视，否则会有丧失信仰的危险。例如，有传闻说十二世纪时，一座德国的主教教堂里保存着施洗约翰十二岁时的颅骨。一次，我在阿苏斯神权共和国的一间修道院与一位管理图书的修士交谈，发现他曾在巴黎跟随罗兰·巴特学习，还曾参加过一九六八年的运动。于是，我向这位饱学之士托出了内心的疑问：每天早晨，在完成一大堆漫长而繁琐的宗教仪式之后，当他毕恭毕敬地亲吻那些宗教圣物时，是否发自内心地相信那些物品的真实性？听了我的问题，那位修士露出了和蔼的微笑，其间夹杂着些许狡黠。他告诉我说，关键问题并不在于那些物品是否真实，而在于一个人的信仰是否坚定。当他亲吻那些圣物时，就能感受到它们所散发出的神秘气息。总之，不是圣物产生信仰，而是信仰产生圣物。

当然，就算是没有宗教信仰的人，也无法抵御这些珍宝的魅力。原因有二。首先，这些物件本身具有相当的魅力。例如那些说不出名字的泛黄的软骨，那股说不清道不明的气味、神秘而动人的气息……又如那些服装的残片，谁也无法确定属于哪个年代，色彩已褪、面料磨损、有时会被卷着塞进一个容器里，仿佛玻璃瓶里的神秘手稿；由于年代久远，材料已经开始变成碎屑，有时甚至无法区分哪块是布片，哪块又是起承托作用的金属或骨质支架。第二，承载这些圣物的容器也同样令人着迷。它们通常价值连城，出自某个虔诚的工匠之手，材料也取自其他圣器。它们有的呈塔形，有的会做成带尖塔或大圆顶的微缩主教堂。更有甚者，某些巴洛克时期的圣物盒（最精美的那些都藏于维也纳）简直就像一堆微缩雕塑组成的森林，它们的外形有的像钟表，有的像魔盒。对于钟爱当代艺术的人来说，一些圣器盒会让他们联想起约瑟夫·康奈尔创作的超现实主义风格的盒子，或是阿尔曼那些分门别类的收藏盒——虽说他收藏的都是些世俗珍宝，但也展现出类似的品味：他总是用一些材质腐朽、落满尘埃的容器去收藏那些令人难以置信的宝物，迫使观赏者不能只看一眼，而必须以细致且具有解析性的眼光进行赏玩。

热爱这些珍宝，就意味着去理解中世纪那些钟情于文学艺术的王公贵族们的品味、文艺复兴时期和巴洛克时期那些收藏家的品味，以及那些热衷于珍宝收藏的德国贵族们的品味：所谓的圣物、偶得之物和艺术品，它们之间并不存在泾渭分明的区别。一件象牙高浮雕作品的珍贵之处既在于它的工艺（也就是今天所说的艺术价值）也在于其材质本身。因此，我们可以用“珍贵”、“具有观赏价值”、“美轮美奂”、“罕见稀有”等形容词来描述这同一件物品。也正是出于这样的考虑，约翰·贝里公爵才会把具有极高艺术价值的圣餐杯和花瓶与一头内填稻草的大象、一棵罗勒、一枚由某位修道院长找到的蛋中蛋、几滴沙漠中的甘泉、一个椰子壳、一只独角兽的角陈列在一起。

这一切都无处寻觅了吗？非也。因为维也纳珍宝馆还收藏着一只独角兽的角，这就确保了独角兽的存在，哪怕目录中给出的实证主义解说词毫不留情地表明那是一条独角鲸的角。

在那里，怀有虔诚寻宝之心的观众们除了能看到那只独角兽的角，还能看到一只四世纪的玛瑙杯（传说那就是圣杯）、王冠、地球仪和皇家权杖（体现出中世纪非凡的金器加工技艺）。由于维也纳珍宝馆的藏品并无特定的历史时期限制，人们还可欣赏到皇家的架子床，据说拿破仑的倒霉儿子——罗马王——也就是拿破仑二世（雏鹰）曾在那张床上睡过。（当然，与独角兽的角以及圣杯一样，这一说法的真实性微乎其微。）

我们必须忘记在艺术史中读到的内容，忽略奇品与杰作的差别，一门心思地欣赏成堆的奇珍异物，还有无数令人难以置信的稀世之宝组成的大联欢。我们要想象施洗约翰十二岁时的颅骨，去细细品味那粉红色的纹理、暗亚的底色、那些破碎腐化的关节上的阿拉伯花饰，还有那只装载着它的小匣子。那匣子上的蓝色釉彩宛若凡尔登祭坛的颜色，匣子里的锦缎衬垫已经泛黄，干燥的玫瑰花瓣铺在那水晶匣子里，两千年来一直尘封在真空之中……我们要去想象，这一切都发生在施洗约翰长大成人，然后被刽子手一刀砍下另一颗头颅之前。当然，从神秘主义色彩以及商业价值的角度来看，那另一颗头颅的价值是远远不及这颗十二岁时的头颅的。就算后来那颗头颅存放在罗马的圣西尔维斯特教堂，或依照更古老的说法，存放于亚眠主教堂，它也是个不完整的脑袋，因为缺少的那块下颌骨收藏于维泰博的圣洛伦佐主教堂。

剩下要做的，就是拿起地图，规划具有可行性的路线。举个例子，真十字架是由君士坦丁的母亲圣伊琳娜发现的，公元七世纪时被波斯人偷了去，后来又在拜占庭皇帝希拉克略统治期间失而复得。一一八七年，十字军把这枚真十字架带到了哈丁战役的战场，以保佑他们能够战胜萨拉丁军队；结果正如大家所知道的，十字军战败，十字架也从此难觅踪影。然而，在几个世纪前，就有各方人士宣称找到了许多残片，它们至今仍保存于各个教堂之中。

仍留在十字架上的那三枚圣钉（双手处各一枚，重叠的脚掌处一枚），应该是由圣伊琳娜交给了儿子君士坦丁：传说一枚被钉在了战甲的头盔之上，另一枚则被制成了战马的口衔。至于第三枚钉子，有传闻称它位于罗马的耶路撒冷圣十字圣殿。如今，圣口衔珍藏于米兰大教堂，每年向信徒展示两次；而那枚钉在头盔上的圣钉则不知所终，某个版本的传闻说它被钉在伦巴底铁冠上，收藏于蒙扎大教堂。

长期以来，荆棘之冠一直存放于君士坦丁堡，后来又被赠予法国国王路易九世，安置于他为此专门在巴黎修建的圣礼拜教堂中。起初，这只花冠上有十几根荆棘，但随着时世流转，它曾多次辗转于各个教堂、圣殿和人物之手，如今只剩下那些扭拧成圆环状的枝条了。

鞭打柱位于罗马的圣普拉谢德斯堂。属于查理曼大帝及其子孙的圣枪如今位于维也纳。耶稣的圣包皮曾一直收藏在维泰博一个名叫卡尔卡塔的小镇，每年元旦都会向公众展示，直到一九七〇年，当地的神父宣布该圣物被盗。随后罗马、圣地亚哥·德·孔波斯特拉、沙特尔、贝桑松、梅斯、希尔德斯海姆、沙鲁、孔克、朗格勒、安特卫普、费康、勒皮、奥弗涅等许多城市都宣称再次找到了这件圣物。

根据传说，耶稣肋骨处流出的血液被一名叫朗基努斯的士兵收集起来，就是他把长枪刺入了耶稣的身体：他应该把血液送到了曼托瓦，那只装有耶稣血液的小瓶子就收藏于曼托瓦大教堂之中。另外一个保存着耶稣血液的圆柱形容器则存放于比利时布鲁日的圣血教堂。

圣婴摇篮位于罗马的圣母马利亚大教堂。如大家所知，圣体裹尸布位于都灵。耶稣在使徒濯足礼上使用过的亚麻布位于罗马的圣乔万尼大教堂，但同时德国的阿克斯教区也宣称拥有这块布，据说后者珍藏的布上还留有犹大的脚印。

童子耶稣的襁褓位于亚琛，安放童子耶稣的牲口槽残片位于罗马的圣母马利亚大教堂。圣母马利亚接受天使报喜时的住所由几位天使从拿撒勒空运到了洛雷托。许多教堂都保存有圣母马利亚的头发（例如其中一根头发就位于墨西拿）或乳汁。圣裙带（即圣母马利亚的腰带）位于普拉托，圣约瑟的结婚戒指位于佩鲁贾的主教堂。圣约瑟和圣母马利亚的订婚对戒位于巴黎圣母院，圣约瑟的腰带

（于一二五四年被从若因维利带到法国）位于巴黎的斐扬修道院，而他的手杖则在佛罗伦萨的卡马尔多利修道院修士手中。另外，这根手杖的其他残片还分别保存于：罗马的圣塞西莉亚教堂和圣阿纳斯塔西娅教堂、博洛尼亚的圣多明我教堂，以及圣约瑟·德·梅尔卡托教堂。圣约瑟坟墓的残片位于门廊圣母堂和罗马的坎培泰利圣马利亚教堂。

圣母马利亚的面纱和圣约瑟的衣物位于圣马利亚·迪·利科迪亚市，被保存在一个十七世纪制作的银质艺术圣器盒里。直到上世纪七十年代，每逢八月的最后一个星期六，这个圣器盒都会在庆祝当地保护神的宗教仪式中向公众展览。

圣彼得的遗体被埋葬在罗马的尼禄斗兽场附近，离他殉难处不远的地方：在那里，君士坦丁皇帝命人修建了一座同名大教堂，也就是今天的圣彼得大教堂。一九六四年的一次考古发掘宣称找到了圣彼得的遗骨，今天，这些遗骨就被存放在祭坛之下。

有传闻说，圣雅各的遗体被海浪运送到西班牙的大西洋海岸，而后埋葬在一个叫“繁星之地”的地方。如今，这里耸立着一座圣地亚哥·德·孔波斯特拉圣殿，从中世纪开始，这里就同罗马和耶路撒冷一样，是朝圣者们云集的最重要的圣地之一。

使徒多默的遗体存放于基耶蒂的奥托纳教区主教堂。公元七十二年，圣多默在马德拉斯殉难。公元二三〇年，受亚历山大·塞维鲁皇帝之命，他的遗体从殉难地被运送到了埃德萨。一一四六年，埃德萨被攻陷后，圣人的遗体又被基督教徒保护起来并于一二五八年经爱琴海的希俄斯岛被运送至此。

叛徒犹大曾为了三十枚银币背叛耶稣。如今，其中的一枚钱币就收藏在维索市修院教堂的圣器室里。使徒圣巴尔多禄茂的一具遗体存放于罗马（由庇护四世送到了台伯岛上），而另一具遗体则位于贝内文托。不管哪一具是真的，都缺少了头盖骨，因为其中一块保存在法兰克福的主教教堂，另一块则保存在吕讷堡的修道院。至于第三块头盖骨就不知是属于哪具遗体了，它目前存于科隆的查尔特勒修道院。另外，一只属于圣巴尔多禄茂的手臂被保存在坎特伯雷的主教教堂里，而比萨则拥有他的一块皮肤。

福音书作者圣路加的遗体位于帕多瓦的圣朱斯蒂娜教堂。而另一位作者圣马可的遗体则是起先保存于安提阿，后来又被移送到威尼斯。

早在很久以前，米兰就珍藏着所谓东方三博士的衣冠。十二世纪时，红胡子腓特烈皇帝曾把它们作为战利品从米兰带回了科隆，在那里保存至今。上世纪五十年代，其中的一些被送回米兰，存放在圣欧斯托焦圣殿。

巴里的圣尼古拉（即圣诞老人的原型）的衣冠存放于小亚细亚的米拉城。一〇八七年，一些巴里的海员将它偷了去，运送回自己的城市。

米兰的守护神——圣安布罗斯——的遗体被埋葬在专为他修建的大教堂的地下室里，同样葬在这里的还有其他两位圣人，分别是圣杰尔瓦西奥和圣普罗塔西奥。

在帕多瓦的圣安东尼奥大教堂里，存放着圣安东尼奥的舌头和手指。圣斯德望的手收藏于布达佩斯大教堂。装有圣热内罗血液的小瓶子存放于那不勒斯——对此不存在任何疑议。圣女犹滴的部分遗体被存放于一只珍贵的水晶岩圣器盒里，放置在佛罗伦萨美第奇家族圣洛伦佐的地下陵墓中。

每年一月十七日，在米斯泰尔比安科会展出圣安东尼奥修士的手臂。而圣本笃的手臂则在八世纪狄西德里乌斯国王的祈祷仪式上被赠予勒诺修道院。

卡塔尼亚的圣女阿加莎的遗体被分别装在好几个圣器盒里，利摩日的金匠为她的肢体制作了不同的容器，分别装有她的股骨、双臂和双腿。一六二八年，他们又制作了另外一只圣器盒，用来盛放圣女的乳房。但她一只手臂的尺骨和桡骨却存于巴勒莫的皇家祈祷堂里。圣女阿加莎的一块臂骨位于墨西拿的圣萨尔瓦托莱修道院，另一块位于西西里岛的亚利市。她的一根手指存于贝内文托的圣阿加莎·德·戈蒂教堂。维罗纳的圣彼得的遗体存于米兰圣欧斯托焦圣殿的波尔蒂纳里祈祷堂（按照风俗，在每年的四月二十九日，人们都要撞自己的头，从而预防头痛病）。

圣额我略的遗骸存于罗马的圣彼得大教堂，但其中一部分已由圣若望·保禄二世于二〇〇四年赠予君士坦丁堡主教。圣卢奇多的遗骨位于阿瓜拉拉：曾多次被盗，一九九九年，警方在一所私人住宅找到了他的头骨。圣潘塔莱翁的遗骨位于兰恰诺的同名教堂中（包括砍下圣人头颅的大刀、折磨其身体的带齿绞车、灼烧他伤口的火炬，还有一截在他身体上发芽的橄榄树枝）。

圣女凯瑟琳的一根肋骨位于比利时的阿斯特内特，一只脚位于威尼斯的圣若望及保禄大教堂。锡耶纳的圣多明我教堂则收藏了她的头骨（一三八一年奉教皇乌尔巴诺六世之命被砍下）和一根手指。

圣布莱斯的一段舌头位于卡罗迪诺，一只手臂位于卢沃·迪·普利亚的主教堂，头骨位于杜布罗夫尼克。另外，我们还能在波尔图大教堂看到圣女阿波罗尼亚的一颗牙齿，在安科纳大教堂里看到圣奇里亚科的遗体，在伦蒂尼教堂看到圣阿尔菲奥的心脏，在圣洛克大会堂的大祭坛看到圣洛克的遗体。说到圣洛克，我们能在沃盖拉的同名教堂中找到他肩胛骨的骨突，在希拉找到另一块骨头残片，在罗马的同名教堂找到手臂上的一块骨头，在蒙彼利埃那座为纪念他而修建的圣坛里找到一根胫骨和其他身体部位的残骸以及那根被认为是他权杖的手杖，除此之外，他的趾骨存放于奇斯泰纳·迪·拉丁纳教堂，脚后跟的一部分被存放于弗里真托的主教教堂，一些骨骸存放于都灵的圣十字大教堂和圣洛克教堂。

君士坦丁堡也曾收藏这大量的宗教圣物，可惜在第四次十字军东征之后都失散了。这其中包括：圣母马利亚的斗篷、耶稣的拖鞋、施洗约翰的衣物、装有耶稣之血的瓶子——其中的血液被用于签署某些重大文件、福音书中所说的水井围栏——据说耶稣曾在那里救助了一位撒玛利亚妇女、耶稣死后放置其遗体的石头、所罗门的王座、摩西的权杖、被希律王屠杀的无辜者的遗骸、耶稣进入耶路撒冷的坐骑毛驴的粪便、贞女赫德戈利亚的肖像（据说是福音书作者圣路加所画）、那些不是出自于凡人之手的神奇画像（非手绘画像）、埃德萨之图——印着耶稣面容的裹尸布（这块布起先位于埃德萨，据说只要将它悬挂于城墙之上，就能让这座城市战无不胜）。

我想说的是，珍藏圣物并非基督教或天主教独有的行为。事实上，小普林尼也曾谈起过古希腊古罗马时期的圣器收藏，例如俄耳甫斯的七弦琴、海伦的凉鞋和曾袭击安德洛墨达的怪物的骸骨。早在古代，人们就已经把各种圣物看作是某个城市或某座庙宇吸引世人注目的理由了。这也意味着圣物除了具有宗教意义上的神圣价值外，还是珍贵的“旅游资源”。

对于圣物的尊崇是每一种宗教和文化的典型组成部分。一方面，这源于人们对于神话的物化冲动，即人们认为通过触摸某个伟人或圣人的遗体能够再次获得他的能量；另一方面，这也源于一种正常的追捧文物的情结（因此，一个收藏家不仅愿意花费大量金钱收藏某本著名书籍的最原始版本，还乐于收藏曾属于某显赫人物的遗物）。

基于这第二个原因（当然也包括第一个），我们还能看到针对非宗教珍宝的收藏文化。只要看一看佳士得拍卖行的宣传单，就会发现某著名女影星穿过的一双鞋的价值居然要高于某位文艺复兴时期画家的物品。这些所谓的“名人遗物”既包括杰奎琳·肯尼迪的一副（真）手套，也包括丽塔·海华丝在出演《吉尔达》时所戴的那副（假）手套。不仅如此，我还目睹过许多游人前往纳什维尔和田纳西去欣赏猫王的凯迪拉克。其实那并不是唯一的一辆，因为每六个月就会更换一次。

毫无疑问，说到史上最著名的圣物，非圣杯莫属。但我可不建议大家去寻找那只（或是那些）圣杯，因为前人都没有好下场。无论如何，科学已经证明，要想找到它，就算是两千年的时间也是远远不够的。

发酵的美味*

我与坎波雷西[①]的关系向来是友好而亲切的，彼此相互敬重（至少我希望如此）：我曾在《玫瑰的名字》和《昨日之岛》中“大肆”引用他的文字，而他也曾请我为他的一部关于血液的英文版书稿撰写过前言。不过，那都只是在大学范围内的交往——我的意思是，虽然我们曾一同出席过大学的本科学术会议、曾在院系的走廊里或者拱廊下面有过交谈，但我却从未有过机会去探访他的私人生活，也没有参观过他的图书馆。

据我所知，坎波雷西是一位对珍馐佳肴钟爱有加的美食家。还有人告诉我说他本人也是出色的厨师——对此我丝毫不感到惊讶——毕竟，他曾写过那么多作品，不仅诉说苦闷，更兴致勃勃地描绘各种愉悦，研究各种奶汁、果汁和酱料。他甚至曾（在一九八五年八月的《新闻报》专访中）宣称：在研究完比特拉克、巴洛克、阿尔菲耶里和浪漫主义之后，六十年代末与阿尔图西[②]的接触令他深受刺激。鉴于这一点，我们对于他的期待甚至可以超过一位出色的厨师。

然而，对于坎波雷西在美食方面的造诣，我的了解却仅限于书本，换句话说，我只是在他的文字作品中与他“共进过晚餐”。

所以，我对“美食家坎波雷西”的赞扬仅限于他品味书籍的这一侧面。他向我们描述过关于身体的种种悲惨、污浊和腐朽，同时也向我们展示了身体的愉悦与激情。当我们拿起他的手术刀，跟着这位新时期的蒙迪诺·德·鲁齐③去解剖那些讲述身体的书籍时，我们并非是在解剖几具从公墓里偷来的尸体，而是在解剖那些从图书馆的角落里挖掘出来的书籍。它们曾在图书馆里尘封多年，其中的精彩大多不为世人所见。这情形就好比《逆流》④ 中的德泽森特到被人遗忘的上中世纪文献中寻找“令人瞠目结舌的优雅文风，在某些时刻令人神魂颠倒的拙劣语言——修士们常常用这样的语言来形容富有诗意的古代圣器……那些意味微妙的动词工坊……那些散发着薰香气息的名词……还有那些古怪的形容词，仿佛粗糙雕凿的哥特式金饰，充满野性的魅力”。

诚然，如果说坎波雷西想收罗一些让人咂巴着嘴唇品味其乖张怪异的文字，他完全可以到那些“以变质的语言而著称的文学作品”中去寻找经典词汇，例如《寻爱绮梦》⑤ 中的“伊塔洛·斯韦沃-詹姆斯·乔伊斯式语言”，福伦戈⑥的“双语混合诗”，或是——如果钟爱现代派的话——加达⑦的用词。然而，坎波雷西却偏偏要去寻因为其他原因而有名或无名的文字。的确，读完他的《人体》，我们会对血液、面包、葡萄酒和巧克力有更多的了解，我们还会发现一些闻

---

* 本文发表于2008年3月于弗利召开的“皮耶罗·坎波雷西国际研讨会”，后被收录入由卡萨里和索弗利蒂编纂的《坎波雷西在全世界》，博洛尼亚，博洛尼亚大学出版社，2009年。——原注

① Piero Camporesi（1926—1997），意大利历史学家、人类学家。

② Pellegrino Artusi（1820—1911），意大利文学评论家、作家和知名厨艺专家，曾著有《厨房里的科学与品味美食的艺术》。

③ Mondino de Liuzzi（1275—1326），意大利解剖学家、医生。

④ 法国作家卡尔·于斯曼的小说代表作。

⑤ 文艺复兴时期的作品，作者不详。此书以怪异的由拉丁文衍生的意大利文写成，并充斥大量没有说明的由拉丁文和希腊文创造出来的字词，另外，在先有词汇意思不足以准确表达作者思想的情况下，还出现了许多自创的新语言。

⑥ Teofilo Folengo（1491—1544），意大利诗人，擅长创作用拉丁语和非拉丁语词混合写成的诗歌。

⑦ Carlo Emilio Gadda（1893—1973），意大利实验主义作家。

所未闻的关于饥饿、寄生虫病、腹股沟腺炎、淋巴结核、纤维、肠道、呕吐、暴饮暴食、安逸生活及狂欢节等等的理论，但我敢断言，即使他的这些言论从未得到过证实，即使他所说的全都是关于远隔十万八千里的金星人的身体及其营养学，并凭借其与人类身体的巨大差异来引起读者的兴奋或反胃，这些文字依然能够吸引我们的眼球。换句话说，许多个世纪以来，这世界上的混混无赖数不胜数——知晓这一点，是十分有趣的。然而，更有趣的却是发现各种各样代指这些人的名词，如：假冒修士、江湖术士、坑蒙拐骗之徒、乞丐、衣衫褴褛者、麻风病人、畸形人、流浪汉、卖艺人、游手好闲的神职人员、游荡者、赌棍、破产的商人、漂泊的犹太人、疯子、逃荒者、被砍掉耳朵的残废、鸡奸者等等。

坎波雷西收集的许多与医药有关的名称，其来源并非医药学典籍，而是一些关于词汇学或语言史的书籍，如：罂粟糖浆、涂抹圣油、油膏、沐浴、吸入剂、灰尘、烟熏、用鸦片汁浸泡的催眠油膏、天仙子、毒芹提取液、曼陀罗草……

让我们翻开《感官工坊》的第一章——《该死的奶酪》。众所周知，奶酪虽然来自牛奶这种纯净而温和的液体，但它看上去有多香甜，实际上就有多腐朽。它会让我们想起霉变，想起那股我们不厌其烦地通过洗脚和坐浴来消除的臭味。对此，不仅饥不择食的人知晓，就连吹毛求疵的美食家也心知肚明。不知坎波雷西是不是仅仅因为闻了闻戈贡佐拉奶酪和斯提尔顿奶酪，或是舔了舔散发着阴沟气的勒布罗匈奶酪、罗什福尔奶酪及瓦什寒奶酪，便产生了这样的冲动，以至于花了整整二十八页的篇幅来描述奶酪的肮脏。他翻阅了康帕内拉[1]的《论事物的感官与魔法》里那些被人忽略的篇章，还

① Tommaso Campanella（1568—1639），意大利哲学家、神学家、星象学家和诗人。

有一些更容易被遗忘的十七世纪的作品，如尼科洛·塞尔佩特罗[①]的《自然奇迹大观》、贝歇尔[②]的《地下物理学》、洛蒂希乌斯的《论奶酪之恶》、保罗·博科内[③]的《论奶制品》……由此，在奶酪的原有气味上又添加了几行腐朽霉烂的引文：

> 好几个世纪以来，大部分人都认为奶酪的内部蕴含着一种恶毒，这种“邪恶”首先会从它的气味表现出来——不少人一闻见奶酪就会感到恶心反胃。因此，它的臭味成了一种明确的标志，表明奶酪是一种“来自动物死体”的物质，一种分解物的残余，一种腐化的、有毒的、对健康有害并会对脾性造成严重损害的物质……散发恶臭且令人作呕，它是奶汁的糟粕提取物，具有毒性的残渣，白色液体中最为低级、泥泞和肮脏部分的凝结物，最下等的物质的交媾……相反，黄油则是最优良、最高贵、最纯洁、最地道的神圣美味，是“宙斯的骨髓”。相比之下，作为“散发强烈恶臭的、肮脏的腐化之物”，奶酪无非是“不成形的物质、臭气熏天应被抛弃的残渣、凝固的腐坏食物”；是“流浪汉和穷人的吃食”，是“属于粗鄙肮脏之人的东西”；是“行为端正的体面之人不屑一顾的食物”：一句话，奶酪是那些惯常食用“肮脏食品”的衣衫褴褛之徒和无家可归之徒的食品。在洛蒂希乌斯看来，食用奶酪者是“喜欢吃腐败物质的堕落的、污秽的人”。近代科学之前的医学逻辑不仅对他的说法表示赞成，甚至还为他提供了简单的方式来证明奶酪的罪恶：人类由于食用腐烂发臭的食品，其脾性一定会变得紊乱而腐化。一

① Niccolò Serpetro（1606—1664），意大利自然哲学家，自称是意大利哲学家康帕内拉的弟子。

② Joachim Becher（1635—1682），德国物理学家、炼金术士、化学研究先驱，著有《土质物理》等作品。

③ Paolo Baccone（1633—1704），意大利植物学家。

旦吃下那样的食物，身体就会进入失控的运行状态，不断产生那种喜欢在“幽暗的腔体中蠢蠢欲动的”蠕虫。真相是多么可怕啊：奶酪会在我们体内幽暗的九曲十八弯中，在肠道的深处，在腐败的沉积物之上催化出那些小小的、令人作呕的蛆虫……既然腐草能生萤，既然牛粪能催生蟑螂、毛虫、黄蜂和马蜂，既然露水下能飞出蝴蝶、蚂蚁、蝗虫、知了——这位德国医生不由地进一步追问——那么在人类充满了黏液和消化残余物的肠道里怎么就不会发生类似的（在没有交配和排卵的情况下）、非控制性的、意外的生命产生进程，从而孕育出无数恐怖的低级生物呢？为什么就不能认为在人类的下腹部，粪便的产生之地，会产生类似的垃圾，以及一大堆“微小的动物”、“低等的动物”、“人类的残酷伤疤”？既然“各种肮脏的蠕虫会在充满恶臭、油脂和肮脏之地诞生”，那么在人体里，怎就不会出现相同的情形？（坎波雷西：《感官工坊》）

同样怪异的文字还可以在十八世纪时尼古劳斯·奥赛莱特斯科夫斯基的《论来自牛奶的火热激情》里读到。在这本书中，作者描述了鞑靼人因食用发酵奶制品而醉倒的情形。修女玛加利大之所以成为圣人，是因为她是第一个见过耶稣的圣心的人。在少数几个虔诚崇拜她并且读过一七八四年版《可敬的玛加利大修女生平》的人之中，只有坎波雷西从那本传记中找到了一条令人震惊的消息：这位神奇的、随时愿意接受任何感官折磨的圣女居然无法战胜自己对于奶酪的厌恶。为了摆脱必须食用这种恐怖而下贱的食物的约束，她甚至动过放弃修道院生活的念头——当然，最终她还是凭借强大的牺牲精神做到了这一点。对此，坎波雷西做出如下评价：“那是一场令人难以置信的内心冲突，让她徘徊在绝望和自杀的边缘。那是一场激战，一方是饱受折磨的灵魂，另一方则是一块奶酪。”

在我看来，圣女玛加利大的传记中确实记载过上述事件，这一点儿不假。但一个人怎么会想到从记载圣人德行的篇章中翻寻出一段有关奶酪的文字，真是只有上帝才知道！也许坎波雷西从来没有吃过奶酪（这只是我出于对悖论的爱好而做出的猜测），但他一定曾像使徒一样“咀嚼”过世界各地无数书籍中的无数篇章——对于他来说，这些文字恰恰就是神圣而罪恶的“卡曼波特奶酪”。

倘若觉得这个假设有些过分，那么请看坎波雷西是如何津津乐道地向我们谈论奶酪这种该遭诅咒、至少是屡遭诟病的食物的吧。就像讨论烹调的乐趣，这些描述能让所有人垂涎三尺，或者像讨论无休无止的忏悔，这些描述能让任何一个细腻的灵魂呕吐得翻江倒海。关于雷蒙多·德·萨格罗亲王[1]，他要发掘的，并非——如其他人所做的——那些粗劣的干尸制作工艺，也不是冰冷实验室里裸露陈列的神经、肌肉和血管，而是前者对于制作仿制食品的“阿尔钦博托[2]式”的想象力。因此，

> 他时常会让某种食材占据绝对主角地位，有时整顿晚餐都是蔬菜，有时全是水果，有时全都是涂抹蜜汁的甜点，有时则全是奶制品。为此，他拥有技艺十分精湛的厨师，其加工奶制品和甜品的技艺了得，普通厨师用鱼、肉及其他动物性食材制作出来的任何食物，他都能用奶、蜜和水果进行绝妙的仿制，形态万千，惟妙惟肖。（坎波雷西：《印度浓汤》）

如果他去读塞巴斯蒂亚诺·保利的作品，也能在字里行间找到同样的激情。后者在《四旬斋布道》中的描述简直令人毛发倒竖，

---

① Raimondo di Sagro (1710—1771)，意大利贵族、作家、发明家和科学家。

② Giuseppe Arcimboldo (1527—1593)，意大利画家，以用水果、蔬菜、书籍、花草、鱼等物品来堆砌人物肖像而闻名。

但对于他本人来说，详述一次完美的死亡过程就像玩弹舌游戏那样有意思：

> 一旦离开这个世界，原本完好的身体就会立刻变成暗淡的黄色，那是一种令人恶心而害怕的死灰色。随后，身体就会从头到脚地开始发黑，如即将熄灭的炭火一般，散发出一股阴郁的热气，笼罩在四周。接下来，脸部、胸部和腹部便会莫名其妙地肿胀：在那些令人反胃的肿胀之处，会产生一种臭烘烘且油乎乎的霉菌，这就给接踵而至的腐烂带来了肮脏的机会。用不了多久，发黄而且肿胀的腹部就会开始四处爆裂，从中缓缓地流出一堆污秽腐朽的流质，一块块腐烂发黑的肉质漂浮其间。一会儿是半只生蛆的眼球，一会儿是一片腐烂的嘴唇，再往前是一堆青黑的肠道残质。在这堆油乎乎的污泥之中，会产生一群苍蝇、蠕虫和其他令人作呕的微小生物，它们在那腐化的血液中爬来爬去，紧紧地吸附在变质的肉体上，狼吞虎咽。一些蠕虫集中在胸部，另一些则集中在鼻孔中流出的黏性肮脏液体中，还有一些浑身沾满黏液的虫子通过尸体的嘴部出出进进，而那些已经吃饱的家伙则聚在喉咙处，爬来爬去，发出咕噜咕噜的声音。（坎波雷西：《感官工坊》）

描绘“安乐乡”里的一顿丰盛无比却难以下咽的大餐，会让人想起《滑稽神秘剧》里的达里奥·福，居然对着一顿梦中的美味大快朵颐。同样，津津有味地欣赏罗莫洛·马尔凯利神父口中那些在四旬斋期间被打入地狱之徒的惨状，会令人想起赛涅里[1]神父的说法：对于被打入地狱的灵魂来说，最大的痛苦莫过于看见上帝在嘲笑

① Paolo Segneri（1624—1694），意大利耶稣会神父、传教士和苦行作家。

他们所受的痛苦。相比之下，这两种行为难道不是一回事吗？

> 当那些灵魂抬起目光，看到伟大的上帝，他们看见（我能这么说吗），他们看见……上帝变成了他们的尼禄。不是因为他的不公正，而是因为他的严厉。上帝不但不想安慰他们，救助他们，怜悯他们，反而还拍着巴掌笑得乐不可支。你们可以想象那些灵魂会爆发出怎样的焦躁，怎样的疯狂！我们深受煎熬，而上帝却在开怀大笑？我们深受煎熬，上帝却在开怀大笑？噢，多么冷酷的上帝啊！……谁说看见上帝愤怒是我们最大的痛苦，简直是弥天大谎！我必须说，看见冷笑的上帝，看见冷笑的上帝，那才是最大的痛苦。（坎波雷西：《永恒之家》）

在一页一页品味乔万尼·巴蒂斯塔·巴尔博[①]的《乡野农田中的美味与鲜果》时，坎波雷西可谓兴味盎然。书中列出了一系列食物清单，包括：牛肉、绵羊肉、山羊肉、猪肉、小牛肉、烤羊肉、公鸡肉、老母鸡肉、鸭肉、根茎菜、裹着面粉过油的七鳃鳗；用面粉、玫瑰水、藏红花、糖和少许白葡萄酒调制而成的面饼，切成玫瑰窗式样的圆形小块，里面再填入面包屑、苹果、丁香花和核桃仁……等到复活节，吃小山羊肉、小牛肉、芦笋和牛腿肉……再过几个月，就到了吃各种奶酪、凝乳、鲜酪、豌豆、卷心菜和炸挂糊豆角的时候了（坎波雷西：《感官工坊》）。这些清单是用来刺激味觉的，另外有些清单看上去就像是在刺激听觉，在我看来，品味这两种清单时的感受并没有多大差别，大概耳朵里的那根欧氏管跟喉咙一样贪得无厌吧。例如，在《流氓之书》或是在其他论述流氓行径的书籍里，

---

① Giovan Battista Barpo（1584—1649），意大利修士，著有《乡野农田中的美味与鲜果》。

就能找到关于各种流氓恶棍名称的清单：骗子、流氓、无赖、地痞、恶棍、无耻之徒、混混、痞子、杂皮、瘪三、土匪、坏蛋、混蛋、泼皮、街娃、二流子……

在卡拉法的《诗意的流言与美妙的摘抄》中，还有一些指责女性弱点的清单，这些清单毫不顾忌所谓的“政治正确性”，看上去简直是在描述某种该被生吞活剥的珍稀野味：

> 你们不知道，女人就是喜怒无常的代名词，是脆弱的代表，是偷奸耍滑之母，是善变的象征，是施展毒计的大师，是设计陷阱的高手，是骗局的制造者，是模仿伪装的密友——仿佛她们也承认自己的不完美，她们的声音无力，她们的话反复无常，她们步伐迟缓，生性易怒，好记仇，好妒忌，怕苦怕累，作恶多端，谎话连篇，就像是一片蜂蝇聚集的荒草地，一团即将熄灭的死灰，一块隐藏在波浪之下的礁石，一根在玫瑰和百合掩映之下的尖刺，一条躲藏在花草之下的毒蛇，一团将熄的火，一点微弱的光，她们是被打翻在地的荣耀，是遭遇日蚀的太阳，是善变的月亮，是忽明忽暗的星星，是夜幕降临时的天空，是时隐时现的影子，是暗流涌动的海面。（坎波雷西：《维纳斯香脂》）

倘若至此你们仍无法体会坎波雷西是个热衷于品味“清单”的人，就请看看他如何描写圣人在忏悔时悲惨的用餐情况，看看他在落笔时那毫不遮掩的勃勃兴致吧。这是一段从某本十八世纪的传记中摘录下的文字，写的是库比蒂诺的圣约瑟夫在食堂里的餐食状况：那里只有干瘪的蔬菜和果子，以及煮熟的蚕豆，只能蘸着苦涩无比的调味粉吃下。星期五只能吃一种又苦又恶心的草，只要用舌尖沾上那么一点，整个胃都会翻江倒海好几天。另外一个来自上帝的臣仆——法恩扎的吉罗拉莫·萨伏那洛拉的版本干脆这样写道：他只能把面包浸泡在偷偷带来的调料里，或者蘸着洗碗水吃，有时还会蘸着生有寄生虫的脏水。

> 就这样，经过长时间的禁欲和苦修之后，他已经完全丧失了原先的容貌，他形容苍白枯槁，瘦得只剩皮包骨头，毛发稀疏，身体瘦弱蜷曲，就像一副干巴巴的骨架，活脱脱一副忏悔者的样子。所以他才会过度疲惫、无精打采、毫无血色，以至于在旅途中不得不让自己摔倒在地，让筋疲力尽的肢体稍事休息，也稍许缓解一下那些疝气或其他疾病带来的病痛。然而，对于这些病痛，他却一直不愿治疗。（坎波雷西：《泰然自若的肉体》）

有的时候，阅读坎波雷西的这些作品，你会发现他写的所有书籍（这些书都值得细细品味）都在尝试着就其所述的内容引发读者的联想。通过这些画面，读者们既会大饱眼福，也会产生一种怀疑：似乎钻在奶油里游泳和钻在粪便里游泳并没有多大区别。从这个意义上说，对于费雷里的电影《饕餮大餐》中的人物而言，他的作品可谓是福音书或《古兰经》。在影片的末尾，狼吞虎咽和逃之夭夭的冲动几乎是同步产生的。但体会这种效果的前提是认为坎波雷西在谈论不同的事物，而不是在谈论词汇，因为在他看来，作为词汇的“天堂”和“地狱”完全可以共存在同一部史诗里。

诚然，从现实生活的角度来看，坎波雷西是一位人类学家，也是一位历史学家，但他同时也是一个致力于发掘被遗忘的古代文学作品的矿工。他不仅为我们讲述几百年前关于身体和食品的奇闻异事，还常常把那些年代与我们的年代进行平行对比。当他反思古代祭祀血液的仪式和神话时，也不会忘记问一问为什么在如今这个高度文明的年代，流血事件依然接连不断地发生：犹太人大屠杀、种族灭绝、割喉宰杀、部落屠杀……他也不忘评论当代社会的种种错乱现象：从饮食偏执到大众享乐主义，从嗅觉退化到对于食物的吹毛求疵，甚至到传统意义上地狱的消亡。他几乎是在缅怀先前那个不那么苛求而且更加质朴的年代：人们会用鼻子去闻鲜血的气味，神秘主义的受虐狂会亲吻麻风病人穿过的衣服，人们把粪便的臭味看做日常生活中众多气味元素的一种（我倒真想知道他会如何描写在当今的那不勒斯蔓延的垃圾）。

然而，这种试图借古讽今的意愿是随着“嗜书”之欲而产生的。若不是通过那些用破布头造出的纸张，就算是坎波雷西也闻不出一块精美点心的香味，或者是一具腐烂尸体的臭味。正如当年的书目编写者所说，那些印着水渍、被潮气和蛀虫侵蚀的纸张，恰恰就是最为稀罕的珍宝。

天堂之外的胚胎*

本次演说的目的并非是就堕胎、干细胞、胚胎或所谓的捍卫生命等问题进行哲学、神学和生物学思考。我想探讨的是一个纯史学问题，即圣托马斯·阿奎那的一些观点。说得更明确些，他的想法与当前教会的观点不尽相同。关于这一问题的讨论是本文的一大特色。

关于胚胎的辩论可谓由来已久。最早提出该问题的是奥利金，他认为上帝在创世之初就创造了灵魂。该观点很快遭到了驳斥，因为就连《创世记》里也说："耶和华神用地上的尘土造人，将生气吹在他鼻孔里，他就成了有灵的活人。"这就是说根据《圣经》的记载，上帝先创造了人的身体，随后又给他注入了灵魂。这一说法后来成为了教会的官方教义，被称为"神造说"。可是，该理论又导致了原罪遗传上的一些问题。倘若灵魂不会由父辈遗传给子辈，为什么刚出生的孩子就带有原罪，必须经历洗礼呢？于是，德尔图良（在《论灵魂》中）提出父辈的灵魂会通过精液遗传至子辈。不过这种"传殖说"很快也被打为邪说，因为它主张灵魂具有物质性的起源。

于是，圣奥古斯丁就处在左右为难的尴尬境地。他与伯拉纠派意见相左，而伯拉纠派又否认原罪的可遗传性。因此，他一方面支持神造说（即反对灵魂的身体传殖说），而在另一方面，又认可某种“灵魂传殖说”。在所有的评论家看来，他的立场始终模棱两可。奥古斯丁曾试图接受传殖说，但他最终在《书信第一九〇篇》中承认了自己在相关问题上的犹豫，并指出《圣经》既不支持传殖说，也不支持神造说。在《创世记字义解释》中，我们也能清楚地看到他的摇摆立场。

圣托马斯·阿奎那则是坚定的神造说支持者。他通过十分高明的手段解决了原罪的问题。原罪会随着精液遗传，就好比是一种“天然传染”（《神学大全》）。但这却与灵魂的传殖毫无关系：

> 人们说儿子不会带有父亲的罪恶，即儿子不会因父亲的罪过受到惩罚，只要他没有参与作恶。然而，我们所讨论的情况却是这样的：通过生命的繁衍，原罪由父辈传递至子辈，这种传递来自子辈对父辈现实行为的效仿……尽管灵魂不能遗传，尽管精液不具备复制灵魂的功能，但精液却可以起到某种配合作用。因此，通过精液的主动力，人类的本性会由父辈传承至子辈，并再次经历腐朽的过程。事实上，每一个新生儿都会成为其父辈罪恶的参与者。因为这是由生命繁殖决定的，子辈从父辈那里继承了天性。

假如灵魂不随精液遗传，那么它又是在何时被注入胎儿体内的呢？要知道，托马斯·阿奎那认为：植物具有生魂，动物具有觉魂，

---

* 本文为 2008 年 11 月 25 日发表于博洛尼亚大学高等人文科学院的演说，会议主题为“医学研究的道德准则”，后被收录入相关论文集（弗朗西斯科·加洛法罗编，《医学研究的道德准则和欧洲的文化特征》，博洛尼亚，克鲁埃博出版社，2009 年）。——原注

而人类的灵魂则集聚了上述两种魂的功能。① 正因为如此，人才具有智慧，才能称其为“人”。按照古老的传统说法，人是“具有理性本能的独立实体”。既然人类的魂魄能不受身体腐朽的制约，只接受永恒的惩罚或褒奖，并以此区别于动物和植物，那么这所谓的魂魄，就只能是灵魂。

对于胎儿的形成过程，托马斯·阿奎那有着十分符合生物学理论的观点：当胎儿逐渐获取了生魂和觉魂之后，上帝才会将灵魂注入其中。也就是说，只有当胎儿的身体已经成形之时，上帝才会创造灵魂。(《神学大全》)

因此，胚胎只具有觉魂（《神学大全》）：

> 亚里士多德教导说胚胎首先只是动物，而后才成为人。但是，假如觉魂的本质等同于灵魂，上述说法就无法成立：因为作为动物的胚胎只具有觉魂，而人类则具有灵魂。因此，人不只具有觉魂，也不只具有灵魂……因此，我们必须认为在人体中存在一种统一的魂魄，它既是生魂、觉魂，也是灵魂。关于这一点，只要我们想想不同形态、不同物种之间的区别，就能轻松地找到明证：在大自然的序列中，有生命的物质比无生命的物质高级；动物比植物高级；人类比兽类高级；就算是同一类的生物之间也存在不同的进化程度。正因如此，亚里士多德……将不同层次的魂比作不同的（几何）形状。一些形状会包含另一些形状。例如，五边形就包含四边形并且超越于它。同样，灵魂及其潜在的内涵也将所有动物的觉魂和所有植物的生魂包含其中。之所以说五边形包含四边形，并不是因为五边形有着

① 托马斯·阿奎那认为，不同形式的生物具有不同种类的魂魄，分为：生魂、觉魂和灵魂。

与四边形不同的形状，否则这种包含就显得多余。同样的道理，之所以说苏格拉底是人，并不是因为他的魂与动物的魂不一样，而是因为他有着将各种功能集于一身的单一的魂……从一开始，胚胎就具有魂，但那只是觉魂，随后，觉魂消失，取而代之的是一个更为完美的魂，它既是觉魂，也是灵魂。

在《神学大全》中，托马斯认为觉魂是可以通过精液遗传的。

根据亚里士多德的观点，对有性繁殖的高等动物来说，主动力存在于雄性动物的精液之中；而雌性动物则负责提供形成胎儿的物质。从这一刻开始，生魂就立即存在于这种物质里，这种变化不是在第二时间，而是在第一时间内发生的，就好比沉睡的人依然具有觉魂那样自然而然。当胚胎开始吸收食物营养时，就已开始发生变化。在雄性精液的主动力影响之下，这种物质开始变形，直到获取觉魂：并非是精液中的主动力直接变成觉魂（因为如此一来，人类一代又一代的传承就不会有任何变化），正如亚里士多德所说，这是一种吸收养分和生长的过程，而非繁殖的过程。当精液中蕴含的主动力已经促使胎儿主体结构形成并具备觉魂之后，胎儿的觉魂就开始通过营养和发育来不断完善自己的身体。一旦精液耗尽，且蕴含于其中的精神也消失时，精液中的主动力也将随之停止存在了。这一点并不值得大惊小怪，因为这种动力并非发育的主要因素，只是一种工具。既然预期的效果已经达到，也就不再需要工具了。

在《神学大全》第一部分中，托马斯·阿奎那否认精液中的主动力可以制造出灵魂，因此也就否认了受孕之时就存在灵魂的说法。鉴于灵魂是一种非物质实体，它不可能通过繁殖生成，而只能通过上帝的创造而产生。如果认为灵魂可以通过精液遗传，就必须承认灵魂不是自存的，也就是说，灵魂会随着身体的腐朽而腐朽。

关于同一个问题（在《神学大全》第二部分），托马斯还否认胚胎在（最初）具有生魂之后，又先后添加了觉魂和灵魂。因为这样一来，人类就具有三种魂，可能还会具有潜在的其他魂。他也不认为这种单一的魂是在精液的主动力单独作用下由最初的生魂变化为后来的觉魂以及最终的灵魂。他认为这不仅取决于精液主动力的影响，还取决于一个来自更高层力量的动力，即上帝从外界点亮了胎儿的灵魂。

> 然而，这一切却站不住脚。首先，没有任何一种实体形式能感受到自身特质的增减；只要进化一点，一个物种就变成了另一个物种，就好比增加一个位数就改变了一个数字的种类。同一种形式，却属于不同的种类，这是不可能的。其次，这样的说法意味着动物的繁殖是一个类似于演化的、从不完美到完美的持续的过程。既然如此，人的繁殖和动物的繁殖就不再是狭义上的繁殖，他们的主体也就处于进行的过程之中。假定在生成胎儿的物质里，生魂是起初就存在的，后来逐渐发展成了更完美的状态：但这种后来形成的完美状态却不会摧毁先前的不完美。这与狭义的繁殖概念是相悖的。最后，既然灵魂是上帝赋予的，是某种自存的实体：那么它理应与先前那些不具备自存性的形态有所区别；这样一来，该理论又会落入“同一身体，多个魂魄”的观点。那么，我们只能说灵魂不是自存的实体，只是先前某种魂魄形态的进化形式，可是如果这样认为，灵魂也就无法避免随身体腐化而腐化——这种观点也是不可接受的……

由此，我们只能得出这样的结论，当一个更完美的形态产生之时，原先的形态就会腐化消失。因为一个生命的繁殖必然会导致另一生命的终结，无论人还是动物，都是如此：这是一个过程，后来出现的形态不仅具备先前形态的所有优点，还具备先前形态所不具有的优点。如此一来，通过多次的繁殖和腐朽，人和动物才会达到最终的实体形态。这个过程，就算在腐生动物中也能明显地看到。所以说，我们必须认为人类的灵魂是在繁殖结束之时，也就是在先前的几种形态都消失之时才由上帝创造出来的，是集生魂和觉魂于一身的灵魂。

所以说，在被造的那一刻，灵魂就对原有的生魂和觉魂进行了"格式化"，同时将二者"上载"并包含于单一的灵魂。

在《哲学大全》里，托马斯重申繁殖的过程存在不同等级的顺序，"因为胎儿会从起初具备的中间形态逐渐发育为最终形态"①。

那么，当胎儿发育到何种程度时才会被注入灵魂，从而成为真正意义上的人呢？在这个问题上，传统教义的解释十分谨慎，通常都认为是在受孕四十天左右。对此，托马斯·阿奎那只说当胎儿准备好接受灵魂之时，灵魂才会被创造出来。

在《神学大全》第三部分里，托马斯提出了这样一个问题，即耶稣的灵魂是否是在一个拥有躯体的胎儿中创造的。需要注意的是，耶稣的孕育并非是通过精液的传输，而是通过圣灵的作用实现的。既然如此，我们就不必惊讶于上帝在这样的情况下同时创造了胎儿和灵魂。但是作为人和上帝的统一体，耶稣也必须遵循人类的法则："关于灵魂注入的时刻，我们可以从两个角度来考虑。首先，从身体

---

① 参见《哲学大全》，原文为：在动物和人的繁殖过程中，存在一种最完美的形式。而在之前还存在许多中间形式和繁殖及消亡的过程，因为一种物质的产生必然导致另一种物质的消亡。因此，胚胎最初如同植物般生长时所具有的生魂会消失，被一种更为完美的魂所取代，这种魂既能摄取营养，也具备知觉，此时，胚胎便如动物般生长。当这个过程结束，觉魂又会被灵魂取代，这种灵魂是外界注入的，而前两种则蕴含于精液之中。——原注

的角度来考虑。在这个意义上，耶稣的灵魂与其他人的灵魂一样，都是在身体形成之后被注入的。第二，从时间的角度来考虑。既然耶稣的身体能在比其他人更短的时间内完美地形成，那么他获得灵魂的时间自然也先于其他人。”

这里的关键问题并不在于胎儿何时变成人，而是胚胎是否可以被算作人。正如我们看到的，托马斯·阿奎那在这个问题上的立场十分明确。尽管《神学大全》的附录部分并非出自托马斯·阿奎那本人之手，而是由他的弟子皮佩尔诺的雷金纳德续写的，但也不妨看看第八十章第四个问题：所有促使身体生长发育的因素是否会随着身体的苏醒而一同苏醒。从这里就会引申出一系列十分怪异的问题：在发育的过程中，食物会转变为人体的成分。假定一个胎儿吸收了牛肉。那么当人体成分苏醒时，牛肉是否也会随之苏醒呢？同一事物是不可能在不同的人体内苏醒的。然而，某种物质在实质上属于不同的人，这却是有可能的。例如以人肉为食的汉尼拔，两者（吃人者和被吃者）最终都变成同一种实体。但在这种情况下，究竟是谁苏醒了呢？是吃人者？还是被吃者？

第八十章的回答复杂而深奥，似乎并未在不同意见之间选择明确的立场。但有意思的是，在讨论的末尾，得出了这样一个结论：自然之物的性质并不取决于其材料，而取决于其形态。因此，那种事先曾以牛肉形态存在，后来又以人肉的形态在人体内苏醒的物质根本不是牛肉，而是人肉。否则，就连构成亚当身体的泥土也会苏醒了。至于那个有关汉尼拔的假设，按照某些人的观点，被吃下的人肉永远不可能成为吃人者的身体成分，而只能是被吃者的身体成分。因此，上述被吃下的人肉只可能在后者，而不是前者的身体内苏醒。

我们所关心的关键问题在于，依据上述观点，倘若胚胎事先不具备灵魂，也就不可能参与身体的苏醒。

今天，若要请求托马斯宽恕一定时期内的堕胎行为，这显然是十分幼稚的，恐怕连托马斯本人也从未想到过由此引发的道德争论——因而今天，我们特地将它划归为科学问题。奇怪的是，教会虽然时常拿托马斯的言论引经据典，却在这个问题上悄无声息地背离了托马斯的立场。

教会所宣传的教义与进化论颇为相似。很久以来，教会就与进化论达成了默契。正如许多神父所做的那样，只要以隐喻的方式来解释上帝在六天内的造物过程就可以了。这样一来，《圣经》中所宣扬的教义就不会与进化论的观点相矛盾。我们甚至可以认为《创世记》中所描述的造物过程是非常符合达尔文的观点的。因为其中所描述的造物顺序正是由简单到复杂，由矿物到植物，由动物到人。

> 起初神创造天地……神说，要有光，就有了光。神看光是好的，就把光暗分开了。神称光为昼，称暗为夜……神就造出空气，将空气以下的水，空气以上的水分开了……神说，天下的水要聚在一处，使旱地露出来。事就这样成了。神称旱地为地，称水的聚处为海……神说，地要发生青草，和结种子的菜蔬，各从其类，并结果子的树木，各从其类，果子都包着核……
>
> 神造了两个大光，大的管昼，小的管夜。又造众星……神说，水要多多滋生有生命的物，要有雀鸟飞在地面以上，天空之中。神就造出大鱼和水中所滋生各样有生命的动物，各从其类……神说，我们要照着我们的形象，按着我们的样式造人……于是，耶和华神用地上的尘土造人，将生气吹在他鼻孔里，他就成了有灵的活人。

因而反进化论之战以及针对胚胎阶段的生命保卫战看上去更像

是新教基要派的立场——说得更恶作剧些，这更符合布什和拉青格所主张的政治轴线，而非传统的神学立场。

不过，我之前已经说明，本文并不想评论目前存在的各种争论，只想澄清托马斯·阿奎那的观点。至于教会，他们有行事的自由。而我，只想把上述资料交到听众的手中，听众们自有公断。

四十年后的六三学社*

一场并非二十年后，而是四十年后的重逢可以起到两种作用，或者说代表两种可能。第一种可能，重逢是团体中怀旧成员的大集会，之所以聚在一起，是希望昨日能够重现。另一种可能则是，重逢只是老友之间的再聚首，大家在回忆往昔的同时也清楚地意识到从前的时光已经一去不回头：谁也不想回到过去，大家只是再次朗诵那篇经典的“在很长一段时间里，我都是早早就躺下”①，并通过其他人的讲述去各自品味那块泡在椴花茶里的小玛德莱娜蛋糕。

我希望这次重逢属于第二种可能，即老同学的聚会，而不是一群“老旺代分子”的阴谋集合，将当年的团体稍作修改，制造出另一个翻版。我也希望大家能借着重逢的机会，以多年之后的冷静眼光再次反思从前那场文化运动，更好地解读当年发生的一切及其原因，以帮助当代的年轻人更好地理解那个他们不曾亲身经历的年代。说到今天的发言，由于事先并不了解出席人员的情况，所以我准备的内容大多与四十年前的文化环境相关，主要针对的也是对该团体没有亲身感受的人，而非当年的团体成员。对于老朋友们的出席，我感到十分荣幸，但我也知道，按照当年的习惯，在我发完言后，他们一定会大加批驳，说我的发言充满了谬误。

回到事情的源头，鉴于我们现在身处博洛尼亚，而且还对卢恰诺·安切斯基[②]保留有深刻的记忆，我们就从《维里》杂志[③]说起吧。

《维里》杂志

我至今仍然清楚地记得，一九五六年五月的一天，安切斯基给我打了一通电话。当时他已很有名望，我自然认识他。但是关于我，他又了解些什么呢？他知道我一年半以前毕业于都灵大学的美学专业；他知道我已经在米兰生活，与一些青年诗人，如卢恰诺·埃尔巴[④]和巴尔托洛·卡塔菲[⑤]有所交往；他知道我与恩佐·帕齐[⑥]和迪诺·福尔马焦[⑦]时常见面；还知道我已在某些不知名的刊物上发表过一些小文章。电话里，他约我在市中心的某个酒吧见面，说是想与我交流交流。那时，他正打算创办一本杂志。他想做的，并不是去寻找那些文化名流（因为他已经拥有不少名人资源了），而是想召集一批来自不同文化背景的年轻人——不限于他的学生。他希望这批人之间能互相交流。有人向他推荐了我——一个二十四岁的小伙子——说我挺有意思，于是他就来招募我。

几年前，安切斯基的葬礼在阿尔基金纳西奥宫举行，期间我曾同福斯托·库里[⑧]提起此事。我问他："要是换了今天的我们，自己

---

* 本文最初发表于2003年5月在博洛尼亚召开的六三学社成立四十周年纪念大会，后作为《引言》收录入《四十年后的六三学社，2003年5月博洛尼亚纪念大会》，博洛尼亚，蓬特拉贡出版社，2005年。——原注

① 摘自普鲁斯特的《追忆似水年华》第一章。

② Luciano Anceschi（1911—1995），意大利文学评论家和杂文家。

③ 1956年由卢恰诺·安切斯基在米兰创办并担任首任编辑的文学杂志。由于合办杂志的青年知识分子常常在一间名为"维里"的咖啡店聚会，杂志因此得名。

④ Luciano Erba（1922—2010），意大利诗人、文学评论家和翻译家。

⑤ Bartolo Cattafi（1922—1979），意大利诗人。

⑥ Enzo Paci（1911—1976），意大利哲学家，存在主义的代表人物。

⑦ Dino Formaggio（1914—2008），意大利哲学家。

⑧ Fausto Curi，意大利博洛尼亚大学文学教授、诗人。

已经忙得焦头烂额，还有人跑来推荐一个毕业于另一所大学的年轻人，说要一起去会会他，让他做点事情，我们会怎么做？”库里回答我说：“大概会躲在家里，把电话线也拔掉吧！”也许我们不会一直躲着——至少我希望不会。但我敢肯定地说，安切斯基从来都不会让自己躲起来。

在安切斯基的引荐下，我认识了梅达广场上“蓝色酒吧”里的各位神秘人物。那是市中心的一间并不知名的小酒吧。但在它的后院却有一间小厅。每个星期六的傍晚六点，好些知识分子都会在那里喝上一杯茶或开胃酒，一起聊聊文学。他们中有蒙塔莱、加托[1]、塞雷尼[2]、费拉塔[3]、多弗莱斯[4]、巴齐和一些路过米兰的作家。当时，卡罗·波[5]总是以他荷马式的沉默控制着现场。有几个晚上，那个小厅会让人想起红衫咖啡馆[6]。

我们几个年轻的小伙子被安切斯基召集到了一起，也开始加入聊天的队伍。我仍然记得好几个具有历史意义的夜晚，对于我们来说，那些跨越年龄层次的对话可谓成果丰硕。从某种意义上讲，我们也逐渐地改变了谈话的氛围：将注意力逐步转移到后来的极新派上；格洛克·坎本[7]把他最初为《非此即彼》杂志写的几篇乔伊斯式的文稿用打字机打出来念给我们听；朱塞佩·古列尔米[8]为我们朗读那些后来发表在第一期《维里》杂志上的诗句，诗里描述的是某个用塞夫尔瓷盘托着一盘晚餐粪便的姑娘。当时，《维里》杂志正准备刊登一首描述粪便的古体诗歌。

---

① Alfonso Gatto (1909—1976)，意大利作家、诗人。

② Vittorio Sereni (1913—1983)，意大利诗人、作家、翻译家和编辑。

③ Giansiro Ferrata (1907—1986)，意大利文学评论家、作家。

④ Gillo Dorfles (1910—　)，意大利艺术评论家、画家、哲学家。

⑤ Carlo Bo (1911—2001)，意大利诗人、文学评论家。

⑥ 位于佛罗伦萨的共和广场，得名于意大利民族复兴运动时期加里波第领导的“红衫军”，是二十世纪文人雅客的光顾之地。

⑦ Glauco Cambon (1921—1988)，意大利诗学家、翻译家、作家、文学教授。

⑧ Giuseppe Guglielmi (1923—1995)，意大利诗人。

一次，安切斯基搭着我的肩膀说："埃科，你看看能让巴莱斯特里尼[①]这小子干点什么。他很有头脑，就是懒。得推着他做点事情，要不让他去出版社待一阵吧。"几年过后，六三学社发生了一次激烈的争吵。安切斯基再次搭着我的肩膀说："埃科，你看看能拿巴莱斯特里尼这小子怎么办？或许得让他刹刹车了……"看得出来，对于这个自己一手培育出的成果，安切斯基颇感欣慰。而彼时，他正带着一肚子想法游走于不同年龄段的成员之间。

我仔细地看过一九五六年《维里》的创刊号目录（包括米凯莱·普罗温恰利[②]设计的娟秀而朴素的字体）：朱塞佩·古列尔米和卢恰诺·埃尔巴的诗歌、里扎蒂翻译的美国诗人的文集、戈尔利耶[③]、坎本、朱利亚尼[④]、巴贝利·斯夸罗蒂[⑤]、佩斯塔洛扎[⑥]、雷纳托·巴利里（当时还非常年轻）等人的散文。参与者大都属于"伦巴底阵线"[⑦] 和之后的"极新派"。当时评论得比较多的诗人是迪伦·托马斯[⑧]、庞德和蒙塔莱（至于极为前卫的后庞德派代表——圣圭内蒂[⑨]，则在忙于评论但丁的《神曲·地狱篇》）。另外，值得重视的还有乔治·巴萨尼的《费拉拉故事集》、安切斯基向加尔朱洛[⑩]致敬的一篇文章，以及福斯托·库里写的一篇关于戈沃尼[⑪]的文章等。

第二期刊登有蒙塔莱的一篇关于圭多·戈扎诺的文章、韦勒克

---

① Nanni Balestrini (1935—)，意大利著名诗人、作家，新先锋派诗歌的代表人物。
② Michele Provinciali (1923—2009)，意大利插图画家、设计师。
③ Claudio Gorlier，意大利都灵大学文学教授。
④ Alfredo Giuliani (1924—2007)，意大利作家、诗人、文学评论家。
⑤ Barberi Squarotti (1929—)，意大利著名文学评论家。
⑥ Luigi Pestalozza (1928—)，意大利音乐学家。
⑦ 十九世纪末出现于伦巴底地区，尤其是米兰地区的文学流派，兴盛于二十世纪。
⑧ Dylan Thomas (1914—1953)，英国威尔士诗人、文学家。
⑨ Edoardo Sanguineti (1930—2010)，意大利诗人、作家。
⑩ Alfredo Gargiulo (1876—1949)，意大利文学评论家。
⑪ Corrado Govoni (1884—1965)，意大利诗人。

的一篇关于现实主义的文章（当时，穆里诺出版社刚刚翻译出版了韦勒克和沃伦的《文学理论》）、坎本的一篇关于华莱士·史蒂文斯剧场的文章、卡塔菲和朱利亚尼的诗歌、拉拉·罗马诺[①]的小说。卢恰诺·埃尔巴编了一本法国新派诗人的文集，其中对年轻的伊夫·博纳富瓦[②]进行了重点介绍。与此同时，马真塔某出版社的一帮人在瓦雷泽（或是瓦雷泽的一帮人在马真塔）出版了另一位年轻人的作品——《拉柏林图斯派》，朱利亚尼为其撰写了评论。斯夸罗蒂评论了莱奥内蒂[③]和左拉的小说作品，年轻的梅兰德里[④]评论了博雷洛[⑤]所写的一部关于存在主义美学的书，恩佐·帕齐评论了佩里内蒂，而我则评论了《超现实主义，本身》的第一期，当时的主编是布勒东。

在第四期，除了有霍尔特胡森[⑥]的一篇关于美学的散文，还刊载了塞雷尼和巴莱斯特里尼的诗歌（他们俩属于相邻的两代人）、一些新派（基本上算是）德国诗人的文集，他们是保罗·策兰[⑦]、霍勒尔[⑧]和英格博格·巴赫曼[⑨]。朱利亚尼评论了马里奥·卢齐[⑩]的作品和帕索里尼的《葛兰西的骨灰》、库里为卡罗·波写了评论，而卡罗·波则为拉努乔·比安基·班迪内利[⑪]写了评论。一位署名 A. A. 的神秘作者评论了彼得·比安基[⑫]的电影作品。那篇评论以当年惯常引用的文学理论开头："怪诞，甚至令人反感，常常以失败而告终"，

① Lalla Romano (1906—2001)，意大利小说家、诗人和记者。
② Yves Bonnefoy (1923—　)，法国诗人、散文家。
③ Alfonso Leonetti (1895—1985)，意大利社会主义政治家。
④ Enzo Melandri (1926—1993)，意大利哲学家。
⑤ Oreste Borrello (1922—1997)，意大利哲学家。
⑥ Hans Egon Holthusen (1913—1997)，德国抒情诗人、散文家、文学家。
⑦ Paul Celan (1920—1970)，德国犹太诗人、翻译家。
⑧ Walter Höller (1922—2003)，德国作家、文学研究者、诗人。
⑨ Ingeborg Bachmann (1926—1973)，奥地利诗人、作家。
⑩ Mario Luzi (1914—2005)，意大利诗人、作家。
⑪ Ranuccio Bianchi Bandinelli (1900—1975)，意大利考古学家、艺术史学家和政治家。
⑫ Pietro Bianchi (1909—1976)，意大利影评人、文学评论家和记者。

而结尾处则出现了一份拿腔拿调的清单，列着所谓“尤为令人着迷”的导演姓名。由此看来，这篇评论很有可能出自于初出茅庐、尚且青涩的阿尔贝托·阿尔巴西诺[①]之手。

一九五八至一九五九年期间，杂志刊载了许多俄罗斯和西班牙年轻诗人的文集，蓬蒂贾[②]、布奇[③]和卡尔维诺的小说，以及沃拉洛、里西[④]、卡恰托雷[⑤]、帕索里尼、安东尼奥·波尔塔[⑥]（当时的笔名为莱奥·保拉齐）的诗歌。虽然杂志带有显著的先锋派色彩，但巴贝利·斯夸罗蒂仍然毕恭毕敬地收录了《豹》（朱塞佩·托马斯·兰佩杜萨）和《暴力人生》（皮埃尔·保罗·帕索里尼）。一九五九年起，在巴利里的主张下，杂志开始转向讨论“新小说”，阿兰·罗伯-格里耶发表了相关文章。

在这里必须提到的是，《维里》杂志在热捧新派体裁的同时，也对传统文学投去了平静的目光，不卑不亢地将一只脚踏入了学院派的文学领域中。创刊第二期就刊载了特奥多里科·莫雷蒂·科斯坦齐[⑦]关于普罗提诺的一篇散文。一九五八年的第二期杂志甚至将巴洛克文学作为主题（其中刊登了博塔利[⑧]、杰托[⑨]、莱蒙迪[⑩]等人的文章，但由于题目过于广泛，所以一九五九年的第六期又再次回到了该主题）。这一期还破天荒地介绍了一些以前从未介绍过的诗人，他们是道比涅[⑪]和让·德·斯蓬德[⑫]，另外，乔尔达诺·布鲁诺的散文也刊载其中。

---

① Alberto Arbasino（1930—　），意大利作家、散文家和记者。
② Giuseppe Pontiggia（1934—2003），意大利作家、文学评论家。
③ Aldo Buzzi（1910—2009），意大利作家、建筑师。
④ Nelo Risi（1920—　），意大利诗人、电影导演。
⑤ Edoardo Cacciatore（1912—1996），意大利诗人、散文家。
⑥ Antonio Porta（1935—1989），意大利诗人、作家。
⑦ Teodorico Moretti Costanzi（1912—1995），意大利神秘主义哲学家。
⑧ Stefano Bottari（1907—1967），意大利中世纪及现代艺术评论家。
⑨ Giovanni Getto（1913—2002），意大利文学评论家。
⑩ Ezio Raimondi（1924—　），意大利语史学家、散文家和文学评论家。
⑪ Théodore Agrippa d'Aubigné（1552—1630），法国诗人、历史学家。
⑫ Jean de Sponde（1557—1595），法国巴洛克派诗人。

所以说，《维里》杂志既包括对于当代作品的古典解读，也包括对于古典作品的当代解读，对于各种题材也不带过多偏见。无论是新兴的新先锋派的疯狂咆哮，还是知名作家的新鲜尝试，它都报以淡定的目光。不仅如此，它还放眼世界文坛，这使得“伦巴底阵线”跨越了瑞士的河谷，将脚步一直愉悦地迈到了阿尔巴西诺记忆中的基亚索。当时的氛围尤其值得一提，年轻人评论自己的同龄作者，年长的评论年轻的，反之亦然。当时，没有人介意文学流派之间的差别，大家都怀有一颗好奇心——这是那个年代的重要特征之一。

其他几期的目录我不再赘述。我想着重强调的，是具有代表性的一九六〇年第一期。这是《维里》杂志和“极新派”作者的文集进入图书馆收藏的前一年。在卷首语中，安切斯基向杂志诞生四周年表示祝贺，这就表明研究进入新阶段的时机已经来到，也表明了试图让不同的声音进行辩论的愿望。这期杂志隆重推出了巴利里声讨卡索拉[①]、帕索里尼和特斯托里[②]的文章——《陈情书》和一篇古列尔米所写的散文：文章以加达开篇，没有提及卡尔维诺，但在结尾之处则宣称莫拉维亚和普拉托里尼坚持要做有品质的人。为了申明尊重未来的决心，杂志还刊登了阿尔巴西诺的一篇散文，题为《工程师的孙子和德菲奥之家的猫》。

接着，一场新的论战叩响了门。《维里》杂志的一片祥和中开始出现失衡的迹象。安切斯基一意孤行，显然，他也作好了付出相应代价的准备。这里，我想说句题外话，说说我当年的情况。那时，我已经开始在《维里》的“小记事”栏目中发表一些“豆腐块”。这个栏目中的一些文章是我写的，另一些是别人写

---

① Carlo Cassola (1917—1987)，意大利著名作家、散文家。

② Giovanni Testori (1923—1993)，意大利作家、剧作家、艺术史学家和文学评论家。

的，时常还会穿插一些引用而来的有意思的段落。看着一九六〇年的第一期刊，我竟然发现那时已经有了最初的想法，打算写一座经度为180°的岛屿（二十五年后，这座岛屿成为了我第三部小说的主题）。因为我提到了一首圣莱莫音乐节上的歌曲，歌名叫《时差》。在当时看来，其中的歌词相当前卫（“半夜时分，夜深人静……”）。我引用了两段文字，一段来自康德的《判断力批判》：

> 除此之外，与音乐相联的是在温文尔雅上有所欠缺，即音乐尤其是按照乐器的性状把它的影响扩散到超出我们所要求的范围之外（即影响到邻居）……这不是那些向人的眼睛说话的艺术所干的事，因为如果人们不想接受它们的印象，只要把眼睛转开就行了。这里的情况正如用一种扩散得很远的香味来使自己陶醉一样：一个从口袋里掏出他洒满香水的手绢的人是违背着旁边一切人的意志在款待他们，并强迫他们如果想要呼吸就必须同时享受这种气味。

随后，也许是为了表明不仅古人会说蠢话，我又引用了一段乔伊斯写给弗兰克·巴津[1]的信件：“我观察到有人暗地里想要把一个叫马塞尔·普鲁斯特的签名放在这里。我读过那个人写的东西，可简直看不出他有任何过人之处。”显然，此时的《维里》已经开始不把任何人放在眼里了。

① Frank Budgen（1882—1971），英国画家，乔伊斯的友人。

气候

我们不应忽略那个年代其他艺术领域的状况。我所指的并不是六三学社最初几次会议上那几位与我们走得很近的画家，如佩里利[①]、诺维里[②]、弗朗科·安杰利[③]、法比欧·毛里[④]等。我想谈的是当年音乐界的一些动态。

早在一九五六年，米兰的观众就对勋伯格作品在斯卡拉剧院的演出嗤之以鼻。一九六二年，由贝里奥[⑤]作曲、爱德华多·圣圭内蒂作词的《转变》首次登台就立刻激起了公众的狂怒：公众们高喊“中左派”，以此来表示对这个来势凶猛的新鲜事物的责难。罗贝托·雷迪[⑥]并没有加入六三学社，但他却经历了当时新兴音乐形态的发展以及人们对于古典作品的新解读。他回忆说，曾经有一次，他和贝里奥被公众的呼声包围，公众冲他们大喊：“滚到苏联去！”好在他俩没有真的去苏联——否则，在当时苏联的政治氛围下，他们非被拉去劳动改造不可。在当时的公众眼里，一切新鲜事物都等同于共产主义。四十年来，这种想法基本没有改变，说明此种观念在我们国家有多么根深蒂固。

位于米兰的国家电视台有一档由卢恰诺·贝里奥和布鲁诺·马代尔纳[⑦]执导的音乐节目，名叫“音韵工坊”。皮埃尔·布列兹[⑧]、卡尔海因茨·施托克豪森[⑨]、亨利·普瑟尔[⑩]和其他一些音乐人常常带

---

① Achille Perilli (1927—)，意大利画家。
② Carlo Novelli (1939—)，意大利艺术家、雕塑家、画家和版画家。
③ Franco Angeli (1935—1988)，意大利艺术家、画家。
④ Fabio Mauri (1926—)，意大利艺术家、画家。
⑤ Luciano Berio (1925—2003)，意大利作曲家。
⑥ Roberto Leydi (1928—2003)，意大利民族音乐学家。
⑦ Bruno Maderna (1920—1973)，意大利电视台主持人、作曲家。
⑧ Pierre Boulez (1925—)，法国指挥家、作曲家。
⑨ Karlheinz Stockhausen (1928—2007)，德国作曲家。
⑩ Henri Pousseur (1929—2009)，比利时作曲家。

着他们的新型电子乐器去那里小试牛刀。五十年代末，卢恰诺·贝里奥出版了不多的几期《音乐之约》。在那几期刊物里，他首次对“现代音乐”理论和结构语言学理论进行了对比，普瑟尔和尼古拉·吕维特[①]也参与了讨论。基于那本刊物中发表的文章，我的《开放的作品》于一九六二年问世。另外，五十年代末，我和罗兰·巴特也正是在巴黎的一场由布列兹举办的音乐晚会上相识的。

参与“音韵工坊”栏目的还有约翰·凯奇[②]，他的曲谱（一半算是视觉艺术，一半是对音乐的咒骂）后来发表在一九六二年的《彭皮亚尼文学年鉴》上，意在说明电子计算机在艺术中的应用。那期杂志上还刊登了第一首由纳尼·巴莱斯特里尼用电脑创作的诗歌《带标 I》。凯奇在米兰谱成了他的《混合喷泉》，但已没有人记得那首曲子因何而得名了。凯奇当时住在一位名叫丰塔纳[③]的女士家里。他英俊潇洒，而丰塔纳太太则比他年长许多，常常寻找各种借口将他堵在走廊尽头。显然，凯奇的兴趣不在于此，于是他一直顽强抵抗。最后，他以丰塔纳女士的名字为曲子命了名。随后，身无分文的他在贝里奥和罗贝托·雷迪的帮助下，开始作为菌类专家出现在一档名为《放弃或翻倍》的节目中，在舞台上用搅拌器、收音机和其他家用电器创作不可思议的音乐，以至于麦克·邦焦尔诺[④]不由地怀疑起那是否就是未来主义的音乐。那时，先锋派运动与大众传媒之间已建立起某种潜在的联系，在时间上先于波普艺术许多年。

继续回顾那个年代的其他事件。一九六〇年，乔伊斯的《尤利西斯》总算在意大利出版了。此前，贝里奥、罗贝托·雷迪和罗贝

① Nicolas Ruwet（1932—2001），比利时语言学家、文学评论家和音乐分析家。
② John Cage（1912—1992），美国作曲家、哲学家、诗人、音乐理论家、艺术家、版画家。
③ 意大利人名，意为“喷泉”。
④ Mike Bongiorno（1924—2009），意大利知名电视和广播节目主持人。

托·萨内西[1]已经根据该小说第十一章中的拟声段落谱写了一首曲子，名为《向乔伊斯致敬》。如果按照今天的定义，这应该算是通过词形来解读词义的一种尝试，把语言视作理解世界的钥匙。

一九六二年，布鲁诺·穆纳里[2]在米兰的画廊举办了第一场动态程序化艺术展，展出了包括乔万尼·安切斯基[3]、大卫·博里亚尼[4]、詹尼·科隆博[5]、加布里埃尔·德韦基[6]、格拉齐亚·瓦里斯科[7]、N组合[8]、恩佐·马里[9]以及穆纳里本人的许多作品。

我想说，六三学社并非是在一团真空中诞生的。同样，“极新派”的文集（其中包括圣圭内蒂、帕里亚拉尼[10]、朱利亚尼、波尔塔和巴莱斯特里尼等人的文章）也不是凭空问世的。

我曾在另外一次发言中试图表明当年的许多“酵素”都可谓是“波河平原上启蒙主义运动”的种种表现。事实上，安切斯基把杂志的名称定为《维里》，也并非出于偶然。《维里》诞生在当年的米兰。早在二战时期，米兰的玫瑰与舞蹈出版社就已经把布莱希特、叶芝、德国表现主义作家以及乔伊斯的早期作品引入了意大利。而通过都灵的弗拉西内利出版社，我们对梅尔维尔、乔伊斯的《一个青年艺术家的画像》和卡夫卡有所了解。自然而然地，类似于“波河”、“伦巴底”等名词就有了某种象征意义，因为就连撒丁岛的葛兰西和西西里的维托里尼也都受到这种学术氛围的感染。六三学社的第一

---

① Roberto Sanesi（1930—2001），意大利评论家、艺术史学家、艺术家、诗人、散文家。

② Bruno Munari（1907—1998），意大利艺术家、设计师。

③ Giovanni Anceschi（1939—　），意大利设计师。

④ Davide Boriani（1936—　），意大利艺术家、设计师。

⑤ Gianni Colombo（1937—1993），意大利艺术家。

⑥ Gabriele Devecchi（1938—　），意大利设计师、艺术家。

⑦ Grazia Varisco（1937—　），意大利艺术家。

⑧ 1959年成立于意大利帕多瓦的艺术家组合，善于利用光影、投射与反射以及运动的物体进行艺术创作。

⑨ Enzo Mari（1932—　），意大利著名设计师。

⑩ Elio Pagliarani（1927—　），意大利诗人。

届大会是在巴勒莫召开的，当时那里正在举办某欧洲知名的音乐戏剧节，这样的时间和地点的选择自有其理由。我之所以认为那是一场“波河平原上的启蒙运动”，是因为六三学社诞生的文化氛围具有一种鲜明的特点，那就是对于克罗齐式的南方文化的摒弃。在那场运动中，占据主导地位的是班菲[①]，是已经都灵化的那不勒斯人阿巴尼亚诺[②]，是杰莫纳特[③]，是帕齐。在那样的文化氛围里，人们开始发现新实证主义的价值，开始读庞德和艾略特的作品；彭皮亚尼出版社开始推出“新理念”系列丛书——那些标题绝不可能出现在几十年前由朱斯·拉泰尔扎＆菲利出版社发行的花叶式书籍封面上；穆里诺出版社开始向读者介绍此前一直被忽略的文学批评理论，包括俄国的形式主义者和以韦勒克、沃伦为代表的“新批评”运动；伊诺第、菲尔特里内利和试金者等出版社在翻译胡塞尔、梅洛-庞蒂和维特根斯坦的作品；人们开始阅读加达的书籍，开始重新认识那个一直以蹩脚而著称的作家斯韦沃；而乔万尼·杰托则在阅读但丁的《天堂》，把我们的注意力引向一种充满智慧的诗歌——此前，这种诗歌一直为德·桑克蒂斯所不解，因为他还是钟情于描写人间情欲的诗篇。

在“都灵-米兰-博洛尼亚”这片三角地带，对于结构主义理论的最初研究迸发出勃勃生机。但请注意，尽管后来有人曾提起先锋派与结构主义的联姻，但那其实并不存在。六三学社中几乎无人从事结构主义的研究。要说有，也是那些来自帕维亚或都灵的语史学研究者，如科尔蒂[④]、塞格雷[⑤]、阿瓦莱[⑥]。这两个流派一直在各行其道（唯一脚踩两只

---

① Antonio Banfi (1886—1957)，意大利哲学家，主张开放的理性主义，反对教条主义。

② Nicola Abbagnano (1901—1990)，意大利哲学家。

③ Ludovico Geymonat (1908—1991)，意大利二十世纪最重要的哲学家、数学家和认识论学者。

④ Maria Corti (1915—2002)，意大利重要的语史学家、文学评论家、作家和符号学家。

⑤ Cesare Segre (1928—2014)，意大利语史学家、符号学家和文学评论家。

⑥ D'Arco Silvio Avalle (1920—2002)，意大利语史学家、文学评论家。

船的例外可能就是鄙人)。但两者之间的交错的确形成了一种气候。

我还记得一九六五年,欧金尼奥·斯卡尔法里[①]邀请我与《快报周刊》开展合作。当时我正在评论列维·斯特劳斯,他开门见山地提醒我说不要忘记我的读者是一群来自南方的克罗齐派的律师。当时的气候十分开放,能够接受各种新鲜事物,于是我回复斯卡尔法里说:"请你让我放手去干,今天的《快报周刊》读者都已经是克罗齐派律师们的孙子了,他们也读巴特和庞德,在巴勒莫的学校里接受教育。"

那个年代的马克思主义文化概况也是值得一提的。在关于艺术的"官方"论战中,他们一直坚持苏维埃社会主义的现实主义标准。在他们眼里,任何艺术家,哪怕其政治立场接近共产党,只要表现出丝毫对于先前浪漫主义的留恋,或是其他倒退的倾向,都会被唾弃。我所指的可不是先锋派的作品,而是普拉托里尼的《麦德罗》和维斯康蒂的《情欲》。至于安东尼奥尼的电影,则更是遭遇雪藏。后来,他们对于安东尼奥尼的看法有所缓和,因为安东尼奥尼似乎是以个人悲剧的形式来展示资本主义世界的异化。但说到底,意大利的马克思主义文化仍然十分理想化,十分带有克罗齐式的色彩。

要真正理解这种文化气候,不妨想想维托里尼所做的努力。早在编写《综合工艺》杂志[②](这个标题让人联想起卡塔内奥[③]领导的"伦巴底启蒙运动[④]")的年代,他就被视为异类。一九六二年,通过《梅纳波》杂志[⑤]第五期的推出,他实现了历史性的转折。一九六〇年,他将《梅纳波》第四期的主题定为"工业文学",刊登关注工业

① Eugenio Scalfari (1924—),意大利著名新闻记者、《快报周刊》主编、众议院前议员。

② 1945 年由维托里尼创办的文化政治类期刊,起初为周刊,从第 29 期起改为月刊,副标题为"当代文化期刊"。

③ Carlo Cattaneo (1801—1869),意大利爱国主义者、哲学家、政治家和作家。

④ 十八世纪晚期兴起于伦巴底地区,尤其是米兰的文化启蒙运动。

⑤ 埃利奥·维托里尼和伊塔洛·卡尔维诺于 1960 年共同创办的杂志,就"文学与工业"和先锋派的文艺观点展开讨论。

发展状况的文学作品（早在两年前，奥蒂耶里[①]就已经在伊诺第出版社的“筹码”系列[②]中发表了精彩的作品《冲锋的多纳鲁玛》，而在《梅纳波》的第四期上，他发表了一篇《工业日记》）。在一九六〇年的第二期《梅纳波》上，维托里尼已经刊登了帕里亚拉尼的《姑娘卡拉》，随后又把大量版面留给了“极新派”的作家文集。

凭着一贯敏锐的嗅觉，维托里尼决定将第五期《梅纳波》的主题定义为“解读‘文学与工业’的全新方式”，将评论的注意力从以工业为主题的文学转移到工业世界里的文学风格上。这是从新现实主义（重视内容甚于形式）到新时代文学风格的大胆探索。在我发表长篇论文《论基于现实的形式塑造》之后，爱德华多·圣圭内蒂、纳尼·菲利皮尼[③]和富里奥·科隆博[④]纷纷大胆尝试，他们极为出格的小说开始见诸报端。伊塔洛·卡尔维诺也发表了一篇题为《挑战迷宫》的论文，表面上表示反对，实际上却对上述风格给予支持（当时，他对我说：“对不起，但维托里尼——维托里尼的身后代表着当时的马克思主义文化，他虽已从中解脱，但说到底仍然受其影响——让我跟他划清界限。”可爱又可敬的卡尔维诺，在未来的日子里，他的命运将与这些枝枝杈杈的小路以及“乌力波”[⑤] 的实验文学纠缠在一起）。

总之，在马克思主义文化界的眼里，所有将注意力放在语言创新而非政治主题上的作家统统都是新资本主义的车夫。然而事实上，他们的很多人，如圣圭内蒂都是明显倾向于左派的。只是对于这一点，马克思主义文化界始终视而不见。

---

① Ottiero Ottieri（1924—2002），意大利作家、社会学家。

② 1951—1958 年期间由埃利奥·维托里尼为伊诺第出版社主持编纂的文学系列作品。

③ Enrico Filippini（1932—1988），瑞士记者、哲学家，昵称“纳尼”。

④ Furio Colombo（1931—　），意大利作家、记者和政治家。

⑤ OULIPO，全称为 Ouvroir de Littérature Potentielle，由法国诗人雷蒙·格诺和数学家弗朗索瓦·勒利奥内创立于 1960 年的潜在文学工场，至今仍活跃于法国文坛。

批判

通过了解当年的文化环境——六三学社与意大利文化界其他领域之间的碰撞——我们可以更好地理解这一团体为何会在当年引起一系列激烈的反应和充满激情的批判行为。回忆一些与我个人有关的事件：一九六二年，我的《开放的作品》问世（注意，这部作品也谈到了乔伊斯和马拉美，甚至是布莱希特，却没有提及皮耶罗·曼佐尼①的“艺术家的大便”），随后《梅纳波》第六期推出。如果说这两部作品在“团体内部”引起了广泛的共鸣和热烈的讨论，得到了欧金尼奥·巴蒂斯蒂②、埃利奥·帕里亚拉尼、菲利贝托·门纳③、瓦尔特·毛罗④、埃米利奥·加洛尼⑤、布鲁诺·泽维⑥、格洛克·坎本、安杰洛·古列尔米⑦、雷纳多·巴利里等人的关注以及詹尼·斯卡利亚⑧英勇而智慧的辩驳，那么在外界，它们则遭遇了猛烈的狂轰滥炸。阿尔多·罗西⑨在《国家晚报》上写道：“告诉那个年轻的作家，写东西应该像开门关门、打牌以及左派政府当权那样有头有尾。告诉他，他最多也就能在讲台上混饭吃，他的学生将会有样学样，拿着好几十本杂志一顿瞎翻，最后变得跟他一样聪明，再取而代之。”（这可真是神奇的语言，我还真不明白我的学生怎么就不应

---

① Piero Manzoni（1933—1963），意大利艺术家。1961 年，他将自己的大便装入 90 只罐头，并密封出售。每只罐头都有他的签名和独一无二的编号，他将该作品称为“艺术家的大便”。

② Eugenio Battisti（1924—1989），意大利艺术评论家、艺术史学家。

③ Filiberto Menna（1926—1988），意大利艺术史学家、现代艺术专家。

④ Walter Mauro（1925— ），意大利文学评论家、音乐评论家和记者。

⑤ Emilio Garroni（1925—2005），意大利哲学家、作家。

⑥ Bruno Zevi（1918—2000），意大利建筑师、城市规划师、艺术史学家和艺术评论家。

⑦ Angelo Guglielmi（1929— ），意大利文学评论家。

⑧ Gianni Scalia（1928— ），意大利散文家、诗人。

⑨ Giuseppe Aldo Rossi（1920— ），意大利编剧，活跃于二十世纪六十年代电视界，也曾撰写过神秘主义的语言类作品。

该阅读好几十本杂志。）维尔索·穆奇[①]在《团结报》上发表文章，声称这是颓废主义的回归。《罗马观察家报》上一篇署名为福尔图纳托·帕斯夸利诺[②]的文章则在质问当代的作家为何置科学评论和哲学评论于不顾，而要一股脑地去追求那些超美学的荒唐困境。当时的《电影批评》还在倡导早期马克思主义（该报的保护神阿尔曼多·普莱贝[③]后来成为了社会运动党成员），该报称“开放的作品就是荒唐的作品”。当年《快报周刊》的掌门人是最后几个克罗齐派，就像二战后坚守在太平洋孤岛上的日本人那样抱着诗意的直觉不放手，在其中的一篇文章里，维托里奥·萨尔蒂尼[④]与（无辜的）马查多[⑤]讨论“为什么那些最出格的倒错品味总能得到一些稳定群体的支持，为其最为夸张的怪异之处做辩护”。更有甚者，《新生报》居然在其最为谨慎的作者佩斯塔洛扎不知情的情况下，刊登了一篇以他署名的评论文章《开放的音乐作品与翁贝托·埃科的诡辩》。《国家晚报》的读书副刊斥责了作品中令人难以接受的语言练习，而瓦尔特·佩杜拉[⑥]则在《前进报》上表示：“埃科支持的是少数几个毫无经验且登不上台面的先锋派小说家。”

一九六二年，应马里奥·斯皮内拉[⑦]（此人视野极为开放，令我难以忘怀）的邀请，我在《新生报》上发表了两篇文章，提醒左派文化界应重视新兴的文学形态以及大众传媒方面的研究。简直是一石激起千层浪！老天请睁开眼吧！对于我的号召，只有阿尔贝托·阿索尔·罗萨[⑧]通过一九六二年十一月的《新世界》表示了响应。最

---

① Velso Mucci（1911—1964），意大利作家、诗人。
② Fortunato Pasqualino（1923—2008），意大利作家、记者。
③ Armando Plebe（1927—　），意大利哲学家、政治家。
④ Vittorio Saltini（1904—1945），意大利反法西斯主义者、作家。
⑤ Antonio Machado（1875—1939），西班牙诗人、“九八年一代”文化运动的代表人物。
⑥ Walter Pedullà（1930—　），意大利散文家、文学评论家和记者。
⑦ Mario Spinella（1918—1994），意大利作家、记者。
⑧ Alberto Asor Rosa（1933—　），意大利文学家、作家和政治家。

为刻毒的回应则来自《新生报》本身，作者是一辈子从来没有改变过任何想法（对于许多人来说，这倒不是件坏事，有时也包括我）的罗萨娜·罗桑达[1]。奇怪的是，在所有来自马克思主义文化界的批评中，居然有一篇马西莫·皮尼[2]（如今的他是民族联盟的成员）的文章和一篇分两次登载的杂文。那篇杂文的作者是一位年轻的法国马克思主义者。他认为将结构主义和马克思主义相提并论实在是令人绝望的新资本主义手段。那个法国小伙子叫路易·阿尔都塞[3]，他的这篇文章发表在一九六三年的《新生报》上，两年之后，他写了另外两部作品《保卫马克思》和《阅读〈资本论〉》。真是美好的时光啊！

蒙塔莱一直忧心忡忡地关注着整个过程中的所有事件，他无法接受，但他在《晚邮报》上写了许多文章，似乎是想发表内心的质疑——想想他当时的年岁和他的经历，我不由心生钦佩。

意大利文学团体

从此之后，又不可避免地发生了一些情况。有一天，巴莱斯特里尼对我说（我不确定自己是否是第一个与他分享这想法的人，但我清晰地记得当天我们正在布雷拉附近的一家餐厅吃饭），是时候效仿德国的四七学社[4]，成立一个团体了。通过这个团体，可以聚集起一批志趣相投的人，大家互相阅读对方的作品，相互批评找碴儿。如果有兴趣，则还可以评论其他人的作品——所谓其他人，就是把文学当成“慰藉”而非“挑战”的人。我还记得巴莱斯特里尼这样

---

① Rossana Rossanda（1924—　），意大利记者、作家和翻译家，意大利共产党领导人。
② Massimo Pini（1937—　），意大利政治家、作家。
③ Louis Althusser（1918—1990），法国马克思主义哲学家。
④ 1947 年成立于德国的文学团体。

对我讲："我们会把一大帮人给活活气死的。"——听上去像是夸口吹牛，但却真的应验了。

起初，六三学社一直以巴勒莫为据点，也并未大肆宣传其主张。但我们不妨仔细想一想，这个专心于自身事务的团体怎么能把一大帮人给活活气死呢?

想要了解其中的缘由，还得回顾一下五十年代末意大利文学界的局面。由于众所周知的原因，当时的文学界是一个与外界社会绝缘的、明哲保身的群体。在独裁统治之下，与当局不站在同一阵线上的作家（我所说的阵线，指的是创作风格，与信仰和政治立场并无关系）的处境可谓举步维艰。那时，他们聚集在偏僻的咖啡馆里，交流的范围、读者和受众以及作品的印数都非常有限。他们生活得十分艰苦，靠相互资助来翻译作品，寻找一些仅能提供微薄稿酬的出版社。阿尔巴西诺曾经自问，为什么不到基亚索去看一看，在那里可以找到全欧洲的文学作品。其实这个说法是有失公允的。因为事实上，许多作家还是通过书籍走私读到了不少外国文学作品。例如，帕维塞读到了《白鲸》，蒙塔莱读到了《水手比利·巴德》，维托里尼则读到了好些在美国出版的书籍。当然，当年的作家仅能接触到一些国外作品，自己却一直无法走出国门。

抱歉，这里我要讲述一件与我个人有关的事情，但我的确是通过那次事件而崭露头角的。一九六三年，《时代周刊》的文学副刊决定将九月一系列刊物的主题定为"批评时分"，即针对评论界整体形势及新趋势的讨论。我有幸接到了邀请。像我一样受邀的还有罗兰·巴特、雷蒙·皮卡尔（后来成为前者的头号敌人）、乔治·斯坦纳、雷纳·韦勒克、哈里·莱文、埃米尔·施塔格尔、达马索·阿隆索、扬·科特等人。那时的我才三十多岁，还没有被翻译成英文的作品。可以想象，能加入上述名流之列，我是多么自豪！我似乎把这个消息告诉了我的妻子，以表明她嫁的丈夫不是这世上最糟糕的窝囊废，之后我再也没有提起过此事。

受邀的还有另一个意大利人，他就是英美文学领域最为著名的学者之一埃米利奥·切基[①]。他的确是被列入名单的最合适人选。那时，他在意大利已久负盛名，被认为是当时唯一可以与马里奥·普拉兹[②]相提并论的英美文学权威。那一年，他在《晚邮报》上发表了两篇文章：一篇说的是某本文集正在编纂，另一篇发表于文集出版后，是针对文集的评论。

这说明了什么？说明一个像埃米利奥·切基这样的人在经历了多年的独裁和战争之后终于可以在英美文学界发出自己的声音，从而理所当然地感到自豪。至于我，遇到的反响则很正常：一九六二年，英国人读到了我的意大利语作品，一九六三年，他们邀请我进行演讲。对于我们这一代人，世界已经变大了。我们不再去基亚索，而是乘飞机前往巴黎和伦敦。

对上一代前辈的思想，我们这一代进行了残酷的摒弃。他们那代人是在法西斯统治之下煎熬着活下来的，把最美的年华奉献给了抵抗运动或萨洛共和国。而我们这一批出生在三十年代左右的人，则是幸运的一代。我们的兄长惨遭战争的蹂躏，就算没有丧命也得耽误上十年的学业。他们中的某些人无法理解什么是法西斯主义，而其他人则是在大学法西斯团体里弄清了真相，并为此付出了沉重的代价。我们这一代人出生于战后，生活在国家的新生时期。那时，我们中有的人十岁，有的人十四五岁，涉世未深。一方面，我们对先前的历史有所了解，而另一方面我们并未沾染其尘埃，因为那时我们还太小，不需要为其委曲求全。当我们成年之时，所有的机遇都已敞开大门，而我们也作好了应对各种风险的准备，不像我们的

---

① Emilio Cecchi（1884—1966），意大利文学评论家和艺术评论家。

② Mario Praz（1896—1982），意大利文学评论家和艺术评论家、英美文学专家。

兄长，早已习惯在相互保护之下明哲保身。

起初，有人说六三学社是一帮蛮小子的运动，试图通过各种乖张挑衅之举登上文化堡垒的顶峰。但要说这次新先锋派的运动与二十世纪初的先锋派运动有所区别，那么区别就在于我们不是蜗居在阁楼里、四处绝望地寻求在某份当地小报上发表诗歌作品的流浪艺术家。我们中的每一个人，在而立之年，都已出版过一两部书籍，并已成为所谓文化产业——包括出版社、报社、国家电视台等等——中的一员，甚至取得了领导地位。从这个意义上说，六三学社代表了一批来自文化产业内部，而非外部的年轻人的反叛心声。

因此，这不是反对文化当权派的争论，而是来自文化当权派内部的叛逆之声，与历史上的先锋派运动相比，这是一个全新的现象。如果说历史上的先锋派分子是以纵火者的身份发起了运动，又以消防员的身份而收场，那么六三学社则是一场发起于消防员营房内的运动，并且有人在最后变成了纵火者。六三学社表达了一种愉悦的文学形式，对认为“文学就是痛苦”的作家来说，这一点恰恰是对他们的折磨。

针对形式的革命

六三学社主张的所谓新先锋派潮流大大惹恼了当年的文坛。因为正如我们所见，当年的文化氛围是一种基于社会主义的现实主义和马克思-克罗齐主义之上的文艺思想的联姻。仔细想来，是一种古怪的“四不像”，可谓文化界的“自由之家”：其中既有骄横的反动派（至少从文学角度来说），也有辛勤的社会主义者、早期理想主义者以及历史唯物主义者和辩证唯物主义者。六三学社似乎并不相信革命行为，认为革命就好比是未来主义者在雏菊沙龙剧院里激怒好端端的资产阶级。六三学社已经看得很清楚，在一个消费型社会里，革命之举无非是去打击温顺而油滑的保守文化，针对所有问题发泄不满，吞噬所有颠覆性的想法，令其卷入被动承受和商品化的循环。艺术上的颠覆绝不能再与政治上的颠覆混为一谈。

因此，作为产生于内部的颠覆性运动，新先锋派意在调整射角，将关注的焦点转移到更为本质且难以逃避的问题之上，改变斗争的时间和手段，通过文艺的途径刺激人们以别样的眼光去看待我们所处的现实社会。

一九六四年，安杰洛·古列尔米在《先锋派与实验主义》一文中明确地表明了所谓新先锋派的深远志向。如果说先锋派始终意味着与现状的激烈决裂，那么实验主义所倡导的理念则有所不同——从这个意义上说，未来主义者、达达主义者和超现实主义者都曾属于先锋派，但是普鲁斯特、艾略特和乔伊斯则都是追随实验主义的作家。毫无疑问，一九六三年巴勒莫会议中的绝大多数与会者都属于实验主义，而非先锋派。

正因为如此，在巴勒莫的第一轮会议中，我就提到了“海神代”的说法，与“火山代”相对应。另外，我还创造了一个新词，叫“卧铺车厢里的先锋派”（这也算是对墨索里尼的恶搞：当年，墨索里尼并未亲自率领军队向罗马进军，而是乘坐卧铺火车于第二天与队伍会合。由于国王已经表态同意，因此墨索里尼胸有成竹地认为“进军”之举其实无关紧要，民主议会必定从内部土崩瓦解，也就不必去攻占那座已然人去楼空的“巴士底狱”了。）

虽说有些讽刺挖苦，但是对于坚信“新先锋派要强占冬宫，从而夺取文学指挥权”的人来说，这个比方却是有力的回击。这说明我们一开始就非常清楚，绝不会把自己送进监狱，因为这种英雄主义的幻想是毫无意义的。与其发动一场革命，不如进行一次缓和的实验，与其搅得天翻地覆，不如促成渐进的演变。当年，我曾这样写道：

那种三下五除二改天换地的想法被另一种建议（我和其他人的立场）所取代：当下，任何事情都无需澄清……只有经过一段较长的时间，才能看出行动的方向是否正确，才能知道种下的种子是否结出符合期待的果实。目前，在发展的中期阶段，我们所做的工作也只是一个过程（还未产生任何成果）：但是，通过工作过程本身，已逐渐形成一种全新的看待事物、谈论事物、辨别事物，从而采取行动的方式。在这个过程里，没有任何英勇的旁观者能够做出任何评判。这就好比栖身于小酒店的海盗珍妮：等到船来的那一天，她只要一打响指就能让所有人的脑袋落地。但在等待期间，珍妮只是在刷盘洗碗、铺床叠被。与此同时，她仔细地观察主顾们的脸色，模仿他们的动作，以及他们喝酒的方式……用手在枕头上比划出客人脑袋的形状。她的每一个举动……都隐藏着一个计划，一个不同的实验。珍妮所做的并不止于这些：从那时起她就以秘密通信的方式与托尔蒂岛进行联络；夜深人静的时候，她会把灯火挪到房间的玻璃窗前，记录顾客们的行踪；她把遭受追捕的同伴收留在床铺底下。这些事是作为另一个人的珍妮所为，而并非小酒店的服务生——酒店里的珍妮有着相当明确的技术性工作，即刷盘洗碗、铺床叠被。盘子是怎么制成的？床铺用的是什么木头？床铺的木料、形态，以及顾客的脾气之间有什么关系？等到靠岸那天，这些东西又能派上什么用场？然而珍妮的职业并不是制造革命，而是进行逐渐的演变。但是，实验工作本身是不容耽搁的——那么，在一次次的研究过程中，难道不会迷失最终的目标吗？再容易不过了。所以说必须有一种相互的控制，一种讨论机制，不是在实验结束后，而是在实验的过程中。每个人的行为都是千差万别的，只有在每个阶段进行相互比照才能看出其间的共同性和互补性。这一代人十分清楚，既然依靠单个的行动无法得出实际结论，那么就只能依靠共同的检验，依靠沟通，依靠三角控制。毫无疑问，除了个人情感的抒发，三角控制不会放过其他任何细节：这也意味着这一代人已不再信仰情感的抒发。如果说情感的抒发等同于诗歌，那么很明显，他们也不信仰诗歌。他们信仰的显然是别的什么，只是还不清楚那东西的名称而已。①

大家可以试着想象，社会主义的现实主义美学如何能够容忍上述观点。但最让当时的文学界感到愤慨的还并不在于六三学社的“政治”立场，而在于该团体利用“对话”和“比较”这两种手段的方式。我所说的是局限在固定模式里的文学界：出于种种历史因素，它一直致力于保护其中的成员得以生存，保护其唯一资本的完整性，即诗人和文人的神圣理想。那一代人能够意识到异议的存在，但面对各种小范围的团体，却往往相互采取视而不见的态度。与其在一篇公开发表的杂文里进行猛烈攻击，他们更喜欢聚在某个酒吧里窸窸窣窣地指责。换句话说，他们是主张家丑不外扬的一代人。（马克思主义者显得尤为突出。如果说他们一向喜欢辩驳和攻击，那么在这个方面，除非是他们的美学标准遭到了质疑，他们更倾向于把路人拉入自己的队伍，而不是将其开除出去。）

巴勒莫到底上演了怎样的一幕呢？一群诗人、小说家和评论家围坐一桌（画家和音乐家也以听众的身份出席），聆听在场的某些作者宣读自己的新作：可能是几个章节、几页文字、几个片段、几个事例，或是几段节选。如果说在场的人形成了一个团体，那么乍一看上去，这个出于某些理由而聚合的团体简直就像圣路易斯雷大桥上

---

① 翁贝托·埃科：《海神代》，《六三学社》，米兰，菲尔特里内利出版社，1994 年，第 413—414 页。——原注

的一群受害者。除了《维里》团队，出席会议的还有来自佛罗伦萨其他文艺团体的作者（如皮尼奥蒂[①]）；来自《梅纳波》编辑部的作者（如莱奥内蒂）；来自《流浪者》的作者（如费雷蒂[②]）；以及来自巴黎的独立作者马尔莫里[③]以及阿梅利亚·罗塞里[④]，他们后来成为了教父级的人物，不过在当年的巴勒莫还未显露头角。

早在那个时期，《维里》杂志的合作者内部也已出现分歧，这些分歧由来已久，后来日渐明显。例如，圣圭内蒂和巴利里对于马克思主义的评价就有所不同。在关于开放式作品的问题上，古列尔米和我的观点也相去甚远。在文艺理论方面，罗塞里主张的“词汇河流”和帕里亚拉尼坚持的布莱希特式的精准似乎大相径庭，但尽管如此，他们却形成了一条统一战线，来应对圣圭内蒂的坚强反对。另外，说到巴莱斯特里尼和马尼亚内利[⑤]，只要把他俩的文字放在一起稍作比较，脑子里便会不由地出现一个大问号：这两个古怪的家伙到底有哪一点相似?

然而，这群人之所以会在巴勒莫聚集，一方面是因为大家都抱有实验主义的精神，另一方面也是因为大家都渴望不留情面、不带伪装地直言对话。作家们相互阅读对方的作品。由于最初就存在分歧，所以没有哪部作品会得到一致赞赏。大家表达的并非模棱两可的观点，而是直言反对，并说明原因。事实上，具体的原因并不重要，重要的是这样一个文学团体通过两种不言自明的方式形成了真正的集体：其一，每个作者都相信听取他人的意见是把控自身研究方向的必要手段；其二，成员间的合作表现为毫不留情的争论和批评。

有时，某些批驳实在犀利，简直会让脸皮薄的人感到体无完肤。

---

① Lamberto Pignotti (1926—　)，意大利诗人、作家和视觉艺术家。

② Massimo Ferretti (1935—1974)，意大利诗人、作家和记者。

③ Giancarlo Marmori (1926—1982)，出生于意大利的作家、诗人，后定居巴黎。

④ Amelia Rosselli (1930—1996)，意大利诗人。

⑤ Giorgio Manganelli (1922—1990)，意大利记者、先锋派小说家和文学评论家。

在一个和谐的文学团体中，每一条这样的批驳原本都有可能导致一段美好情谊的终结。可是在巴勒莫，不同的意见反而促成了友谊的诞生。

过了一些时日，直到我与某位前辈聊起巴勒莫会议的时候，我才意识到我们的确形成了一个团体。他提出了三点指责："其一，我反对你们拉帮结派。其二，我反对你们按照年龄段拉帮结派。其三，我反对你们针对某些人或某些事拉帮结派。"我则尽力向他表明巴勒莫会议上并没有形成某个统一的派别。我解释说，每一个时代都会形成一些流派，而流派成员中最典型的共同点往往是其相近的年龄（例如：德国的狂飙突进运动、意大利的浪荡文学派、德国的桥社以及《龙达》杂志）。我不卑不亢地反驳说，如果他愿意，同样可以前往巴勒莫，坐在会议桌旁，宣读自己的近作。大家会尊重他的名望，也会客观坦诚地发表各种批评意见。然而，他的回答是："我才不会去巴勒莫。我无法接受别人对我引以为豪的作品评头论足。只有在一张白纸面前，作家才能塑造出自我，一旦塑造完成，创作也就终结了。"对此，我又能说什么呢？

这就是六三学社造成的"攻击性"影响。仔细想想当年来自各方的种种反应，我不由地感到困惑：它居然引起了那么多排斥和抗议，遇到了那么多保护性的壁垒。我甚至敢这样断言：该团体的幸运，该团体之所以能够得到媒体的关注，恰恰得益于它的敌人。

"六三年的莉亚拉"① 是一桩十分典型的事件。我记得似乎是圣圭内蒂说卡索拉和巴萨尼是六三年的莉亚拉。这当然是一句玩笑话。但我认为这一说法是有失公允的，至少对于巴萨尼而言。别忘了，当年对于《芬奇-孔蒂尼花园》进行最强烈攻击的恰恰就是维托里

① Liala，意大利女作家 Amalia Liana Cambiasi Negretti Odescalchi（1897—1995）的笔名。她是意大利二十世纪最受欢迎的情感作家之一。新先锋派主张摒弃理想化的新现实主义和内心情感主义，因此讽刺卡索拉和巴萨尼是六三年的莉亚拉。

尼。不过无论如何，就算这句戏言像其他怪话一样，被弗拉亚诺[①]或马萨库拉提[②]在人民广场和威内托大道上散播开来，我们也只会把它当成一句传闻。可恰恰是巴萨尼本人——显然是对这种抨击性的文字游戏或文化氛围毫无准备——在《国家晚报》上发起了一场令人痛心的论战，让传言如油渍般越传越远。

几年以后，几位佛罗伦萨的朋友、卡米拉·赛德尔纳[③]和我一起组织了一个"仙女奖"，与传统的"巫女奖"[④] 相对应，颁发给年度最糟糕的作品。显然，这无非是一个游方僧式的主意。当年，评委会有意把这个奖颁给了帕索里尼。早已身经百战且关注各种新兴挑战势力的帕索里尼并没有抵挡住。在得知获得该奖之后，他在颁奖当晚寄来了一封信，并在其中说明他为何不应该是此奖的得主。

正如大家所见，在六三学社发起的种种挑战之中，的确不乏游方僧式的例子。但这一团体之所以受到各大报纸的关注，并不是因为它像一个好挖苦的学生那样时常口出狂言，而是因为那些遭到挖苦的学究们往往会产生过激的反应。

当最初那些不甚光明磊落的狂怒过去之后，新先锋派的反对者们走上了另外一条道路：他们不再指责新先锋派是一帮目空一切的臭小子，转而指责这个团体空谈美妙的理论，却拿不出有分量的作品。这种反对观点一直延续至今。在这里，我想引入一个有趣的"洋蓟理论"。当经过时间的检验，官方评论界也承认波尔塔是伟大的诗人、杰尔马诺·隆巴尔迪[⑤]和埃米利奥·塔蒂尼[⑥]是伟大的小说家、马尼亚内利是造诣很深的散文作家、在世的人当中阿尔巴西诺和马

---

① Ennio Flaiano (1910—1972)，意大利剧作家、小说家、记者和戏剧评论家。

② Carlo Mazzacurati (1956—　)，意大利导演、编剧，曾将卡罗·卡索拉的小说《一种关系》改编成电影《意大利罗曼史》。

③ Camilla Cederna (1911—1997)，意大利记者、作家。

④ 又称"斯特雷加奖"，颁给意大利年度最优秀的书籍。

⑤ Germano Lombardi (1925—1992)，意大利著名作家，六三学社的创始人之一。

⑥ Emilio Tadini (1927—2002)，意大利画家、雕塑家、诗人和作家。

莱尔巴[1]的才华不容否认（这样的例子实在不胜枚举）时，反对派却说："那些人根本不属于六三学社，他们只是路过而已。"既然如此，我也可以如法炮制。我若是想诽谤美国电影，当有人跟我提起奥逊·威尔斯、约翰·福特、亨弗莱·鲍嘉或贝蒂·戴维斯等名字的时候，我都可以这样回应：说到底，他们都不是根本意义上的美国人。就这样，当我们把洋蓟的花蕾一层又一层地扒掉之后，所谓美国电影的代表人物只剩下阿伯特和科斯特洛，我也就这样赢得了争论。直到今天，许多小报还在沿用这样的做法。

审视

当然，如同所有的先锋派聚会，有的时候，六三学社的争论和实验已经到了过分的程度。对于"不可读性"的追求就是一个例子。不过，我仍然认为那是一个丰产的年代，创作的土壤十分肥沃。更为重要的是，那是一个不墨守成规的年代（也正是这一点让反对派尤为头疼），在那几年里，六三学社一直在通过一系列聚会追求自身最初的理想。

在此，我想重点描述在社团成立两年后，于一九六五年举行的一次会议。雷纳多·巴利里做了开场发言，理论地阐述了"新小说"的实验主义，还谈及了新兴的罗伯-格里耶、格拉斯和品钦，同时还提到了先前不为人重视的鲁塞尔[2]对于凡尔纳的热爱。巴利里说，一直以来，人们都太过重视小说情节的结尾部分，将太多的注意力放在描写扭转乾坤的奇迹以及对物欲的狂喜上。但是此刻，我们已经进入一个全新的阶段，需要对情节——包括"另类情节"——的描

---

① Luigi Malerba (1927—2008)，意大利作家、历史小说家和剧作家。

② Raymond Roussel (1877—1933)，法国诗人、小说家、剧作家、音乐家，对"乌力波"和"新小说"产生了深远影响。

写进行重新考量。当年，团体放映了一部由巴鲁凯洛[1]和格里菲[2]制作的古怪拼贴电影，名叫《不确定验证》，那是一个由许多故事片断，甚至商业电影中的标准化情境组成的故事。我们发现，观众反应最为强烈和活跃的元素，恰恰是几年前遭遇诟病的元素。换句话说，传统观念中那些世俗的、符合逻辑的结果并未降临，期待遭到了粗暴的冷遇。先锋派正在变成正统派，那些几年前还被认为是不堪入耳的内容变成了耳朵（和眼睛）的蜜糖。内容的不可接受性已经不再是评判实验主义小说的主要标准，因为“不可接受”已经被贴上了“受欢迎”的标签。在巴鲁凯洛和格里菲的工作当中，最引人注目之处就在于一部电影的讽刺性和批判性在陷入危机的同时又再次得到了重视。

在一九六五年的巴勒莫会议上，人们已经不知不觉地开始讨论后现代主义的文艺思想，只是“后现代”这一说法还未在当年流传开来。

早在一九六二年，一位严肃的正统音乐家亨利·普瑟尔在谈及披头士时曾对我说：“他们是为我们工作的。”我则回应说他也在为披头士工作（就在那些年，凯茜·贝伯莲[3]向我们展示了披头士的音乐也可以用普塞尔的方式来演绎。）

团体内部的成员们感到，如果说先前的实验偏好的是白色画布或是空空如也的场景，那么如今已经到达了转折点。说到跨越雷池的极致之举，并非是曼佐尼的“艺术家的大便”，而是一九六八年吉安·皮奥·托里切利[4]通过莱利齐出版社发表的那篇《被迫数数》。在那篇文章的五十多页篇幅里，只见一排排密密麻麻，甚至没用逗

---

① Gianfranco Baruchello（1924—　），意大利艺术家。
② Alberto Grifi（1938—　），意大利实验主义电影的早期代表人物。
③ Cathy Beberian（1925—1983），美国作曲家、女高音歌唱家。
④ Gian Pio Torricelli（1942—　），意大利艺术家、诗人。

号间隔开的字母，组成了从一到五千一百三十二的数字。这样的一部作品表明了一个时期的终结和另一时期的开始。

在后一时期里，巴莱斯特里尼的关注点从对文字的拼贴转移到对社会政治形势的拼贴。圣圭内蒂并未完全放弃五十年代初的“凋零的沼泽”，但开始冒险尝试新的风格，他于一九六三年发表了《意大利随想曲》，又于一九六七年发表了《鹅的游戏》，在更具亲情的小说领域中进行开拓。类似的例子，我还可以举出很多。

矛盾与自我终结

六三学社的根本矛盾究竟在哪？正如我之前所说，由于不能再次选择历史先锋派的幼稚道路，团体内大部分成员都选择进行一种较为低调的文学实验，他们将加达——而非达达主义者或未来主义者——奉为保护神，这也绝非偶然。然而，虽然他们名义上叫新先锋派（我已记不清楚这个名称究竟是团体内部发明的，还是由外人发明并被欣然接受的），实际上却还是无法摆脱历史先锋派的影子。

然而，在先锋派运动和实验主义文学之间，的确存在一种实质性的区别，与博乔尼和乔伊斯之间的区别一样显著。

雷纳多·波焦利①曾在他的《先锋派艺术理论》中清晰地阐述过该流派的特点，包括：行动主义（探险的魅力、毫无根据的目的）、对抗主义（针对某人或某物采取行动）、虚无主义（彻底消灭传统价值）、崇尚年轻（法国文坛的“古今之争”）、追求娱乐（将艺术视为游戏）、重视文艺理论甚于重视作品、自我宣传（将自身的模式强加于人，排除其他所有模式）、（文化意义上的）革命主义、恐怖主义

---

① Renato Poggioli（1907—1963），意大利文学评论家、俄罗斯文学专家。

以及激愤主义——表现为对于焚烧的激情，适时自杀的勇气，以及对于自身灾难的嗜好。

实验主义则有所不同，它重视每一部作品本身。如果说先锋派倡导的是某种文艺理论，乐于制造各种宣言，对于具体的作品却不甚关注，那么实验主义则重视创作作品，并认为只有从作品中才能提炼出某种文艺理论。实验主义试图在字里行间提出内部的挑战，而先锋派则力图制造外部的，在社会范围内的影响。当皮耶罗·曼佐尼制作出一张白色的画布，他是在进行实验主义的创作，但当他把一盒“艺术家的大便”卖给博物馆时，则是在采取先锋派的行为。

此时的六三学社已经同时拥有两个灵魂。显然，在营造媒体形象方面，先锋派的灵魂占据了上风。如果说实验主义的文字尽管视周遭的大环境于不顾，却仍然得以留存，那么所有的先锋主义之举都注定是昙花一现。

矛盾的是，正当六三学社最终选择走先锋派道路的同时，居然从语言上的实验主义回归到了对于政治生活和公共生活的关注。那是《十五》杂志发行的年代，它见证了悲剧的“六八式乌托邦”，见证了痛苦的抵抗，最终将杂志（也间接地将六三学社）引向了最后的自我终结——恰恰是波焦利所说的激愤的终结。

这场由《十五》杂志一手酿成的斯多葛式的灾难过后，人们终于意识到有些分歧自始至终一直存在——尽管通过相互对话这一形式，它们曾一度被逾越。此时，激烈的冲突立刻引起了紧张的气氛。权衡再三，六三学社决定不再继续维护那种从来就不曾有过的“团结”。这种缺失的“团结”精神曾经造就了团体内部的力量以及向外界发出各种挑战的能量。最终，它也导致了团体的自我终结。六三学社终于选择把自己交付出去，就算不曾交给历史，也交给了四十年后这个怀念的契机。

这是真正的荣耀吗？除了我们自己，谁都可以回答。我认为，六三学社的成果是丰硕的，连它犯下的错误也在历史上留下了痕迹。令我感到遗憾的是，出席今天纪念会的成员已经不全了：四十年来，有许多人倒在了路旁。这其中包括德高望重的前辈安东尼奥·波尔塔、乔治·马尼亚内利、恩里科·菲利皮尼、埃米利奥·塔蒂尼、亚德里亚诺·斯帕托拉①、科拉多·科斯塔②、杰尔马诺·隆巴尔迪、贾恩卡洛·马尔莫里，还有积极活跃的战友阿梅利亚·罗塞里、彼得·布提塔③、安德烈·巴尔巴托④、安杰洛·玛利亚·里佩利诺⑤、弗朗科·卢琴蒂尼⑥、朱塞佩·古列尔米和圭多·古列尔米，至于维托里尼和卡尔维诺的离世，就更令人感伤了。对于他们的回忆将贯穿今天我们的盛宴，为我们今天的相聚增添一抹唯一的、也是合乎情理的怀念之情。

---

① Adriano Spatola（1941—1988），意大利诗人。
② Corrado Costa（1929—1991），意大利诗人。
③ Pietro Buttitta（1931—1994），意大利记者。
④ Andrea Barbato（1934—1996），意大利记者、作家、众议员。
⑤ Angelo Maria Ripellino（1923—1978），意大利翻译家、诗人。
⑥ Franco Lucentini（1920—2002），意大利作家。

雨果，唉！论其对极致的崇尚*

所有关于维克多·雨果的评论往往都会以纪德的一句感慨而开头。当被问及谁是法国最伟大的诗人时，纪德表示："雨果，唉！"①若想继续添油加醋，则还可引用科克多的评价："维克多·雨果是个自比维克多·雨果的疯子。"②

纪德这句痛苦的呐喊原本具有多重含义，但人们已习惯性地将其理解为"雨果（包括，或者说正是'小说家雨果'）是一位伟大的作家——尽管他缺点无数，语言浮华，修辞手法时常令人难以忍受"。然而，科克多的戏谑却不尽公允：维克多·雨果并非自比维克多·雨果；维克多·雨果无非是自比上帝，至少是上帝的代言人。

雨果总喜欢在描写人情世故时将其拔高，并总有一种遏制不住的冲动，要用上帝的眼光来看待这些事件。正是出于喜爱拔高的嗜好，雨果才会在描写的过程中列出绵绵不绝的清单，刻画出一些心理脆弱、行为粗鲁，却又激情丰沛以至能够推动历史前行，从而名垂千古的人物形象。这种替代上帝的想法令他总能在人物的复杂纠葛之间，俯瞰或仰望到那股推动人类历史进程的巨大力量，哪怕不是上帝的力量，也是命运的力量。这种力量有时表现为"天意"，有时表现为黑格尔式的"筹划"，能够统治和主导个体的意愿。

了解了雨果对于极致的崇尚，我们就能明白科克多为何会将其比为上帝。从定义上看，上帝本就是个高于一切的人物，他将一团混沌劈为天和地，发起席卷宇宙的大洪水，将有罪之人打入火海翻腾的矶汉那地狱，如此等等（算了，还是收敛点好）。从另一方面来说，我们也能就此明白纪德的痛苦抱怨，显然，他将艺术理解为阿波罗式的平衡，而非酒神式的狂暴。

我很清楚地明白自己喜爱雨果，也曾在其他文章中赞扬过这种追求极致的文风：它甚至能掩盖拙劣、简陋的写作技巧，将其彻底转变为瓦格纳式的风暴。另外，在解读电影《卡萨布兰卡》的魅力时，我曾说："只使用一种老套路的作品是老调重弹，但若能不动声色地将一百种惯用套路分散应用，那必定是流芳百世的史诗。"不仅如此，我还说过："尽管《基督山伯爵》的情节设置拙劣（与大仲马的其他小说，如《三个火枪手》大相径庭），语言啰嗦累赘，但正是这些糟糕得超出理性极限的拙劣之处契合了康德式的崇高，从而能够解释这部作品为何曾吸引并且仍旧吸引着数以百万计的读者。"③

将话题拉回到雨果，我们举一个典型的浪漫派"极致手法"的例子：对于丑和恶的描写。

从佩琉斯之子阿喀琉斯所处的年代一直到浪漫主义兴起的前期，英雄人物的形象总是俊朗英武的。另一方面，从忒耳西斯特开始，一直到差不多相同的时期，恶人总是面目可憎、令人生畏或遭人耻

---

* 此版本为多篇书面及口头发言的综合文稿，尚未发表。——原注

① 若想了解该回答的历史背景及其后续解释，参见安德烈·纪德：《雨果，唉!》，巴黎，法塔·莫尔加纳出版社，2002 年。——原注

② 让·科克多：《俗世之谜》，见《作品全集》，洛桑，马格拉特出版社，1946 年，第十卷，第 21 页。——原注

③ 翁贝托·埃科：《卡萨布兰卡，或诸神的复活》，见《自帝国的边缘》，米兰，彭皮亚尼出版社，1977 年，第 138—146 页；《基督山之赞》和《关于镜子，及其他文章》，米兰，彭皮亚尼出版社，1985 年，第 147—158 页。——原注

笑的丑八怪。当坏人弃恶从善、成为英雄的同时，容貌也会变得好看起来。米尔顿的笔下的撒旦就是典型。

然而，从“哥特式小说”开始，一切就发生了颠覆性的变化：不仅英雄显得焦躁不安、战战兢兢，就连反面人物也会在阴暗的外表下透露出几分别样的气息，哪怕算不上迷人，至少也值得玩味。

拜伦将笔下“目光狠毒、丑到人间极致”的异教徒描写为一个隐藏在黑色帽子下的恶棍，他的眼睛和苦涩的微笑总会激发恐惧感和罪恶感。对于同样阴森的形象，安·拉德克利夫也在《黑色忏悔者的自白》（又名《意大利人》）中有所描述，说“那人的形象令人难以忘却，四肢粗大，动作粗鲁，走起路来步伐很大，身躯裹在黑色的道袍里，面目狰狞，透露出某种非人的神情。他黑色的帽子在青灰色的脸庞上投下一大片阴影，阴郁的双眼中流露出恐怖的神色……”

威廉·贝克福德塑造的瓦提克倒是长得清秀俊朗，可一旦发怒，一只眼睛就会变得可怕至极，以至于无人能够抵御。他的目光落在谁身上，那倒霉的家伙就会立刻摔得四脚朝天甚至一命呜呼。在史蒂文森看来，海德先生肤色惨白，身材矮小，虽然没有确切的描述，却总给人一种身体畸形的印象。他的笑容狰狞，行为举止既扭捏又无耻，令人捉摸不透。他的声音含混粗重，咬字不清，令人反胃作呕。

关于希斯克利夫，作者艾米莉·勃朗特如此描述道：他的眉宇间乌云低沉，眼放绿光，嘴唇紧锁，仿佛有说不出的苦楚。欧仁·苏笔下的学校老师则“满脸沟壑纵横，到处是青灰色的疤痕，由于硫酸盐的长期腐蚀，嘴唇肿胀，鼻骨塌陷，两只鼻孔无异于两个形状不规则的洞；脑袋大得出奇，胳膊长手短，手指粗大，汗毛一直覆盖到指尖；双腿弯曲，眼神焦躁游移，其凶悍程度不亚于猛兽”。

对于丑恶的描写，雨果也是极尽能事，关于其原因，他在著名的《〈克伦威尔〉序》里交代得十分清楚。雨果十分详尽地从理论上阐述了“美的革命”，即在浪漫主义时期，美已经转向了它的反面，变成了丑陋、畸形，变成了光怪陆离。

“近代精神，”他说，“把巨人变成了侏儒，把独眼巨人变成了地下的小神。和滑稽丑怪的接触已经给予近代的崇高以一些比古代的美更纯净、更伟大，更高尚的东西。”

“仿佛影子是光明的一个侧面，光怪陆离亦是至高无上的另一种表现形式，也是大自然能够赋予艺术表达的最丰富的源泉。自古以来就存在于世间万物的普遍的美感有时也会令人疲倦，它不断地重复出现，不免令人心生厌烦。如果说美好不外乎一种，丑恶却有千百种形态。既然接近于完美的美好难以突显，那么不妨暂时远离片刻。鲵鱼衬托出水仙；地底的小神使天仙显得更加妩媚。”

然而，创作中的雨果比高谈阔论的雨果要来得深刻。丑怪并不仅仅是美和善的对立面，它本身也是一种难以忍受、迫于无奈的谦卑之策，仿佛上帝有意将美好的内心隐藏于丑陋的皮囊之下，只在关键时刻才得彰显。对于蜘蛛和荨麻不可救药的丑陋，雨果深表同情（“我既怜爱蜘蛛，也怜爱荨麻/因为，大家恨它们……哦，行路人，要有爱心/对无名的植物，/对可怜的动物，/要怜悯丑陋，要怜悯咬人放毒/啊，对恶也要怜悯!”）。

《巴黎圣母院》中的卡西莫多长着奇形怪状的鼻子，嘴巴活像马蹄铁，左眼前搭着一条毛拉拉的红色眉毛，右眼则隐藏在巨大的肉瘤后面；他的牙齿七零八落，如同城墙上的城垛，其中一颗还从起着老茧的嘴唇之间呲了出来，仿佛象牙一般……他的脑袋与身子完全不成比例，上面直愣愣地竖着红色的头发；两个肩膀之间驮着一个巨大的罗锅，脚板宽大，手掌畸形，就连双腿也弯曲得令人咋舌，除了膝盖哪儿都并不拢，从正面看，就像是两条在手柄处重叠的镰刀。

与这样令人反胃的外表形成鲜明对比的是，雨果赋予卡西莫多以细腻的内心和强大的爱的能力。当然，说到此类描写的极致，还属《笑面人》里的格温普兰。

格温普兰不仅是所有人物中最丑的一个，还是因为丑陋而最不幸的一个；然而，在所有的形象中，只有他拥有最纯洁的心灵和无穷的爱的力量。浪漫主义文学中的丑陋通常蕴含着一种矛盾：格温普兰是如此面目狰狞，可偏偏就是这样一副面孔，激发了伦敦最美丽的姑娘的爱情。

为了唤起读者们的记忆，我在此简要概述一下小说的情节。出身贵族的格温普兰早在幼年时期就因一场宫廷阴谋遭到劫持。他被马戏班班主改造成了一个模样古怪的小丑，由于容貌被损毁，他只能一辈子遭人耻笑。

> 大自然毫不吝惜地赏给格温普兰许多恩典。它赏给他一张跟耳朵连在一起的大嘴巴，两只拉过来可以碰到眼睛的耳朵，一只奇形怪状，可以架着摇摆不定的小丑眼镜做丑相的鼻子和一张谁看了都要忍不住发笑的脸……
>
> 但这究竟是不是大自然赏的呢？难道没有人帮他的忙吗？两个洞算是眼睛，一道裂缝算是嘴巴，一个扁平的肉瘤和一个窟窿算是鼻子和鼻孔，脸好像被什么东西压平了似的，这一切的效果是“笑”，很显然，单单大自然是不会创造出这样的杰作来的……
>
> 这样的脸不是天生的，而是有意造出来的……格温普兰在孩提时代就值得别人注意，使人给他改变面貌吗？为什么不呢？哪怕只供展览和牟利，也是值得的。从外表上看起来，靠儿童赚钱的人曾经在这个人脸上下过一番功夫。很明显，一种很谨慎的，也许是很神秘的科学（它与外科的关系跟炼金术与化学

的关系一样）一定在这个人很小的时候，有目的地切开他的面皮，创造了这个面孔。这种精于外科手术、麻醉术和缝合术的科学，切开他的嘴巴，割掉嘴唇，除去牙肉，把耳朵切开，除去软骨，改变眉毛和两颊的位置，拉紧颧骨的肌肉，夷平伤疤和缝线留下的痕迹，把皮肤贴在伤口上，使脸保持一个嬉笑的神气。于是，在雕刻家的深刻有力的刀子底下，产生了这个面具：格温普兰。①

身为丑角的格温普兰在登台献艺时深得观众喜爱。他从小就对与自己同台演出的盲女蒂怀有一份纯洁的爱情。格温普兰将蒂视为世界上唯一钟爱的女子，而蒂也非常崇拜格温普兰，时常抚摸着他说："你真是太美了。"

他们一直彼此相爱，直到发生了两件事情。王后的妹妹——女公爵约瑟安娜——是个美貌的女子，也是众多王宫贵族追捧的对象。一次，她在剧院里看到了格温普兰，立刻为之倾倒。她派人给格温普兰送去了一张字条，说："你很丑，我很美，你是丑角，我是公爵小姐。我是人中龙凤，你是蹩脚戏子。我喜欢你。我爱你。到我身边来吧。"

面对横生的枝节，格温普兰的心中夹杂着激动、欲望和对蒂的爱。接着又发生了一些事情。他觉得自己被绑架了，随后被置于一间审讯室里，面前是一个奄奄一息的罪犯。简而言之，他的身份很快被人认出：原来他就是幼年时期在一场家族纷争中被劫持的费尔曼·克朗查理爵士、克朗查理和洪可斐尔男爵、西西里侯爵爷、大不列颠圣职和在俗的贵族。

---

① 本段及以下译文均摘自维克多·雨果的《笑面人》，译者鲁膺（上海：上海译文出版社，2006年）。

具体的细节就不在此赘述了，总之，当格温普兰被从肮脏的泥潭一下子提升到九霄云上时，就连他自己也弄不清楚究竟发生了什么，直到别人为他穿上尊贵的华服，将他带入宫殿的大厅，并告诉他说整幢宫殿都是他的财产。

在他眼里，那是一座令人目眩神迷的宫殿，单是其中美轮美奂的珍宝（它们孤零零地存在于那片明晃晃的沙漠里）、数不胜数的大小房间就足以让他，也让我们的读者目不暇接。难怪那一章的标题叫做《宫殿宛若树林》，其中关于卢浮宫或埃尔米塔日宫的描写（依据不同的版本）占据了足足五至六页的篇幅。就这样，格温普兰瞠目结舌地在宫殿里转悠，一个房间接一个房间，直到他来到一间合欢房，只见那屋里的童子浴已经准备就绪，浴缸旁的床上居然躺着一个赤裸裸的女子。

此处指的并非是字面意义上的“赤裸裸”——雨果如此提示。那女子穿着衣服，但这段对于这位穿衣女子的描述，在从未见过裸露女体的格温普兰眼里，已然毫无疑问地达到了情色文学的极致。

> 在蜘蛛网的中央，蜘蛛平常盘踞的地方，格温普兰看见一个可怕的东西：一个裸体的女人。
>
> 认真地说，并不是裸体。她穿着衣服。浑身上下都穿着衣服。她的衣服是一件很长的衬衣，宛若圣像里天神穿的长袍，不过料子很薄，看上去仿佛湿透了。所以差不多等于一个裸体女人，比一个真正的裸体女人还要放浪，还要危险……银色的帐幔跟玻璃一样透明，上面是固定的，下面可以掀起来……床跟梳妆台和沙发一样，也是银色的，在那张床上，躺着一个女人，已经睡着了……
>
> 在她的裸体和格温普兰的眼睛中间，还隔着两层透明的障碍，她的衬衣和银雾似的帐幔，与其说是房间，不如说是洞房，

这屋子被浴室里的光线恰到好处地照亮。这个女人也许老脸皮厚，可光线却还知道羞耻。床顶没有柱子，没有华盖，也看不见天空，所以她睁开眼睛，能够看见上面镜子里有她成百上千的裸体。格温普兰只注意那个女人了，他认出了她，是那个公爵小姐。他又看见她了！他又看见这个可怕的女人了！一丝不挂的女人就是全副武装的女人……这个大胆的睡态仿佛光芒四射。这个赤身裸体的女人睡得那么安详，仿佛她有一种神圣的权利，可以这样不顾羞耻！同时又那么心安理得，如同奥林匹斯山的女神，知道自己是深渊的女儿，可以称海洋是：父亲！这个高不可攀的美女向渴望、疯狂、梦想以及一切从这儿经过的人的目光献出了自己的身体；她睡在这间合欢屋的床上，跟维纳斯睡在无际的浪花上一样高傲。

此时，约瑟安娜醒来了，她认出了格温普兰并展开一系列疯狂的引诱，将其带到欲望的巅峰，却仍然未以身相许。面对如此魅惑，格温普兰已不知该如何抵御。约瑟安娜的脑海中迸发出一系列比她本身的赤裸更为色情的幻想。赤裸的她既像处女（她的确保持着处女之身），又像欲女，既渴盼格温普兰将带给她的畸形之乐，更渴盼挑战世俗目光和宫廷规则所带来的颤栗：此时的她是渴望双重高潮的维纳斯，一重来自对情人的私人占有，另一重则来自将情欲之火公之于众的兴奋。

“我觉得跟你在一起是我的堕落，多么幸福啊！高高在上实在乏味！没有比高贵尊严更讨厌的了。我得到的尊敬太多了，所以我需要轻蔑……

我爱你，不单单因为你是个畸形人，也是因为你的卑贱。我爱上一个妖怪，一个蹩脚的戏子。一个人人轻视讥笑的、滑稽、丑陋、在一个叫作戏台的绞刑台上供人取笑的情人，这一切太有味道了！这等于吃深渊的果子。一个臭名昭著的情人，多带劲儿啊。尝尝地狱的，不是天国的苹果：一直在引诱我的就是这个，我如饥似渴地想往这个苹果，我就是这个夏娃，深渊的夏娃。你不知道，说不定你就是个魔鬼。我把我的童贞留给梦的面具，你是一个木偶，牵线的是一个幽灵。你是地狱的，伟大笑容的化身。你是我等待的主人……格温普兰，我是宝座，你是垫戏台的凳子。让我们的地位拉平吧。啊！我跌下来了，多么幸福啊！我巴不得全世界的人都知道我有多么卑贱，他们要加倍地在你面前低头跪拜，因为他们越憎恨你，就越要匍匐跪拜。人类就是这么回事。他恨你，可他得在地上爬。他是龙，可得装成一条毛虫。噢，我跟神仙一样堕落……你呢，并不丑，不过是畸形，丑是卑贱，畸形是伟大。丑是魔鬼背着美在黑暗里扮的鬼脸。畸形是至高无上的反面。”……

“我爱你”，她大叫一声，狠狠地吻了他一下。

正当格温普兰打算彻底放纵之时，王后命人传来了消息，她告诉自己的妹妹说笑面人其实是克朗查理的合法领主，并将成为她的夫婿。听闻这则消息，约瑟安娜说：“好。”随后，她站起身来，向格温普兰伸出一只手（片刻之前，她还想与他疯狂交欢，但此时此刻，就连称呼也由你变成了您），说：“请您出去。既然您要成为我的丈夫，那么就请出去……您没有权利待在这里。这是我情人的地方。”

格温普兰的畸形体态被展示到极致，约瑟安娜起初所怀有的性虐癖被描绘到极致，而她随后的转变也被夸张到极致。这种由传统的“真相大白”手法（您不是卖艺的，而是一地之君!）而导致的颠覆性局面辅以双重“命运大转弯”（你从前是个可怜虫，现在不仅成为全国最美女子的心上人，还无比激动地希望将她纳入怀中），其震撼力就算构不成悲剧，也至少是精彩的戏剧。可随之而来的居然又是一次天翻地覆：就算不是悲剧（至少此刻还不算，格温普兰直到结局时分才自杀），也是一出令人匪夷所思的闹剧。本已懈怠的读者在这刹那之间立刻将命运的纬线与当时社会习俗的经线交织起来。雨果完全不以约瑟安娜为耻，在他心里，她端庄得如同圣女一般。

我们再来看看另一处命运的转变。通过约瑟安娜事件，格温普兰已开始了解上流社会的法则及作为其表象的权力和习俗，然而当他入主上议院时，却遭到了冷遇和好奇的目光。他竭尽全力，希望被大家接受。在首轮议题中，他甚至起身，热情洋溢地发表了一篇维护民众利益、反对贵族剥削的演说。这段演说简直像是马克思《资本论》的节选。他的慷慨陈词饱含激情，也夹杂不屑，充满痛苦，还洋溢着对真理的热爱，但他的脸上始终挂着笑容。这番演说激起的不是嘲讽，而是愤怒。会议在一片风言风语中收场，格温普兰终于明白上流社会不是他的世界，在绝望的追寻之后，他回到了蒂的身边。唉，只可惜由于疾病的长期困扰和爱人的离去，此时的蒂已经奄奄一息，不过能在爱人的怀中离开人世，也算是一件幸事吧。

游离在两个世界之间的格温普兰感到一个世界不认可他，另一个世界已离他而去，最终选择了断自己的生命。

所以说，在格温普兰——一个极为典型的浪漫主义英雄人物身上，我们可以看到小说作品所有的核心要素：一尘不染的纯洁情感、罪孽的引诱和魅惑、从贫民到宫廷贵族瞬间翻转的命运、对于不公世界的极力反抗、不惜一切维护真理的英雄壮举、因顽疾而去世的爱人、因自杀而富于悲剧色彩的命运。所有这些都超越了极致。

《巴黎圣母院》尽管是雨果早年的作品，但多少已体现出作者推崇极致的文风。在最初的几章里，为了让读者充分感受到那场贵族、资产阶级和平民蜂拥参与的狂欢盛事，营造出“熙熙攘攘、人头攒动”（这是雨果的原话）的热闹景象，读者不得不吸收那一长串人物的名称。显然，这些人的确在历史上存在过，但又从不曾被后人提起，因此并不带有任何具体意义，所以千万不要尝试去分辨他们的身份，深究他们到底是谁。作者的目的，无非是要让读者的眼前出现一支庞大的游行队伍（就像巴黎的七月十四日游行或伦敦的女王生日游行），无须从服装的样式识别出不同的团体，也不必了解他们的背景，只要明白这支队伍的规模有多么浩大就足够了。倘若只看到队伍的一半，那可是了不得的损失，这样一来，你便无法感受到整个事件的磅礴气势。雨果从来不会笼统地概括说“人潮汹涌”，他要自作主张地把读者置于那一大片人海中间，然后一个接一个地进行介绍，时不时地让我们与其中的人物握手、与某个著名人物相识，之后再带着身临其境的感受回到家去。

诗人葛林果也曾在“圣迹区”进行过一次类似的但丁式参观，所见之人包括堕落者、游荡者、乞讨者、辞去圣职的神父、不受管束的学生、妓女、吉卜赛人、受嘲讽者、伪装的瘫痪病人、扒手、要饭的，如此等等。读者不必将他们一一认出，光是看到这些词汇就能明白他们人数众多，是一大群生活困窘、在沼泽中激愤挣扎的乌合之众。在好几个章节之后，正是他们如同白蚁兵团、阴沟里的鼠群、蟑螂、蝗虫一般，要围攻大教堂。在这里，主角不再是某个具体的人物，而是这大群的民众。总之，只有在像欣赏音乐旋律一样，浏览过这一大串列举、清单和目录之后，才能真正进入作品的内容。

现在，我们来看看作者是如何通过列目录或拉清单的手法来体现其对于极致文风的推崇的。雨果曾无数次采用该手法，但在《九三年》中，这种手法得到了最为持续、广泛和密集的使用。

说起这部作品的缺点，首当其冲的恐怕便是其中毫无节制的雄辩。不过，正当我们举起刀子准备砍向这些要害时，它们却忽然显得精彩起来。这就好比崇拜巴赫、崇拜他几乎纯思维的精神构架的人看到贝多芬面对和缓的古钢琴忽然提高了音调：可这又何妨？难道我们会对《第五交响曲》或《第九交响曲》的魅力充耳不闻吗？

我们可以拒绝参加饕餮晚宴，但倘若接受了邀请，就无须纠结于饮食专家的种种提醒，也不必记挂精致细腻的新派烹调。既然准备了大吃大喝的胃口，就尽情享受这难得一次的体验，否则还不如尽早退场，读几句十八世纪的贵族格言然后酣然入睡。雨果的作品不适合胃口孱弱的人。再说，就算“欧那尼之战”[①]比“狂飙突进运动”来得稍迟，那场暴风骤雨的阴影也能在一八七四年（即使不是作品的孕育阶段，也是其出版之年）照亮这最后一位浪漫派作家。

为了更好地理解《九三年》中淋漓尽致的描写，我们不妨就其梗概进行简要回顾。事实上，其情节主线简明扼要，若是由一位意大利剧作家改写，完全可以成为与《托斯卡》或《游吟诗人》并驾齐驱之作（当然，我只是随意举了两个例子，并未从音乐的角度对台词进行深入研究）。

故事发生于大革命期间的“恐怖年代”。旺代叛乱爆发，一位骁勇善战的老贵族——朗特纳克侯爵——率领大批农民掀起军事叛变，无数民众如鬼魅般从神秘的丛林中四处冒出，一边吟诵《玫瑰经》一边开火。此时，国民公会代表的革命派奋起反抗。首先，一位已经倾向共和的年轻贵族——郭文（朗特纳克侯爵的侄子）——出现

① 1830 年 2 月 25 日，雨果的剧本《欧那尼》在法兰西大剧院上演，由此剧引起浪漫主义和古典主义的决战，自此浪漫主义戏剧在巴黎舞台上占据了主宰。这就是著名的“欧那尼之战”。

了。他生得一副清秀的容貌，打起仗来速战速决，却天生怀有天使般的空想，认为可以通过仁慈及尊重敌人的方式来解决两派之间的冲突。随后出现的是我们称之为“政委”的人物，前神父西穆尔丹。他与朗特纳克同样铁血无情，坚信社会和政治变革只能通过浴血奋战而进行，今日的任何仁慈都将招致明天的杀身之祸。另外（根据剧情的需要），西穆尔丹也是郭文的导师，并将其视如己出。这种情谊，首先出自共同的宗教信仰，后来也出于共同的革命信念。除此之外，雨果绝不让读者去想象他们之间的其他情愫和精神上的父子之爱——但谁知道呢？西穆尔丹的激情汹涌澎湃，可谓全身心投入，且在肉体接触上含混不清。

那场革命与反革命之争裹挟着数不清的屠杀，在这期间，朗特纳克和郭文都试图将对方置于死地。然而，这个渗透着血雨腥风的故事却是以共和派队伍找到一位饥饿交加的寡妇和她的三个孩子为开端的。那是五月的一个艳阳天，“鸟儿在刺刀上啁啾”。后来，三个孩子被朗特纳克逮捕，他想开枪射死母亲，将孩子（已成为共和派的吉祥物）扣为人质。死里逃生的母亲在绝望之中四处搜寻自己的骨肉——然而，在故事的末尾，朗特纳克那幢阴森的中世纪古堡被郭文的军队团团围困。在一番惨烈的抵抗之后，朗特纳克本已找到一条秘道可以脱身，但他的追随者将古堡付之一炬，困在其中的孩子命悬一线。此时，孩子的母亲出现了，为了解救囚禁于其中的三个无辜孩子，朗特纳克（似乎从恶魔撒旦变身为救赎者光明天使）再次冲进古堡，解救出三个孩子，自己却沦为敌人手中的俘虏。

西穆尔丹打算运来一座绞架，将朗特纳克就地处决。在等待行刑期间，郭文一再扪心自问，是否应该对一个试图弥补自身过错的人采取宽大政策：他来到朗特纳克的牢房，聆听朗特纳克的独白，听他重申王权和教权的地位，并最终决定让他逃跑，自己代替他待在狱中。当西穆尔丹发现这一切，他只得进行审判，并最终判处郭文——这个他唯一深爱过的人——死刑。

关于三个孩子的情节更加烘托了郭文悲惨的命运，他的心慈手软最终遭到了惩罚。但两者都为未来投下了一束希望之光，当然，这未来是以人类的牺牲为代价的。就算全体士兵都为自己的将军高呼宽恕也无济于事。西穆尔丹自然能体会到其中的锥心之痛，但他全身心投身于义务、法律，他要捍卫革命的纯洁，虽然这革命已与恐怖，即“恐怖政治”混为一谈。不过，就在郭文人头落地的瞬间，西穆尔丹拿起手枪，对准自己的心脏射出了一颗子弹：“于是，这两个灵魂，这两个悲惨的姐妹，一同飞去了，一个的暗影和另一个的光辉混合起来了。”

所有这些笔墨，都是用来让读者抹眼泪的吗？当然不是。在分析其政治意义之前，我们首先应观察其叙述手法。几乎所有学者在进行叙述结构研究时都普遍认为（我们尽量避免提及其他非主流的理论）故事中的确应该有各种角色的参与者，但他们同时也应承担施动者甚至是叙述者的功能，通过这样的身份，他们可随时改变在故事中的功能定位。举个例子，在《约婚夫妇》中起作用的有人性之恶、人性的弱点以及天命安排等要素，它们都在推动人物命运的进程。无名氏这个人物可以由反面人物突然转变为正面人物。但是也有一些人物角色的定位是不可改变的，例如恶人堂·罗德里戈和善良的克里斯托弗神父，如此一来，堂·阿邦迪奥的摇摆不定就能得到合理的解释。作为一堆铁罐子中的瓦罐子，他自然得见风使舵，所以说，他的迷失也是情有可原的。

回到《九三年》。当年事已高的雨果开始提笔创作这部酝酿已久的小说时（早在几年前撰写《笑面人》的序言时，他就已提及此事），他的政治和思想立场已经发生了深刻的改变。早年的他拥护王权，支持旺代。随后他开始将一七九三年看作阴云打破了一七八九年的碧蓝晴空，这使他开始倾向于自由和社会主义原则，路易·拿破仑政变之后的历史则使他更加支持社会党人、民主派及共和派。一八四一年，在法兰西学院的就任演说中，他向国民公会致敬，表示革命派"砸碎了王座，拯救了国家……虽导致许多惨案，也创造许多奇迹，我们尽可诅咒唾弃，但必须表示崇敬"。尽管他对公社不甚了解，但在后来的复辟中，他一直为赦免公社成员而奔走斗争。总之，《九三年》的酝酿和出版恰好与其政治立场朝更为激进的方向转变相吻合。为了理解公社的意义，雨果必须为其制造的恐怖气候说明理由。当时，他已为反对死刑奋战多年——他熟识的作家约瑟夫·德·梅斯特在反革命期间所遭遇的惨境是令人无法忘却的教训——但他深知，恐怖和生命的代价是变革和清洗中的必要过程。

对德·梅斯特的回忆出现在《悲惨世界》第一部第一卷第四章里，其中，米里哀主教凝视着断头台说：

> 谁见到它，都引起最神秘的颤栗……断头台是给人看的……（断头台）似乎是一种有生命的东西，难以形容地气势逼人；不妨说，这把铡刀在观看，这部机器在倾听，这架子机械在理解，这些木头、钢铁和绳子在索取……断头台是刽子手的同谋；它吃人肉，喝人血……是一个过着制造死亡的可怕生活的幽灵。①

但在《九三年》中，断头台虽然夺取了大革命中最纯洁的英雄的生命，却由死之符号转变为生的象征。无论如何，高高矗立的断头台都代表了未来的某种希望，与阴森的过往相对峙。此刻，它屹

① 本段及以下译文均摘自维克多·雨果的《悲惨世界》，译者郑克鲁（上海：上海译文出版社）。

立在城堡的主塔——图尔格堡垒——面前，朗特纳克侯爵就被围困其中。这座凝结了一千五百年封建罪恶史的高塔象征着无数交缠不清的恩怨情结，对面象征纯洁的断头台则会用它的利刃将所有的纠结过往统统斩断。断头台并不是凭空竖立于此的，它饱含着过去十五个世纪以来抛洒在这片土地上的鲜血，它深深地扎根于这里。作为一位陌生的复仇者，断头台告诉高塔："我是你的女儿。"高塔也清晰地意识到自己大限将至。在雨果的作品中，这种强烈的对比并不少见：当《巴黎圣母院》里的弗罗洛将印刷的书籍与主教堂的尖塔和滴水嘴兽比较时，就曾说："这个将葬送那个。"断头台这一形象即便曾经且一直代表魔鬼，但在《九三年》中却站在了未来充满希望的一方。

致命的魔鬼居然能带来更美好的生活，这是怎样的手法？矛盾反衬。维克多·布隆贝曾仔细历数过雨果在该小说中使用该手法的次数：贪婪的天使、至亲的纷争、雄壮的温存、挥之不去的记忆、恐怖的晴朗、可敬的无辜者、可怕的可怜人、光天化日下的黑暗地狱、从撒旦摇身变为光明大天使的朗特纳克。可以说，反衬展示了一种"修辞上的微观世界，强调了世界的本质——充满对立"①，但它同时又指出，这种对立能够在更高的层面上得到解决。《九三年》讲述的是一个善良的罪恶故事，是一系列值得纪念的暴力行为，只有了解其深刻的目的，才能正确地理解其间的种种事件。《九三年》希望展现的，并非几个人物书写的历史，而是历史进程迫使那些人物所书写的历史，完全不以他们的个人意志为转移，甚至常常与之相悖。历史的进程是有其目的的，这种目的甚至能够为那股表面上阻碍其前进的势力——旺代——作出合理的解释。

---

① 维克多·布隆贝：《维克多·雨果，幻想的小说》，博洛尼亚，穆里诺出版社，1987年，第261页起。

我们回过头来，观察书中主要角色和次要角色之间的关系。无论是马拉还是断头台，书中的每一个人和每一件物品，都不仅仅代表其本身，更体现了隐藏在其身后的巨大力量，这些力量才是作品真正的主角。雨果以“上帝意志阐释者”的身份出现在读者面前，并试图以上帝的眼光来判定书中所讲述的每一段故事。

无论以何种形式，上帝总会出现在雨果的叙述中，对故事里那些血淋淋的谜团作出解释。也许雨果从来不曾认为一切真实的事物都是合理的，但他恐怕会同意一切理想的事物都是合理的。无论如何，他总以一种黑格尔式的口吻强调历史在义无反顾地朝既定目标前行，凌驾于所有在其中扮演角色以推动其发展的人物之上。我们不妨想想《悲惨世界》中对于滑铁卢之战的贝多芬式的描写。如果说司汤达是以法布里斯的视角，描写一个身处战事之中、完全不明白事情原委的人眼里的战争，那么雨果就是站在上帝的角度，从高处俯瞰整个事件：他十分清楚，如果拿破仑事先知道圣约翰高原的那一侧就是悬崖峭壁（可向导不曾告诉他这一点），那么米约将军的骑兵就不会在英军的脚下毁于一旦；如果给冯·布劳将军当向导的牧羊人建议了另外一条道路，普鲁士军队就来不及决定这场战争的命运。可这又有什么要紧的呢？没错，拿破仑（历史的角色）的算计的确有误；格鲁希（另一个角色）也确实无知，他本可返回，却没那么做；至于威灵顿，还算有几分狡黠——但这些已经无关紧要了，因为雨果已经将滑铁卢之战定义为“一场由二流将领取胜的一流战役”。

这样惊慌失措，惊惶万状，历史震惊不已的骁勇无比毁于一旦，难道没有原因吗？不。一只巨大的右手在滑铁卢投下了阴影……一个伟人的消失，对伟大世纪的来临是必要的。人人顺从的主作出了安排。英雄们的惊慌失措得到了解释。在滑铁卢战场上，不仅有乌云，还有流星。天主一掠而过。

上帝也出现在“旺代叛乱”和“国民公会”中，时而化身为野蛮凶悍的农民，时而化身为支持平等的贵族，时而如西穆尔丹般阴郁，时而又如郭文般磊落。雨果曾理智地看到旺代叛乱过程中的一大错误，由于这错误是天命注定的，他深深受到感染，于是写下这部巨著。对于国民公会里乌泱乌泱的小人物，雨果的态度是怀疑、讽刺、八卦的，但对于整个群体，他却将其视为巨人的集合，赋予其恢宏的画面。

因此，我们不必担心故事中的角色心态僵硬、命运多舛，也不必认为朗特纳克的愤怒、西穆尔丹的强硬和郭文（就像荷马笔下的英雄人物阿喀琉斯或赫克托尔）的柔情不够真实。雨果无非是想通过他们来展现隐藏在角色身后的“命运之力”。

雨果就是要讲述这样一个夸张到极致的故事，除了“矛盾重重的反衬”，他无法解释这些被推到极端的情节。要用怎样的文体才能描述这许许多多的极致呢？自然是一种追求极致的手法——这正是雨果所擅长的。

在《笑面人》中，我们已经看到瞬间发生的情节大逆转是一种追求极致的方式。其中的技巧很难解释，雨果堪称大师。他深知标准的悲剧里必须有法国人称为 Coup de théâtre① 的情节。在古典悲剧中，这种颠覆情节有一个就足够了——俄狄浦斯王发现自己亲手杀死了父亲，和自己的母亲躺在一起，难道这样还不够吗？悲剧到此为止，剩下的就是慢慢消化，慢慢品味了。

---

① 法语，富于效果的戏剧性手法。

可雨果不甘于此（也许他不认为自己是维克多·雨果）。我们来看看《九三年》里的情节。为了让旺代叛乱的首领朗特纳克登陆，克莱摩尔号海防舰试图在布列塔尼海岸侵犯共和军的船队。这艘军舰貌似一艘货船，但内部却装有三十门火炮。惨剧由此拉开序幕——雨果生怕我们无法了解这场激战有多么壮观，写下了这样的句子："可怕的事情发生了。"一门重达二十四吨的大炮忽然脱钩，船只在肆意动荡的大海里飘摇，随时有可能倾覆。一门大炮在船身的两侧滑来滑去，简直比凶猛的敌人还危险。不止一枚炮弹四处滚动，撞破船舷，砸出一个个窟窿，谁也制服不了这个铁家伙。船只眼看就要沉没了。"这是一个超乎寻常的怪物"，雨果告诉读者。就算是如此，他仍旧担心我们无法身临其境地感受到那一刻的恐惧。为了避免误解，他又用了整整五页的篇幅来细细描述那场毁灭性的灾难。直到某一刻，一位勇敢的炮兵挺身而出，与那铁家伙周旋起来。他站在那门大炮面前，好像一个面对着公牛的斗牛士。他不顾自己的安危，朝它猛扑过去，周旋、挑衅、攻击。正当他要被压倒的那一瞬间，朗特纳克朝大炮的轮子中间扔了一大袋伪钞，暂时阻挡了它的滚动，从而使那名海员赢得时机，及时把一根铁棒插入后轮的轮轴之间，让那怪物来了个四脚朝天，终于停了下来。船员们欢呼雀跃，海员感谢朗特纳克救了他的命。朗特纳克也当着全体船员表彰了他，又从一名军官身上摘下一枚圣路易十字勋章，挂在了他的胸口。

随后，朗特纳克命令将海员枪毙。

不错，那名海员的表现十分英勇，但他本应将大炮锁牢，不让它脱钩，对此他负有责任。于是，海员戴着勋章接受了刑罚。

这样的颠覆还不够吗？不够。由于海防舰受损，朗特纳克最终是乘坐一艘小船登陆的。船行到半途中，驾船的海员表明了身份，说自己是先前被枪毙的海员的哥哥，并扬言要杀死朗特纳克，为兄弟报仇。朗特纳克正义凛然地面对着复仇者，发表了一番足有五页纸长的言论。他向那名海员解释什么叫义务，提醒他拯救法国、拯救上帝才是他们的任务。朗特纳克辩解说他履行了正义，那海员若要因为一己私仇而杀死他，则会犯下最严重的罪行。（“你从国王那里夺去我的生命，就是把你自己永恒的生命送给魔鬼!”）于是，心悦诚服的海员请求朗特纳克的宽恕。朗特纳克宽恕了他。从此之后，曾经的复仇者阿尔马洛就将变成以旺代的名义压迫其弟兄的暴戾之人。

看过这种由连锁式颠覆性情节而达到的“极致”，我们再来看看另一种，也是主要的极致手法：长篇清单。描述完军队的首领，还得让读者了解整支部队。雨果就是要完完整整地全方位展示这支叛乱的保皇党队伍，一个村庄接着一个村庄，一座城堡接着一座城堡，一个地区接着一个地区。他原本可以较为平实地描绘出一张地图，标出相关的叛乱策源地，可这样一来，那种铺天盖地、覆盖广大区域的气势势必被削减。鉴于此，雨果采用了一种令人称奇的叙述手法。他设置了一个人物——有着米兰多拉般记忆的信使。阿尔马洛不识字，这让朗特纳克感到十分满意，因为在他看来，读书人实在不好对付，只要能记住事情便足够了。于是，他向阿尔马洛面授机宜，在此，我仅仅引用其中的一小段，因为整个清单的篇幅足足长达八页：

> “很好。听着，阿尔马洛。你朝右走，我朝左走。我往富热尔那边去，你往巴祖日那边去。带着你的袋子，这样你就显得像个庄稼人。把武器藏起来。从树篱上砍根树枝做棍子。在黑麦长得很高的麦田里匍匐而行。见到围墙就从它后面溜过去……避开过路的人。别走大路，也别过桥。别走进蓬托尔

松……这儿的树林你熟悉吗？”

“全都熟悉。”

“整个地区的吗？”

“从努瓦尔穆捷到拉瓦勒。”

“你连树林的名字都知道吗？”

“我熟悉这些树林，我知道它们的名字，一切我都知道。”

“你什么都不会忘记？”

“什么都不会忘记。”

“很好。现在请注意。你每天能走几里[①]路？”

“十里，十五里，十八里。必要的话二十里。”

“会有这种必要的。现在记住我对你说的话，一个字也别漏掉。你上圣欧班树林去。”

“是朗巴勒附近的那片树林吗？”

“是的。在圣里厄尔和普莱德利亚克之间的那条山沟边上有一棵大树。你在那儿停下来。一个人都看不见……你打一个唿哨。你会打唿哨吗？”

……

他把绿绸花结交给阿尔马洛。

“这是表示我的指挥权的花结。你拿着。要紧的是目前还不能让谁知道我的名字。但是有这个花结就够了。上面的百合花是公主[②]在圣殿监狱里亲手绣的……好好听清楚了。我的命令是：‘起来反抗，绝不饶恕。’因此你上圣欧班树林边去打唿哨，一连三声。到了第三声，就会看见有个人从地下钻出来……那个人就是普朗舍诺，大家把他叫作‘国王的心’。你把这个花结

---

① 此处及以下段落中的“里”均指法国古里，每里约长 4 444 米。
② 指路易十六的女儿。

给他看看，他就明白了。随后，你自己找路上阿斯蒂耶树，在那儿你会见到一个瘸腿的家伙，诨名叫穆斯克通，他对哪个人都不怜悯。你对他说我爱他，要他把自己那边教区的民众发动起来。随后上离普洛埃梅勒一里路的库埃邦树林去。你学一声猫头鹰叫，有个人就会从洞里钻出来。他就是普洛埃梅勒的总管蒂奥先生，曾经是所谓制宪会议的成员，不过属于好的一方。你叫他把库埃邦城堡武装起来。这座城堡属于逃亡在外的德·盖尔侯爵……随后你上圣旺-德图瓦，把我的话告诉让·舒昂，这人是我心目当中真正的领袖。随后你再上维尔-安格洛斯树林，在那儿你可以见到被人称作圣马丁的吉泰，你叫他注意一个叫作库梅尼尔的人，那人是老古皮·德·普雷弗的女婿，阿让唐地方的雅各宾党人的领袖。把这些都牢牢记住。我什么都不写，因为什么都不应该写……你接着再上鲁热弗树林，那个能撑着一根长竿跳过山沟的米埃莱特就在那里。”①

跳过整整三页，清单仍在继续：

“你再上圣梅韦，在那儿你会见到诨名大彼得的戈利耶。你再上帕尔内军营，那儿的人脸都黑糊糊的……你再上坐落在夏尔尼树林中一片高地上的黑母牛营，随后再上燕麦营、绿营和蚂蚁营。你再上大船壳去，那地方也叫山顶牧场，那儿住着一个寡妇，她的女儿就是外号英国佬的特雷东的老婆。大船壳在克莱讷教区里。你要访问埃皮纳-勒谢弗勒伊、西莱-勒纪尧姆、帕拉纳，见到所有那些树林里的好汉。”

---

① 以下译文均摘自维克多·雨果的《九三年》，译者叶尊（上海：上海译文出版社，2007年）。

就这样，朗特纳克终于结束了长篇大论：

“什么都别忘了。”

“放心吧。”

“现在你走吧。愿上帝指引你。去吧。”

“我会把你吩咐的一切统统办到。我要四处奔走，传达命令，照计而行，指挥作战。”

这样的文字，看了下一行就会忘了上一行，阿尔马洛自然是无法全都记住的，对此，读者们十分清楚。清单十分枯燥，但是不得不一读再读。这些文字，简直是乐曲里的纯音符。这些地点，仿佛一张大地图页脚处的地名清单，然而，就是这样一种疯狂的清单，让读者感受到旺代叛乱席卷天地的宏大阵势。

列举清单是一种古老的叙述手段。倘若描述对象的规模和混乱程度超出了一般性描述能够定义的范畴，那么作者往往就会使用到列举这一技巧，尤其是为了突出某个空间及其内部所有事物的恢宏气势。清单或目录能够填充原本不具任何特色的空间，赋予它具有意义的形貌、边沿、突出点和细节，让它们跃入读者的眼帘，并将人名、物品名和地名一一排列。这是一种让眼睛看到“呼吸声”的极致效果，似乎耳朵太累了，实在没法儿把听到的一切都传输到脑子里，便把一部分任务交给了眼睛，又似乎是大脑在努力营造一片区域，把所有被提及的事物都储存在那里。清单正是一种针对盲人的视觉化描绘。

阿尔马洛假装记下（希望如此）的清单，并不是毫无意义的：通过整张清单，读者就能明白反革命的势力有多么浩大，它深深扎根在土地里、灌木丛中、村庄里、森林里、教堂里。雨果深谙列举清单的技巧，他知道（可能荷马也曾想到）读者很可能不会读完全部清单（或者说史诗的听众也只是如同聆听《玫瑰经》一般，纯粹只欣赏其悦耳的音律）。我敢肯定地说，雨果一定知道读者将会跳过那几页清单的内容。同样，当曼佐尼不顾小说的传统叙述规则，花了整整四页篇幅（没错，一八四三年版本是四页，一八二七年的版本几乎长达六页）来描写堂·阿邦迪奥面对打手时的种种叫喊，读者的确可以跳过清单（可能会在第二或第三遍阅读时在此多花些时间），但却无法无视它的存在，因为它就在你的眼前。你之所以会跳过清单，是因为它令人无法忍受，恰恰是这种难以忍受的感觉赋予它更大的力量。回到雨果，叛乱的规模浩大，我们根本无法记住其中所有的人物，包括其中的领袖。但正是这种无休无止的阅读折磨让我们体会到旺代叛乱的恢宏。

同样宏大的还有革命派的斗争。作为革命精神的体现，国民公会的形象也应光芒四射。作品第二部的第三卷也正是以国民公会命名的。前三章描写议会大厅：这七页的丰富描写可谓令读者晕头转向，瞠目结舌。在接下来的十五页中，作者转而描写国民公会的成员，基本延续了同样的手法：

> 右边是吉伦特党，一群思想家；左边是山岳党，一群竞技者。一边有接受过巴士底狱钥匙的布里索；有马赛人服从的巴尔巴鲁；有手里掌握着驻扎在市郊圣马尔索的布雷斯特营的克尔维勒冈；有确定代表对将军拥有绝对权力的让索内……有右派的瘸腿西耶里，正如左派有双腿残废的库东一样；有被一个记者称作恶棍的洛斯·杜佩雷，他请那个记者吃饭，对他说：“我知道，所谓恶棍，只是跟我们想法不同的人罢了。”还有在一七九〇年历书的某一页上写了“革命已经结束”的拉博·圣艾蒂安……有自称是马耶讷-卢瓦尔第二营士兵的维热，当他受到旁听席的民众威胁的时候，就大声说：“旁听席再有人嘀咕一

声，我就要求我们全体退场，拿起战刀向凡尔赛进发！”有后来饿死的比佐；有注定要死在自己匕首之下的瓦拉泽；有口袋里装着《贺拉斯》而暴露身份、后来死在王后堡（后改名平等堡）的孔多塞；有命定要在一七九二年受到群众爱戴而在一七九三年却被群狼吃掉的佩蒂翁；另外还有许多别的人，像蓬泰库朗，马博兹，利东，圣马丁，尤维纳利斯的译者、曾经参加过汉诺威战役的杜索，以及布瓦洛、贝特朗、莱斯泰-博韦、勒萨热、戈梅尔、加尔迪安、曼维埃尔、杜普朗捷、拉卡兹、安蒂布尔，而为首的是一个巴纳夫式的人物叫韦尼奥。

如此等等，整整十五页全是类似黑弥撒的枯燥文字，路易·德·圣茹斯特、狄昂威勒的米林、杜埃的梅金、毕育-瓦伦纳、法布-德格朗丁、费里隆-泰西特、奥斯林、加朗-库隆、亚伏格、康布拉斯、高乐·德布瓦、顾比育、罗朗·勒康特尔、里昂纳-布东、布尔伯特、勒瓦素·德·拉萨特、拉委松、伯纳·德·圣特、查理·李察、夏多纳夫·兰敦、拉维孔特希、勒佩勒提耶·德·圣-弗尔戈。雨果仿佛清醒地意识到读者一定会在这疯狂的目录中彻底迷失，从而去感受作者真正有意突出的唯一施动者：大革命，以及它所带来的荣耀与悲哀。

然而，雨果（柔弱、羞怯、极致中的极致）似乎仍然担心读者（他甚至料想到读者会跳过某些段落）不知如何真正体会这场魔鬼革命有多么感天动地，于是，他使用了一种在列举清单历史上绝无仅有的手法，与此前对旺代叛乱的描写大相径庭。从清单的一开头，作者就时时插入个人的道德评判，直到末尾：

> 这就是国民公会。
>
> 在这座顶峰前，我们的眼神变得十分专注。

在人类的视野中，从来没有出现过比这高大的东西。

世上有喜马拉雅山，也有国民公会。

……

国民公会是民众最初的化身。

……

整个会场充满杀气，粗狂而整齐。犷悍之中合乎规矩，这也有点像整个革命。

……

这种景象真是丑陋和崇高到了极点。这儿有一大群英雄，也有一大批懦夫。有荒山上的猛兽，也有沼泽里的爬虫……

让我们来列举一下这些巨人的名字吧。

……

这些悲剧由巨人开始，却由侏儒收场。

……

这是一些随风飘荡的人。

但是这种风是一股神奇的风。

……

这就是庞大的国民公会；它是人类同时受到各种黑暗势力进攻的筑有壁垒的营盘，是大批受到包围的思想观点在黑夜中发出的火光，也是各种人物在下临深渊的陡坡上所作的无边露营。历史上没有什么可与这个团体相比，它既是议会又是下层民众，既是高级选举机关又是各个阶层的人聚会的场所，既是庄严的地方又是公共广场，既是法庭又是审判的对象。

国民公会始终被风吹得弯腰曲背，可是这股风是从民众嘴里吹出来的，同时也是上帝呼出的气息。

谁都不能不注意这队浩浩荡荡的幽灵。

无法忍受吗？无法忍受。豪言壮语吗？比这还糟糕。至高无上吗？至高无上。瞧，我已经深受他的感染，像他那样说话了：当然，如果豪言壮语决堤泛滥，成为超出极致的极致，就会现出诗的痕迹了。唉！

一个作者（除非不希望自己的作品流芳百世，只打算在特定的时候和地点为小裁缝、售货员、旅行者和色情作品爱好者提供些消遣，顺便赚几个小钱）绝不会为泛泛意义上的读者进行创作。相反，他会设想一类典型读者，如果他们从最初就能接受作品中的文字游戏规则，就会成为该作品的最佳受众，哪怕是时隔千年之后。那么雨果心目中的理想读者是怎样的呢？我认为，他脑子里想到了两类群体。第一类是在一八七四年，即一七九三年过去八十年后读到这部作品的人。这类读者对当年国民公会里的人名还相当熟悉。这就好比今天的意大利读者读到一本关于上世纪二十年代的作品，其中的人物包括：墨索里尼、邓南遮、马里内蒂、法科塔、科里多尼、马里奥蒂、帕皮尼、博乔尼、卡拉、伊塔洛·巴尔博、图拉蒂等人，他们的出现不会令读者感到唐突。另外一类读者则是未来的人们（他们甚至生活在与他完全不同的时代），这些读者只认识作品中的少数人物，如罗伯斯庇尔、丹东和马拉，而其他一长串陌生的姓名则会令他们感到应接不暇。然而，他们却会产生这样一种印象，仿佛有人在他们的耳边无休无止地絮叨着某座第一次参观的村庄。慢慢地，他们就能在一大堆林林总总的人群中摸出头绪，嗅出某种气息，逐渐习惯在熙攘的人群中游走，明白每一张陌生的面孔都是一张隐藏着血腥故事的面具，而历史也正是由这许多张面具组成的。

正如先前所说的，雨果并不在意作品中人物的心理细节，他关注的是他们所代表的意义，即他们所象征的价值。对于物品，同样如此，无论是旺代的丛林，还是郭文围困朗特纳克的高塔——图尔格堡垒。他们俩人都与那座古老的城堡相关联，也都想将其毁灭，围困者想从外部将其攻克，而被困者则在内部威胁要将它付之一炬。关于这座高塔的象征意义，作者用了好几页的文字来解释，因为其中还穿插了另外一桩体现童真的事件——三个孩子毁了一本书。

朗特纳克把那三个孩子作为人质，囚禁在高塔内的图书馆里。他威胁共和军说，如果他们要强行营救，便把孩子推下高塔。面对这样的情形，孩子们只好将一本关于圣巴托罗缪的宝贵书籍撕成了碎片——任何人都看得出来，孩子们在圣巴托罗缪之夜的这一举动是对曾经的王国的羞辱，因此可以算是历史的报复。如果说断头台是在另一个地点完成了对于历史的清算，那么这一事件也可谓是序曲了。不仅如此，作者还将这个“故事中的故事”命名为“圣巴托罗缪的屠杀”，因为他生怕读者的情绪还不够激昂。

由于作者淋漓尽致的描写，这一事件也饱含象征意义。孩子们的游戏被津津有味地描写了十五页之多。通过此举，雨果告诉我们这并非一个孤立的事件，而是为整个悲剧添加了一抹轻松的色彩，孩子的天真就算无法带来救赎，至少也惹人怜爱。当然，雨果原本可以通过一场闪电般突如其来的显灵来解决所有的问题，从第三部第六章的最后几行文字，我们就可以看出他具有这样的能力：小乔治特大把地捡起在“神圣屠杀”中粉身碎骨的书页碎片，从窗户将它们扔下去，看着它们飘散在空中，说道：“蝶。”——这场无邪的屠杀就这样以一群飘散在蓝天之中的蝴蝶而告终。然而，雨果不会冒险将这个转瞬即逝的奇幻场景嵌入其他极端事件中，否则就太难察觉了。倘若“极致”想要存在，那么哪怕最神圣的转瞬都应持续许久（与所有神秘主义的传统说法相悖）。在《九三年》里，就连优雅也要以泥泞的形式呈现：炽热熔岩的轰隆、洪水的泛滥、汹涌的情感和澎湃的结果。要让瓦格纳把整首四部曲融在一首肖邦式的谐谑曲中，这显然是徒劳的。

为了不被作者牵着鼻子走，我们立刻跳到结尾部分。在一场如史诗般恢宏的战役之后（雨果可真是一位伟大的电影编剧），朗特纳克终于成为郭文的阶下囚。决斗结束了。甚至在审判之前，西穆尔丹就毫不犹豫地架起了断头台。处死朗特纳克就等于杀死旺代，杀死旺代就等于拯救法国。

但正如之前所说，当三个孩子被锁在城堡的图书馆里时，只有朗特纳克有那间屋子的钥匙。为救那三个孩子的性命，朗特纳克不惜成为敌人的俘虏。面对如此大义之举，郭文实在不忍将他处死，便放走了他。雨果首先描述了朗特纳克与郭文的交谈，之后又描述了西穆尔丹与抱定决死之心的郭文的对话。在这两段对白中，雨果采用了多种修辞技巧，展现了两种不同的氛围。在第一场对话里，朗特纳克对郭文（还不知道自己会被对方释放）抨击怒骂，面对将国王送上断头台的代表人物，其作为上层贵族的傲慢情绪溢于言表；而西穆尔丹与郭文的交谈则体现出代表复仇的神父与代表希望的使徒之间的天壤之别。西穆尔丹说："我想当欧几里得。"郭文则回答说他想当荷马。（从作品风格来看，）整部作品都在告诉我们雨果想站在荷马这一边。正因为此，他让我们无法憎恨荷马史诗式的旺代叛乱，但从意识形态的角度来看，这位荷马也试图告诉我们：为了构筑更美好的将来，必须经历断头台这一过程。

这就是书中叙述的故事，作者选择文风的故事，读者阅读的故事（我们的，以及其他读者的）。该作何评价呢？许多历史学家都表示这部作品中有许多年代错误及不可接受的硬伤，但就算如此，又能如何？雨果并非要记录历史，而是要让读者感受到历史沉重的呼吸及其臭气熏天的呼啸。马克思说，雨果重视个人之间的道德冲突，却不理解阶级间的斗争①。照此说来，雨果是在欺骗我们？我看事实正好相反。正如先前所说，雨果之所以大刀阔斧地刻画人物的心理，是为了让读者感受冲突之中的各种力量——如果说以他的思想境界，这种冲突还算不上是阶级斗争，那么至少如卢卡奇所说，也是一种“指引未来方向的革命式民主思想”。尽管后来卢卡奇又以一句严肃的警告缓和了自己的判断：“在大革命中各持一边的贵族与神父之间真实的人性冲突和历史矛盾化成了抽象的人文主义背景下的一种人为的义务冲突。”② 神圣的上帝啊，我们早就说过雨果对阶级不感兴趣，他只关注人民和上帝。卢卡奇正因为其僵硬的思维，所以才无法理解雨果不可能成为列宁（列宁倒像是没有自杀的西穆尔丹），也无法理解《九三年》中的悲剧力量和浪漫主义情怀，它们让历史的必然和个人道德相互交缠，从而测量出真实的政治与乌托邦理想之间永恒的鸿沟。

对于如何来理解推动大革命及其敌对面——旺代叛乱（至今，仍有许多“深久的法兰西”怀旧派推崇其理想）——的深刻动因，我认为没有更好的阅读方式了。为了描绘这两段极端的历史事件，雨果不得不选择一种“淋漓尽致”的极端手法（正如他一贯的风格）。读者只有接受这一前提才能理解雨果的惯例，成为他在脑海中设定的“典型读者”。说到其设定的标准，这绝非出于作者一时的心血来潮，而是来自他如打磨岩石般的审慎考虑。无论如何，倘若能走入贯穿整部小说的灵魂深处，那么当走出之时，就算眼眶没有湿润，心潮也必定是汹涌澎湃的。唉！

---

① 卡尔·马克思：《路易·波拿巴的雾月十八》，罗马，联合出版社，1974年。——原注

② 格奥尔格·卢卡奇：《历史小说》，都灵，伊诺第出版社，1965年，第352—353页。——原注

电视女郎与保持缄默*

说到“veline”一词，在座的年轻人都以为是指那些貌美如花、与加比波①激情共舞的电视女郎。更有甚者，你们中最年轻的可能认为“casino”一词的含义是“混乱嘈杂”。其实，我这一代人都知道该词原指“收容所”，只不过后来才逐渐丧失了最初的含义，演变成“混乱嘈杂之地”。如今，几乎所有人，包括教会里的主教，都用这个词来指代“乌烟瘴气的场所”。同样，“bordello”一词的原义也是“收容所”，但就连我的祖母——她可有着极为正统的语言习惯——也会对我说：“别制造 bordello”，意思是让我别吵吵。所以说，这个词也完全丧失了最初的含义。所以说，如今的青年肯定不知道“veline”一词原指法西斯时期政府向新闻界发布的官方通报（当时负责控制文化的部门叫作“人民文化部”，简称 MinCulPop——大概那帮人的幽默感有限，所以才没能避开这么严重的读音歧义）。在通报中，政府会示意媒体对哪些事件进行评论，对哪些事件闭口不谈。因此，作为新闻界用语，“veline”一词象征着“新闻屏蔽”，成为遮掩事件、让丑闻消失的代名词②。我们今天所熟悉的“veline”一词恰恰具有相反的含义：众所周知，电视女郎的出现是为了赞颂某种外表，赞颂某种视觉效果，只要敢于抛头露面，就意味着卓尔不凡——尽管在以往的观念中，“抛头露面”并不是一种被看好的行为。

所以说，“veline”一词具有两种不同的含义，恰巧与两种形式的新闻屏蔽手段相对应。第一种是缄默，第二种则是噪音。换言之，如今的“电视女郎”已经成为电视节目、大型活动、综艺表演以及新闻宣传的代名词。

（如其他独裁政府一样，）法西斯政府深知，对于违法行为，如果媒体加以报导，它们就会愈演愈烈。例如，那时的官方通报经常告知新闻界：禁止提及自杀。因为一旦媒体报导自杀的消息，过不了几天，就会有人依葫芦画瓢。事实上，法西斯政府官员的某些想法并非一无是处，比如这个观点就很有道理。我们都知道，国内有许多事件就是因为媒体的报导才由假变真的。例如“七七运动”③ 和“美洲豹运动”④ 都是昙花一现的模仿六八学潮的事件。究其原因，无非是某些报纸宣称：“六八年的历史即将重演。”对上述事件有过亲身经历的人都十分清楚，它们是由新闻界创造出来的事件；包括相关的校内斗殴、自杀、交火事件，也都是媒体在推波助澜，由于报导了其中某起校内枪击事件，其他的枪击事件也纷至沓来。当年，有许多罗马尼亚人强奸上了年纪的妇女，这恐怕也是受了媒体的鼓

---

* 本文为发表于2009年意大利符号学协会大会的演说。——原注

① 意大利第五频道电视台播放的电视节目中的吉祥物。

② 在解释完“veline”一词的原义之后，我们来说说该词的现代版含义是如何演变而来的。缘由如下：电视节目制作人安东尼奥·里奇在制作《抽丝剥茧》时，曾安排一些年轻女孩穿着滚轴溜冰鞋把信息送给台上的节目主持人，并将这些女孩称之为“veline”。这样一种选择有着十分深刻的含义。在《抽丝剥茧》开播时，里奇能够拿“veline”做文章，用该词为节目中的电视女郎命名，说明当时的观众仍然记得法西斯政府人民文化部发布的通告。但如果今天的观众已经对该词的来由浑然不知，我们就应该思考“噪音”以及信息的叠加所带来的后果：在这二十年间，一个历史概念被抹杀，这是由另一个历史概念的疯狂覆盖造成的。——原注

③ 意大利左派非议会成员于1977年自发组织的反抗运动。与1968年的学生运动相比，该运动主要停留在形式的层面上。运动抗议的对象是当时的政党体制和工会体制。

④ 1989年发生于意大利的学生运动。1989年12月6日，为了反对意大利大学体制改革，学生们占领了巴勒莫大学的文学和哲学系，后来该学生运动扩展到其他大学，并持续到1990年春季。

舞：因为许多报纸宣称这是非欧盟成员特有的习性，而且犯案条件极为简单，只要前往火车站附近的地下通道就能得手，如此等等。

如果说曾经的法西斯官方公报认为：“若不想制造违法行为，就闭口不谈这些行为”；那么如今的新闻界则认为：“为了不让人们谈论违法行为，就得大肆谈论其他行为”。我一直都坚持这样一个想法，假如我事先知道媒体将在第二天针对我的某项罪行大造舆论，并会对我造成极其严重的恶果，那么我要做的第一件事就是在警察局或火车站附近埋下一枚炸弹。这样一来，第二天各大报纸的头版都会被爆炸事件所充斥，而我之前的个人丑闻只会出现在内页某专栏的角落里。谁知道有多少炸弹都是为了让真正的丑闻从报章的头版消失而埋设的呢？从音效的角度来看，炸弹这个比喻是非常恰当的，因为它正好能够说明一声轰然巨响能让其余的一切都归于平静。

噪音是一种掩护。通过噪音来制造缄默的理念可以用一句维特根斯坦式的话来表达：“越是不可说，就越要拼命说。”电视新闻一台可谓使用这种技巧的高手，该台的节目充斥着诸如“双头牛”、“小抢劫案”等消息。从前，这类鸡毛蒜皮的消息只会被报社沉在角落里，但如今却都被翻出来，用于填充四十五分钟的资讯播报时间。由此一来，真正值得关注、电视台却闭口不谈的信息，观众们就难以察觉了。在过去的几个月里，我们看到了一连串丑闻相继爆发，从《未来报》编辑丑闻①到“穿蓝色袜子的法官”②，这一系列曝光有

① 2009年，意大利天主教报纸《未来报》猛烈抨击总理贝卢斯科尼与一名年轻女性的性丑闻。贝氏拥有的报纸《日报》立即进行反击，指责《未来报》的一位天主教编辑迪诺·波佛有不检点行为。后者承认自己有错，递交了辞呈，并请求从轻发落。三个月后，《日报》编辑承认原先指责迪诺·波佛的文件系伪造，并在报纸头条向其道歉，但时隔两个月，该编辑又称该文件是一位教会友人提供的。

② 2009年，意大利宪法法院作出了两项对意大利总理贝卢斯科尼不利的判决，其中一项裁定贝卢斯科尼所控制的辉宁沃金融投资公司向竞争对手赔付7.5亿欧元。同年10月，贝卢斯科尼控制的第五频道电视台播放了一段关于莱蒙迪·梅西亚诺法官（正是该法官对上述案件进行了判决）的影片。影片中，梅西亚诺法官穿着蓝色袜子和白色皮鞋，该行为被旁白描述为“有病”。

着十分明显的目的：经过一番狂轰滥炸，公众早已眼花缭乱，谁也无暇去顾及那些媒体必须保持缄默的事件。请注意，噪音的好处就在于它的声音越大，人们就越不会关注其中传递的内容。“穿蓝色袜子的法官”就是一个典型的例子。事实上，那位法官的所作所为无非是抽烟、去理发店和穿蓝色的袜子，但这条消息却整整填充了三天的报纸版面。

想要制造噪音，并不需要编造新闻，只需去散布一些真实却无关紧要的消息。这些消息一旦发出，就能制造出大团的疑云。那位法官穿着蓝色的袜子，这事的确不假，也的确属于鸡毛蒜皮的小事。但若用一种特别的口吻说出来，并影射到其他一些不宜公开的事情，那么一定会在公众心中留下某种痕迹、某种印象。毕竟，谁也无法否认一条虽然无关紧要，但却千真万确的消息。

说到《共和国报》反对贝卢斯科尼的攻势，错就错在太过顽强地纠结于一条重要新闻（莱蒂齐亚家的派对）。如果说《共和国报》能换个写法，例如说“贝卢斯科尼昨天早晨去了拿沃纳广场，与他的堂兄见面，并共饮啤酒……实属怪异”，那么这样一条消息定会激发无数猜测，招来无数歪斜尴尬的目光。说不定此时我们亲爱的总理早已辞职好一阵了。总之，一条太过惹眼的新闻可能招致反驳，而一条称不上控诉的“控诉”反而让人无法还击。

我十岁时曾在一间酒吧门口被一位女士拦了下来，她对我说：“我的手受伤了，请你帮我写一封信，我付给你一里拉。”我当时可是个听话的孩子，于是答应帮她写信，但是不需要报酬。最后，那位女士还是坚持要请我吃一个冰激凌。我帮她写了信，并把这件事告诉了家人。“我的老天爷，”我母亲惊叫道，“他们居然让你写了一封匿名信。要是被人发现，我们可就惨了！”我告诉我母亲说：“您瞧，那封信里可没有什么坏话。”事实上，那封信是写给一位富商的——我也认识他，因为他在市中心开了一家商店。那封信里说：

“我们得知您正打算向 X 小姐求婚。我们只想告诉您 X 小姐来自一个受人尊敬的富裕家庭，她的好名声家喻户晓。”没错，我还没见过有哪封匿名信是夸赞而不是诋毁某人的。可匿名信的作用究竟是什么？鉴于那位雇我写信的女士没什么别的坏话可说，她至少想营造一种引人猜测的气氛。收信人的心里一定会犯嘀咕：“他们为什么要跟我说这些呢？好名声家喻户晓，这话是什么意思？”我想那位富商一定会再次斟酌求婚的想法，以免把一个如此惹人关注的女人娶回家。

想要制造噪音，也无须传达多么有价值的信息，因为只要一条又一条的信息相互叠加，就能制造出巨大的动静。有时，过度丰富的形式也足以形成噪音。几个月前，贝尔塞利[1]在《快报周刊》上发表了一篇精彩的文章，其中这样说道：“大家注意到了吗，如今的广告已经无法传递任何信息了。”既然无法验证某种洗衣粉比另一种要好（事实上它们全都一样），五十年来，一说到洗衣粉，要么就安排一个家庭主妇说两桶其他牌子的洗衣粉也抵不上一桶这个牌子的洗衣粉，要么就安排一个老大妈说只要用对洗衣粉，顽渍立刻掉光光——除此之外，别无他法。所以说，洗衣粉广告一直在传达一条相同的信息，并已形成震耳欲聋的噪音，牢固地留存于人们的记忆，甚至变成了一句谚语：“奥妙洗得更白净”，如此等等。这样的噪音具有两方面的功用：其一，加深公众对于某商标的印象（某些时刻，这些战略的确管用。假如我要去超市买洗衣粉，就会直奔“迪克逊”和“奥妙”而去，这两个牌子在我耳边响了五十多年）；其二，麻痹公众，让观众意识不到根本不值得为洗衣粉大做文章（无论夸耀或贬损）这一事实。同样的道理，贝尔塞利还注意到所有的通信产品广告（TIM、TELECOM 等）都是不知所云。当然，也没必要弄明

① Edmondo Berselli（1951—2010），意大利记者、作家。

白它们到底在说什么：那个巨大的噪音就足以推动手机的销售了。我想，也许这些公司已经达成了共识，与其各自宣传各自的产品，还不如联合起来，共同制造一个笼统的广告效应——向公众传播一条信息：去购买手机。至于消费者为什么最终选择诺基亚而不是三星，这是由广告之外的其他因素决定的。事实上，噪音式广告的主要功能就是让人们记住广告的情节，而不是宣传的产品。大家不妨回忆一下那些最让人愉快、最有意思的广告，然后再去想想它们所代表的产品。只有极少数产品的情节能让人在瞬间想起相应的产品，如一个拼错西蒙沙尔①读音的婴儿，一句类似于“没有马尔蒂尼，就没有派对”或“拉玛佐第，开瓶有益”的广告语。在大多数情况下，广告内容无法展示产品的卓越，但至少能制造噪音。

说到互联网，当然，它并不带有“屏蔽信息”的目的，可它却是最大的噪声源，以至于人们无法收到任何切实的信息。首先，当人们收到某些信息时，无法确定它们是否可靠。其次，大家可以尝试想象通过互联网搜索某信息时会发生怎样的情形：只有我们搞学问的才能在十分钟之内过滤掉无关的内容，找到有用的数据。其他用户的注意力往往会被某个博客或某部情色影片所干扰。究其原因，并非因为人们上网过多，而是因为网络会阻止人们收集到有价值的信息。

所以说，尽管目的不是阻止信息的传播，但噪音的确会造成阻止信息传播的效果。现在我们来关注一份包含六十四页内容的报纸。要想在六十四页的篇幅中找到对自己有用的信息，这太不容易了。也许有人会说：“我看报纸就是为了找到感兴趣的信息。”没错，但真正能这样做的人一定是懂得处理信息的高级知识分子。这一点恰好解释了为什么报纸的销售量和阅读量都在以惊人的速度下降。年

① 意大利卡福集团旗下牛肉罐头的品牌。

轻人已经不读报纸了，他们更乐意上网查看《共和国报》和《晚邮报》的电子版——因为所有的内容都囊括在一个屏幕里，或在车站看一份免费的报纸——因为只用翻两页，就能知晓所有的新闻。

这样说来，由于噪音的效应，我们自愿选择了屏蔽信息——这正是电视界所发生的情形，包括制造所谓的政治丑闻，也都属于此类。还有一类屏蔽，是非出我们本愿，但却不可避免的，因为事情本身并不存在任何不合理之处（比如铺天盖地的销售广告等）。信息一旦过于丰富，就会产生噪音。这种现象也催生了一种噪音心理和噪音伦理（我的主题正在从传播领域向伦理领域转移）。究竟是哪个傻瓜在走路的时候非要用 iPod 的耳塞堵住耳朵眼？又是哪个傻瓜在一个小时的火车行程中偏偏就不能安静地读读报纸或看看风景，非要在开车以前打开手机通报一声“我出发了”，在快到的时候说声“我快到了”？如今的人们已经无法生活在噪音之外了。因此，那些本已人声鼎沸的餐厅还要通过两台电视机或音乐来增加些噪音，你若让他们关掉，他们反而会像看疯子一样看着你。这种对于噪音的强烈需求如同毒品，会阻止你将注意力集中在那些重要的问题上。Redi in interiorem hominem[①]：没错，对于未来的政治界和电视界，圣奥古斯丁的话仍然是亘古不变的醒世箴言。

只有在缄默的环境之中，唯一强大的信息传递方式——口口相传——才能奏效。每一个民族，哪怕在暴君的严厉镇压之下，都能通过这种方式知晓世界上发生的事情。所有的出版社都十分清楚，一本好书之所以畅销，并不是因为广告或评论的攻势有多么强大，而是因为它的好口碑（法语中叫 bouche à oreille，英语中叫 word of mouth，意大利语中叫 passaparola）：只有读者交口称赞，一本书才能获得成功。然而，一旦没了相对安静的环境，人们就会丧失捕捉这

---

① 拉丁语，回归人的心底。天主教神学家圣奥古斯丁的名言。

些口头信息的可能——它们恰恰是唯一可信、唯一有效的传播方式。

所以说，我得出了一个结论，我们面临的伦理问题之一就是如何回归沉默。在符号学的领域中，我们可以研究缄默在各种传播渠道中所起的作用。关于这方面的研究可以从许多侧面进行：静默、戏剧中的沉默、政治中的缄默、政治演说中的沉默（即长时间的停顿）、表达悬念的沉默、表达威胁的沉默、表达认同的沉默、表达否定的沉默、音乐中的静默……瞧瞧，有多少关于缄默的符号学课题值得我们去研究。意大利公民们，与其邀请大家畅所欲言，我更想邀请大家保持缄默。

虚构的天文学*

声明：我今天要讲的，是虚构的天文学和地理学，但却不是占星学。之所以作此声明，并不是因为占星学的历史与天文学的发展未曾长期交缠，而是因为我所说的“虚构的天文地理”早已被人们贴上了“纯属虚构”或“荒诞虚幻”的标签，而占星专家的建议却至今仍被商界大亨和政界精英们奉为行事准则。所以说，占星术不论灵验与否，都不是一门科学，而是一种宗教（或一种迷信——人们常常称其他民族的宗教为迷信），我们不能判定它的真假，一切都是信则有，不信则无。关于信念的问题，我们最好不要干预其中，不为别的，至少也表示对信徒们的尊敬。

我所要谈的虚构的天文学和地理学，其研究者都是对天空和大地进行如实观测的人——即便他们曾得出一些荒谬的结论，也不代表他们的信念出了问题。相反，时至今日，仍在从事占星学的人明明知道他们所指的天空与当代天文学已经探测和定义的结论完全不同，却还在操持旧业，以假当真。对于这些占星者的歪理，我提不起丝毫的热情。他们可不是被蒙在鼓里的可怜虫，而是十足的坑蒙拐骗者。话说到此，我就此打住，不再多言。

从小，我就常常对着世界地图出神遐想，幻想自己到异国他乡旅行和探险，或者把自己假想成波斯大帝，出征中亚，随后南下至巽他海峡，在那里建立一个北起埃克巴坦纳、南达萨哈林岛的庞大帝国。可能正是出于这一想法，长大之后，我决定把曾经出现在儿时想象中的地点全都游历一番，例如撒马尔罕、廷巴克图、阿拉莫的小碉堡和亚马孙河等，如今，我只差两个地方没有去过，分别是蒙普拉森和卡萨布兰卡。

相比之下，我在天文学领域的遨游就要困难许多，而且经常需要借助其他人的帮助。上世纪六七十年代，我曾在乡下的住处收留过一个捷克斯洛伐克的流亡友人，他会制作望远镜，常在阳台上瞭望夜空，一旦发现有趣的现象，就会请我一同观看。能让一位来自波希米亚的天文学家长期待在自家屋顶上——我想，大概也只有我和布拉格的鲁道夫二世能享有这样的殊荣吧。后来，随着柏林墙的倒塌，我的天文学家朋友也就回到了波希米亚。

我时常自得于我收藏的一系列古代典籍，并将其命名为《奇特、古怪、神奇且灵异的符号学藏书》。其中的内容全都是妄言谬论，没有伽利略的作品，却有托勒密的理论。如果说儿时的我总是对着德·阿戈斯蒂尼的地图做白日美梦，现在的我则更想看着一张托勒密绘制的地图（参见图一）想入非非。

这张当年绘制的地图是臆想的结果吗？我们首先要区分“虚构”一词的不同含义。有一些天文学家，他们纯粹在猜想推断和神秘主义的驱使下想象世界的面貌，其研究对象不是这个目之所及的宇宙，而是其中那些看不见的神秘力量。另有一些天文学家，他们的研究是以观察和实验为基础的，但尽管如此，他们依然得出了一些在今天被认为是谬误的结论。不妨来看看珂雪在一六六五年发表的《地

* 本文由 2001 年在某天文学会议上的发言稿和 2002 年在某地理学会议上的发言稿合并而成。——原注

图一

下世界》里就某些天文现象作出的解释。他将太阳黑斑解释为星体表面喷发出的蒸汽。真是天真又天才的想法！另外一个关于珂雪的例子：我们可在一六七九年的《巴别塔》一书中了解他是如何运用物理原理和数学计算推断出巴别塔无法通天的原因的（参见图二）。珂雪认为，当巴别塔到达一定的高度，就会达到与地球相当的质量，从而引发地轴旋转四十五度。

地球的形状

公元前六世纪，阿那克西美尼[1]提出地球是一片长方形平地，这块平地由土和水组成，被海洋环绕，漂浮在某种压缩气枕之上。

[1] Anaximenes（前585—前525），古希腊哲学家。

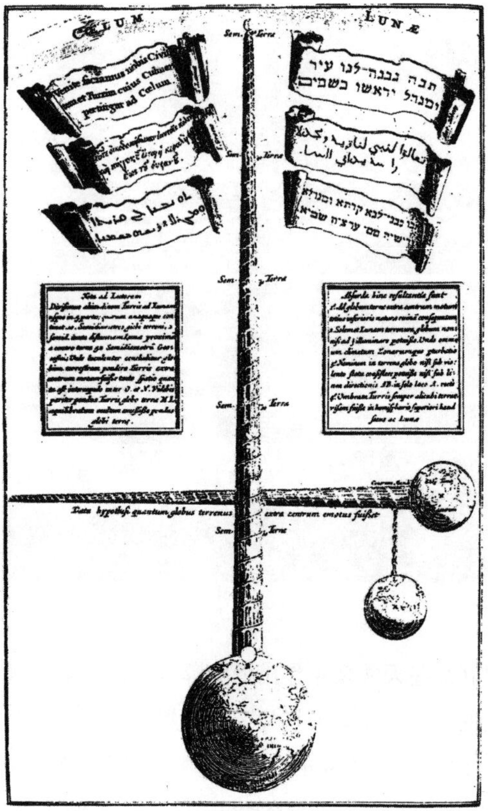

图二

古人们认为地球是扁平的，这是一种比较现实的想法。在荷马看来，地球是一个圆盘，被大洋环绕，并被多层天空所形成的盖子覆盖。除荷马以外，泰勒斯、米利都的赫卡塔埃乌斯也认为地球呈圆盘形。至于像毕达哥拉斯那样，基于某些具有神秘主义色彩的数学原因，判定地球是球形，这种想法倒不太现实。毕达哥拉斯派的学者描绘了一种相当复杂的行星系统。根据该系统理论，地球不是宇宙的中心，甚至太阳也只位于边缘地带。所有的行星都围绕着中央的一团火旋转。不仅如此，每一颗行星在旋转的同时都会发出声谱中的一个音符。由此，他们在声学现象和天文现象之间建立起了某种对应关系。他们甚至还引入了一个不存在的行星概念，即“反地球”。对数学和音乐情有独钟（而对感性经验嗤之以鼻）的毕达哥拉斯派学者们没有意识到，假如每一颗行星都会发出声谱上的一个声音，那么所有行星制造出的音乐效果将会多么嘈杂喧嚣，如同一只跳上钢琴键盘的猫演奏的乐曲。但是，我们会在一千多年后波伊提乌的理论中再次读到这种观点。别忘了，哥白尼也是从数学和美学的相关原则中获得灵感的。

之后认为地球呈球形的观点都建立在实证观察的基础之上。对此，托勒密自然知晓，否则他就不会在地球上划分出三百六十个经度。不仅如此，在他之前，巴门尼德、尤得塞斯、柏拉图、亚里士多德、欧几里得和阿基米德对此也早已了然。就连埃拉托斯特尼也知道这回事：早在公元前三世纪，他就通过观察夏至那天太阳在亚历山德里亚和西耶内（如今的阿斯旺）的两口井里的倒影测量出日光照射在地球上的倾角，从而较为精确地测算出了地球经线的长度。

关于地球呈扁平形一说，我想说两句题外话：这世上不仅有一种记载虚构天文学的历史，也有一种关于天文学的虚构史。其中，后者不仅在普通民众中大行其道，甚至在某些科研领域里也颇有市场。

我们举个例子，假如问一个有一定文化修养的人：当克里斯托弗·哥伦布宣布要朝西航行以到达东方时，他究竟想证明什么？萨拉曼卡学派究竟又想顽固地否认什么？估计大部分人都会回答说哥伦布想证明地球是一个球体，而萨拉曼卡的学者们则认为地球呈扁平形，过不了多久，那三艘帆船都将坠入宇宙的深渊。

十九世纪时，由于教会始终不认可“日心说”，世俗思想家们深感愤怒，便把地球呈扁平形的说法看作基督教思想的专利（包括教父哲学和经院哲学)。在达尔文派与基督教基要派的论战中，这种想法被进一步强化。达尔文的追随者认为，既然基督教在地球的形状问题上出了差错，那么他们同样也会在物种起源的问题上犯错。他们揪住了一个公元四世纪的名为拉克唐修（著有《神圣制度》）的基督教作者。该作者反对“地球呈球形”的世俗学说，一方面因为《圣经》描述的宇宙是建立在圣幕的四方模型基础之上的，另一方面也因为他无法接受地球上存在对跖点——那儿的人们全都在倒立行走。

最后，人们发现了六世纪时的一位拜占庭地理学家：航行至印度的科斯马斯。他在《基督教世界风土志》中也采用了《圣经》里的圣幕模型（参见图三)，认为宇宙呈长方形，拱形的天穹罩在扁平的地球之上。

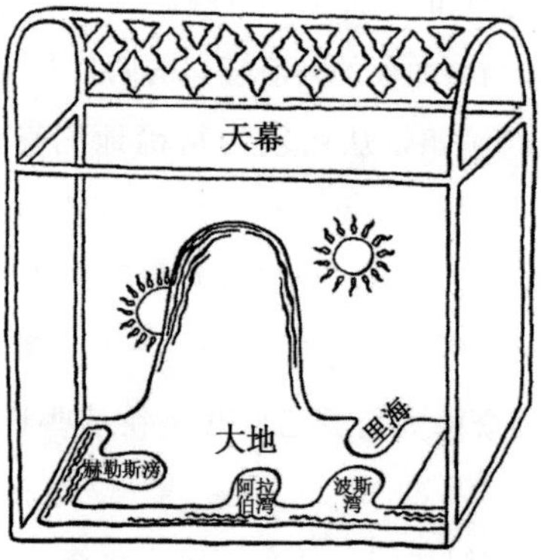

图三

由于 stereoma——天幕——的存在，我们看不见位于上方的天穹。所谓 ecumene——地球上的可居住部分——就是我们所在的大地：它铺展在天幕之下，海洋之上，以我们所无法察觉的幅度高低起伏，朝西北方延伸。那里有一座巍峨的高山，直入云霄。每日，天使们推动太阳从东边升起，朝南方移动，经过那座山峰，照亮整个世界，随后朝西方远去，消失在大山之后。月亮和星星的行动轨迹则恰好相反。除此之外，天使们还掌管着雨雪、地震和其他一切气象活动。

科斯马斯还为我们展示了地球的鸟瞰图（参见图四）：在由海洋形成的疆界以北，是诺亚在大洪水发生前所居住的土地。向东穿过海洋，越过怪物之界，在地球的最东端，就是人间天堂。有三条河流从那里发源：幼发拉底河、底格里斯河和恒河。它们从海洋底部穿过，随后注入波斯湾。而尼罗河则更为蜿蜒，它流经不受洪水侵袭之所，注入海洋，随后在北部的低洼地带（准确地说，是在埃及境内）继续流淌，最终流入“希腊人之海”，即赫勒斯滂[①]。

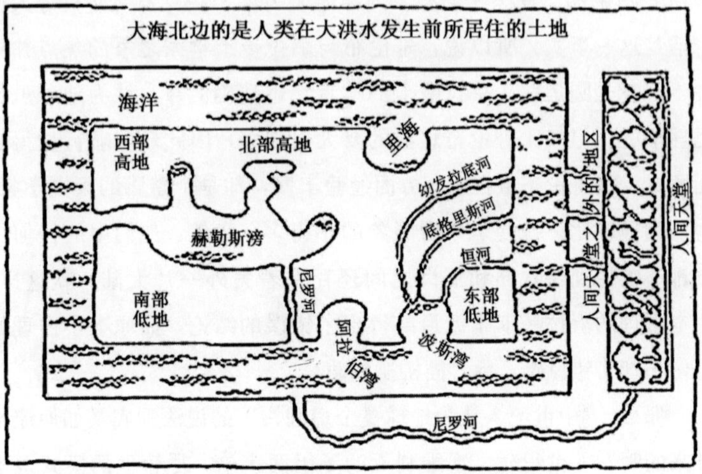

图四

正如杰弗瑞·伯顿·拉塞尔在他的《虚构的平地说》（纽约，普雷格出版社，一九九一年）中所说：时至今日，许多被当作教材使用的权威天文学著作仍然坚持认为科斯马斯的理论是整个中世纪最为

① 今达达尼尔海峡。

主流的思想；中世纪的教会宣称地球是一个以耶路撒冷为中心的扁平圆饼；托勒密的著作在中世纪完全不为人知。然而事实并非如此：科斯马斯的著作是用中世纪的基督教会所不了解的希腊语写成的，直到一七〇六年才被西方世界发现，一八九七年才被译成英文出版。如此看来，对于任何中世纪的作家来说，科斯马斯都应是默默无闻的。

如果说但丁曾进入漏斗状的地狱，当他从另一端出来时，发现在炼狱的山脚下闪耀着一些他前所未见的星星，那么他显然明白地球是一个球体。关于这一点，就连高中一年级的学生也能毫不费力地推断出来。事实上，早先的俄利根、安布罗斯、大阿尔伯特、托马斯·阿奎那、罗杰·培根、约翰内斯·德·萨克罗博斯科等人也都清楚这一事实。所以说，哥伦布与萨拉曼卡学派之争的焦点并不在于地球是圆是扁。萨拉曼卡的学者经过精确测算，认为地球虽然是球形的，但却比哥伦布想象的要大出许多，因此环球航行显得毫无意义。而哥伦布虽在航海方面经验丰富，却是个蹩脚的天文学家，他认为地球比萨拉曼卡学者想象的小得多。自然，他们中的任何一方都不曾想到在欧洲和亚洲之间还存在着另外一片大陆。就这样，原本占理的萨拉曼卡学派最终得出了错误的结论，而原本不占理的哥伦布却将错就错，无心插柳柳成荫。

那么，“中世纪人认为地球是个扁圆饼”的说法到底是如何流传开来的呢？七世纪时，塞维利亚的圣伊西多尔（尽管他的模式也不尽科学）曾将赤道的长度测定为八万斯塔德①。此外他认为地球是一个球体。然而，正是在圣伊西多尔的手稿中出现了这样一张图，它对后世的地图绘制产生了很大的影响，这就是所谓的“T－O 地图”（参见图五）。

---

① 古希腊长度单位，一说约等于 185 米，一说约等于 178 米。

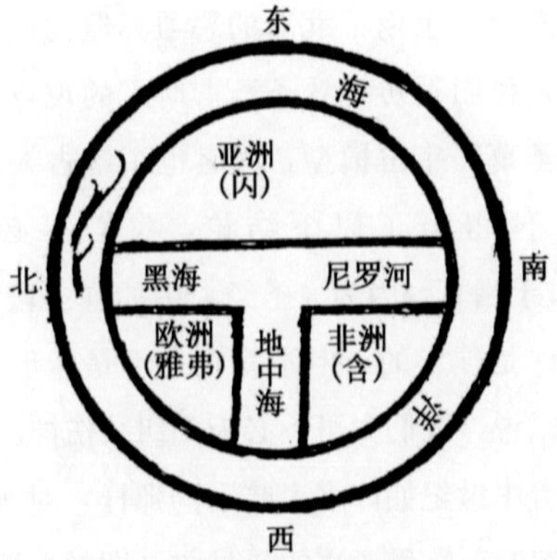

图五①：T－O地图

图的上端代表亚洲，因为传说中的人间天堂就在这里。横杠的一头代表黑海，另一头代表尼罗河。竖杠代表地中海，因此，左侧的四分之一扇形代表欧洲，右侧的扇形则代表非洲。周围的环形部分则是海洋。

公元八世纪时，里巴纳的比亚图斯撰写了《启示录评注》，后来的莫扎拉布袖珍画家为这本评注添加了插图，正是这些地图给人们造成了地球呈扁圆形的印象，并对后世的罗马式修道院和哥特式教堂艺术都产生了深远的影响——上述模式大量出现在其他配有袖珍插图的手稿之中。

中世纪的人们既然知道地球是球形，又为何要绘制让地球呈现扁圆形的地图呢？最简单的解释就是：我们也会这么做。批评当初那些地图的形态就好比批评我们今天的世界地图。这无非是在进行绘图投影时的传统手法而已。

也许有人会反对说同时代的阿拉伯地图就显得较为逼真——尽

① 括号中的闪、雅弗、含是诺亚的三个儿子。据《圣经》记载，大洪水过后诺亚把世界上的三块大陆分给他的三个儿子居住，长子闪得到最大的陆地亚洲，雅弗分得欧洲，含则获得非洲。

管他们在绘图时总有“上南下北”的恶习。但我们还应考虑到一些其他因素。首先，我们不妨看看圣奥古斯丁的观点。他非常清楚拉克唐修提出的“圣幕”宇宙模型，同时也了解古人认为地球呈球形的观点，于是，他得出了以下结论：我们不必将《圣经》中的“圣幕”模型过于当真，因为《圣经》中的许多段落都是意会，而非写实。地球也许是球形的。但不管它是不是球形，都与救赎我们的灵魂无关，所以说，我们大可不必为此纠结伤神。

这并不意味着中世纪如许多人暗示的那样，对天文学一无所知。举个例子，十世纪时，欧里亚克的热贝尔（即教皇西尔维斯特二世）就曾许诺要用一架浑天仪来交换卢坎的史诗《法沙利亚》。起初，他并不知晓这是一部卢坎在生前未能完成的作品。后来，当他拿到残缺的手稿时，只用半架浑天仪作为交换。从这件事情上，我们一方面可以看到中世纪早期的统治者对古典文化的重视，另一方面也能察觉出他们对天文学的兴趣。十二世纪至十三世纪期间，托勒密的《天文学大成》和亚里士多德的《论天》相继被翻译成拉丁文。众所周知，天文学是中世纪学校教授的四艺之一。另外，十三世纪时，约翰内斯·德·萨克罗博斯科按照托勒密的理论撰写的《天球论》成为了后来几个世纪最具权威的著作。

然而，在很长一段时间里，普林尼和索里诺等学者提出了许多不甚清晰的天文和地理概念。在这其中，对于天文的关注显然不占主导地位。从神学角度来看，通过间接途径传播开来的托勒密宇宙论是最为可靠的观点。正如亚里士多德所说，世上的每一个元素有其自然位置，只有通过外界力量，而非自然力量，才有可能使其离开其固有位置。土的自然位置是世界的中心，火位于边缘地带，而水和气则居于其间。这是一种充满理性且令人信服的观点。亚里士多德去世后，但丁在这幅宇宙图景的基础之上想象出了阴间的三重王国之旅。如果说但丁的描绘还忽略了一些天文现象，那么托勒密又为这一系统添加了许多补充修正内容，如本轮和均轮的理论，用来解释如天体的加速、停滞、逆行及天体间距变化等一系列天文现象。托勒密认为每个行星都沿着较大的圆周（即均轮）围绕地球公转，但同时也循着自身均轮的圆心C点——即沿本轮——运转。

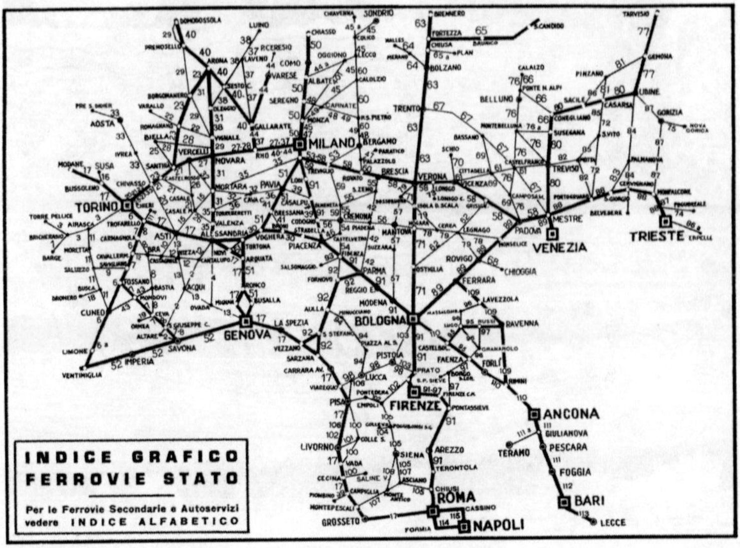

图六：全国铁路示意图

说到底，中世纪期间虽然有许多大规模的旅行，但那时的人们毕竟面临着崎岖的道路和莽莽的森林，对于一望无际的大海，也只能寄希望于当年的船夫。在这样的条件下，是很难绘制出精确地图的。当年的图纸纯粹都是示意图，就好比圣地亚哥·德·孔波斯特拉的朝圣导引图那样，只能描述个大概："如果你想从罗马前往耶路撒冷，就一直朝南走，边走边问。"大家不妨想象一张在报亭买到的铁路路线和时刻图（参见图六），你能从那张纵横交错却清晰无比的网状图中，看出应该乘坐哪一班火车从米兰前往里窝那（并且意识到必须途经热那亚），但谁也不会想要从那一张图上看出意大利的轮廓。对于前往火车站的乘客来说，意大利的精确轮廓毫无意义。罗马人曾经绘制了一系列公路图，将世界上他们认识的所有城市都联系起来。但大家可以看到，在这张《波伊廷格古地图》（以十五世纪该地图的发现者命名，参见图七）上，那些道路就是这样被示意出来的。

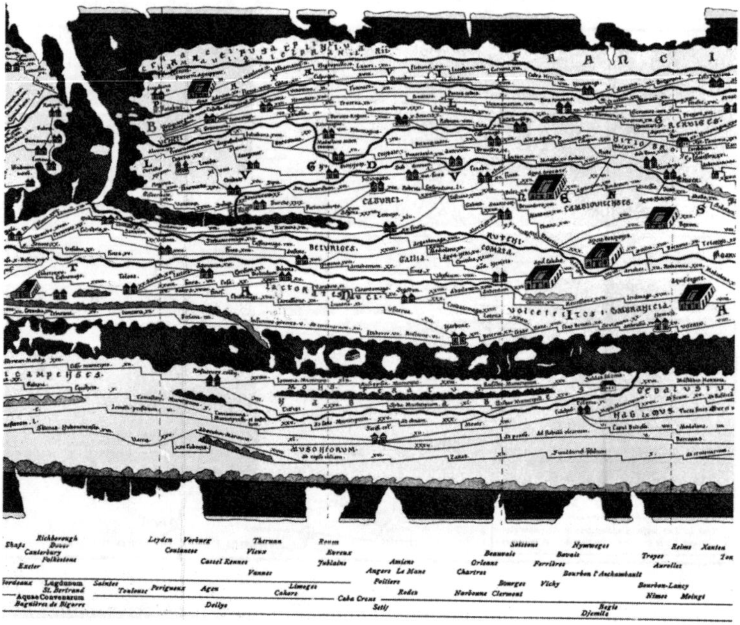

图七：《波伊廷格古地图》

地图的上半部分代表欧洲，下半部分代表非洲，其功能就跟我们所说的铁路路线图一模一样。在这张图上，人们可以看到公路的起止点，却根本无法看出欧洲、地中海或是非洲的轮廓（事实上，罗马人的地理知识是相当精确的）。这张图的重点并不是各个大陆的轮廓，而是相应的公路信息：例如，有一条道路从热那亚一直延伸至马赛。

另外，中世纪的旅行通常是虚构的。中世纪的百科全书《世界图志》试图尽可能地满足猎奇者的口味，描述了许多遥不可及的国度的故事，可是它的作者从来没有去过那些国家。在当时，传统的力量仍然大于实际经验。那时，一张地图的作用并不是描绘出地球的形状，而是罗列出尽可能多的城市和民族。

所以说，地图的象征意义大于实证意义。在许多地图的绘制过程中，袖珍画家的主要工作就是将耶路撒冷描绘在地球的中央，而不是告诉人们该如何到达耶路撒冷。相较之下，同时代的其他地图已经能够比较精确地展示意大利和地中海了。

最后，我要说的是中世纪的地图并不具备科学功能，不过是为了满足某一部分公众的好奇心。这就好比当今用铜版纸印刷的杂志会向读者描述不明飞行物，而电视节目则向观众介绍说金字塔是由某个外星生物群体建造的。那时，总有一些人时不时地用肉眼盯着天空，一旦看见彗星飞过，就立刻想象成某种神秘的物体——如果发生在今天，则会成为不明飞行物的证据了。从地理角度来看，许多十五、十六世纪的地图是尚可接受的，但那上头往往煞有介事地绘制了一些神奇的怪兽——人们认为怪兽可能生活在某些地区。

所以说，对于中世纪的地图，我们大可不必过于认真。不仅是地图，对于马可·波罗是否到过中国、十字军是否到过耶路撒冷、爱尔兰人或维京人是否到过美洲，我们都应抱有这种态度。

顺便说句题外话：维京人果真如传说中那样到达过美洲吗？众所周知，真正的中世纪航海革命始于铰链式尾舵的发明。此前，无论是希腊人、罗马人、维京人，甚至于一〇六六年成功到达英格兰海岸的威廉一世（如我们在巴约的玛蒂尔德女王的挂毯上所看到的那样）的船只尾部都只在两侧安装了尾桨，用以控制船只的方向。这种系统不仅费力，同时也无法控制大吨位的木船，尤其无法在逆风航行时控制船只，否则就必须“见风使舵”，即来回改变船舵的方向，使船只的两侧交替迎合风向。因此，当年的水手顶多只能沿着海岸线做短距离航行，以便能在风向不利的情况下随时躲避停留。

所以说，维京人根本无法如哥伦布那样从西班牙航行到中美洲（同样，爱尔兰的僧侣们也做不到）。但是，假如他们首先从冰岛航行到丹麦，再从那里到达加拿大沿海，则要另当别论。只需看看地图（参见图八），我们就能明白，当年那些英勇的水手是如何驾驶着维京龙头船（在无数次葬身大海之后）最终到达美洲大陆的最北端——拉布拉多海岸。

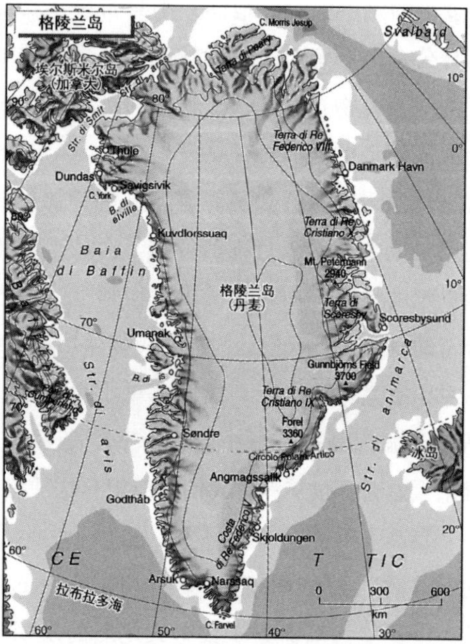

图八

天空的形状

让我们把视线从地面移到空中。早在公元前四世纪至前三世纪期间，阿里斯塔克斯就提出了日心说的假设。后来，哥白尼也曾提及此事。根据普鲁塔克的记述，阿里斯塔克斯曾被起诉犯有渎神罪，原因恰恰就在于他以地球的运动说来解释一些用其他方式无法解释的天文现象。他的想法没有得到普鲁塔克的赞同，后来又被托勒密视为“无稽之谈”。对于他所处的时代而言，阿里斯塔克斯的假设过于超前了，或者说他得出的结论虽然正确，但推理的过程却是错误的。另外，天文学的历史也颇有些奇怪：像伊壁鸠鲁这样的著名唯物主义者曾经认为无论太阳、月亮还是星辰，它们的实际大小都与我们凭肉眼所见的大小相当。也就是说，在伊壁鸠鲁看来，太阳的直径无非也就是三十厘米左右。这样的想法居然在相当长的一段时间里站住了脚，以至于十七世纪的伽桑狄仍在此问题上纠缠不休。除此之外，这一观点也曾在卢克莱修的《物性论》中有所提及。

哥白尼发表《天体运行论》是在一五四三年。我们都认为世界在突然之间来了个天翻地覆的大逆转，将这一变化看作“哥白尼革命”。可事实上，我们都清楚当伽利略于一六三二年（即八十九年之后）发表《关于托勒密和哥白尼两大世界体系的对话》时曾遭遇过怎样的阻力。不过，无论是哥白尼还是伽利略，他们的理论都属于“虚拟的天文学”的范畴，因为他们两人都没有推测出行星轨道的正确形状。

最为严谨的“虚拟的天文学”理论家要数伟大的天文学家、开普勒的导师——第谷·布拉赫。他提出了一种“第三方理论”：行星围绕太阳旋转——否则许多天文现象都无从解释——但太阳和行星都在围绕着始终恒定于宇宙中心的地球旋转。

布拉赫的假设被耶稣会的教士加以合理利用，其中最著名的人物是珂雪。此人接受过高等教育，无法继续认同托勒密的天体系统。在他的《虚拟的天空之旅》（一六六〇年版）中，有一张展示太阳系的图表。图表中包括柏拉图系统、埃及系统和哥白尼系统。对于哥白尼系统，珂雪进行了精确的解释，但他仍然补充说：“该系统得到了几乎所有非天主教科学家以及部分天主教科学家的追随。很显然，哥白尼的头脑和笔都表达了一种向他们兜售新学说的强烈欲望。”由此可见，珂雪不属于头脑简单的人群，他选择了布拉赫的观点。

与此同时，也有一些学者在激烈地反对“地球围绕太阳旋转”的说法。一六一七年，罗伯特·弗拉德在他的《两重世界的历史》里就曾从机械学的角度提出：若想让球体旋转（例如天体），那么“第一动力”的作用点应该位于球体的边缘（即天体的第十层天[①]），而非球体的中心——但疯狂的哥白尼学派却把太阳和所有的生命及运动源动力都放在了那里。一六二七年，亚历山大·塔索尼在他的《异想十篇》中罗列了一系列理由，说明地球的运动是匪夷所思的。我在这里仅举两条为例。

关于蚀。若要把地球从宇宙的中心挪开，就只能将其置于月亮之上或之下。若地球位于月亮之下，则不可能出现日蚀，因为位于太阳或地球之上的月亮永远不会出现在太阳和地球之间。若将地球置于月亮之上，则不可能出现月蚀，因为地球永远不会出现在月亮和太阳之间。不仅如此，连天文学也再也无法预测日蚀或月蚀了，因为天文学的计算以太阳的运动为基础。既然太阳不转动，天文学也就变得毫无意义。

关于鸟类的飞行。倘若地球是旋转的，那么当鸟类朝西方飞行时绝不可能逆跟上地球旋转的速度，也就永远无法前行。

笛卡儿比较倾向于伽利略的假设，却没有勇气公开发表自己的观点，于是提出了一个颇有意思的“漩涡理论”（《哲学原理》，一六六四年）。他假想天空和大海一样，由液体物质构成，它存在于我们的四周，形成了一个个漩涡，并将行星拖入各自的旋转轨迹。地球就被拖进了其中的一个漩涡里，绕着太阳旋转。注意：旋转的是漩涡，地球是静止于其中的，随漩涡的拖拽而旋转。这种玄妙的解释恰恰体现了笛卡儿的审慎。哪怕只是一个假说，也要在地心说和日心说之间达到两全其美的效果，绝不与教会认可的真理产生冲突。（参见图九）

---

① 托勒密天动学说中的最外层天体。

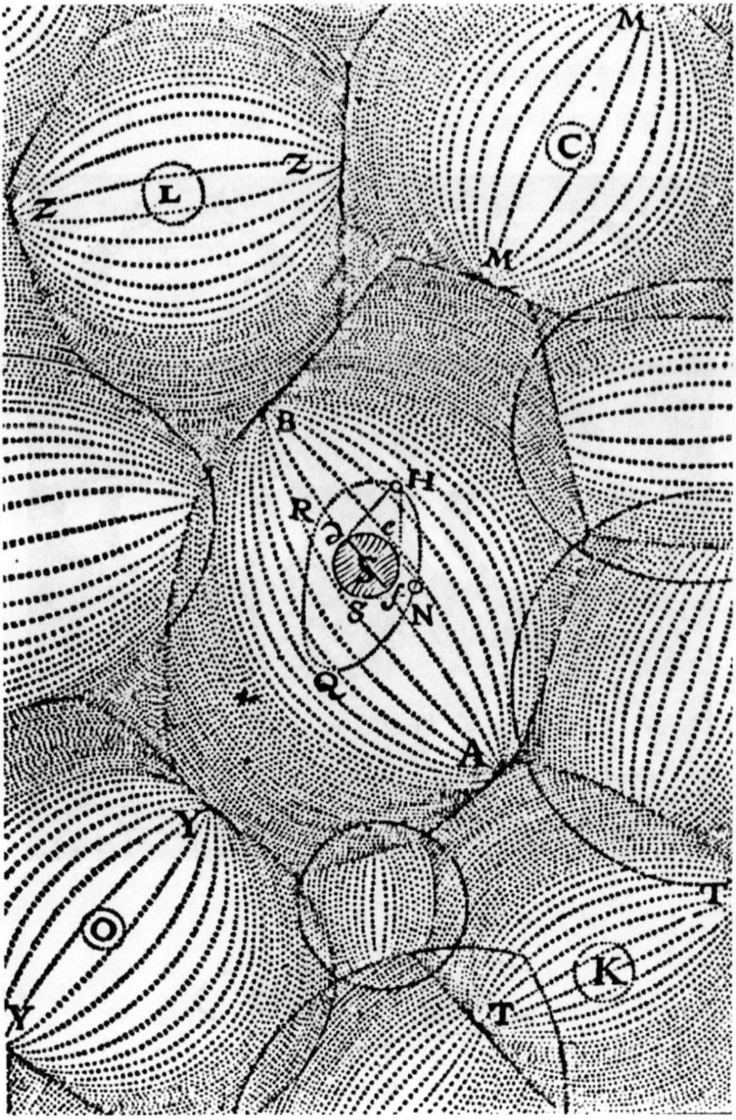

图九

正如阿波利奈尔所说：“怜悯，请怜悯我们这些在无穷与未来的前沿奋战不休的人，怜悯我们的罪过，怜悯我们的过错……”在那个时代，就算是严肃的天文学家也可能犯下许多错误。举个例子，伽利略曾用他的望远镜发现了土星的光环，却无法弄清其所以然。

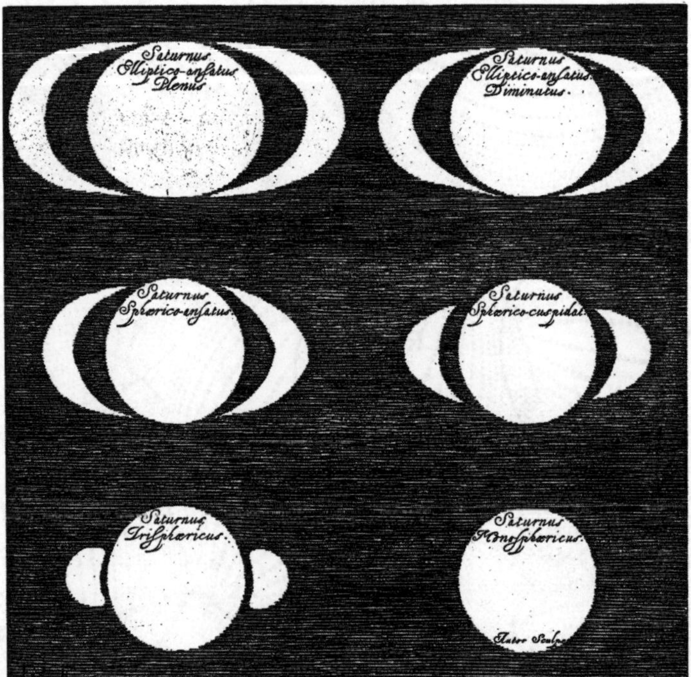

图十

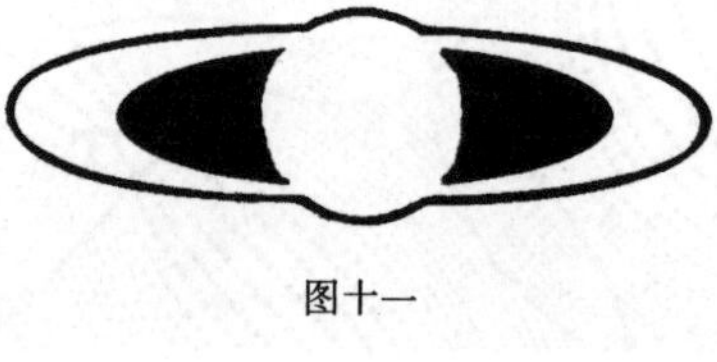

图十一

起初，他说自己看到的并非一颗星，而是三颗有着平行二分线的星体，并用三个小圆来表示自己观测到的形状。在随后的书稿中，他改变了原先的观点，说土星呈椭圆形。最后，他不再使用“三颗星体”或“椭圆星体”的说法，改称“土星由两个‘半椭圆形’组成，中间有两片颜色极深的三角形区域”，从而描绘了一颗与米老鼠的脑袋颇为相似的土星形象。

至于光环一说，那是晚些时候惠更斯提出的说法了。

无穷无尽的宇宙

穿梭于想象中不同的宇宙，我们的祖先所研究的“虚拟的天文学”闪耀着神秘的光辉，最终孕育出具有革命性的观点：宇宙的多重性。许多古人，如德谟克里特、留基伯、伊壁鸠鲁和卢克莱修都曾提到这一观点。正如罗马主教希波律陀在他的《驳所有异端》中所说，假如原子是在真空中持续运动状态的，则它们只可能产生无穷尽的彼此相异的宇宙：某些宇宙既没有太阳也没有月亮，另一些则可能拥有比我们所处的宇宙中更大的星星，还有一些宇宙所包含的星星数量要比我们的宇宙多得多。在伊壁鸠鲁看来，这种无可指摘的理论本应被奉为正确的真理，直到后来才被证明是错误的。卢克莱修(《物性论》)曾写下这样的诗句：“止境是没有的——正如我们已指明，也正如事情本身所大声宣称，也正如无底深渊的本性所清楚显露。”随后，他继续写道：“所以，我们越来越有必要认识到宇宙之外的某个地方还存在着其他物质聚合，正如以太[①]所贪婪拥抱着的。”

后来，所谓的虚无宇宙说和多重宇宙说都遭到了亚里士多德和许多经院哲学家们的否定，包括圣托马斯和培根。然而，当人们开始研究上帝的无限能力时，关于多重宇宙的猜测却不断出现在奥卡姆的威廉、布里丹、尼科尔·奥雷斯姆和其他人的研究之中。就连

---

① 指天空。

十五世纪库萨的尼古拉和十六世纪的乔尔达诺·布鲁诺也都曾提到宇宙的无穷性。

直到新伊壁鸠鲁派和十六世纪的自由思想派再次鼓吹该假设时，这其中的奥妙才逐渐浮现出来。造访其他的宇宙，寻找其他的居民，这是日心说假设中最为危险的歪理邪说。如果说存在着多重世界，那么救赎的唯一性就成了问题：要么说亚当的罪过和基督的爱仅仅是只关乎我们地球的边缘性事件，要么说骷髅地的惨案要在无数个星球重演无数次，这样一来，圣子的牺牲就不再具有至高无上的唯一性了。

丰特奈尔曾在《谈宇宙的多元性》（一六八六年）里写道：早在笛卡儿的漩涡理论中，多重宇宙的假设就已经出现了。如果说每一颗恒星都能将它的行星拖入一个漩涡，而更大的漩涡则把恒星拖入其中，由此一来，天空中应该布满了无穷尽的漩涡，将无数行星系统拖进其中。

十七世纪时，随着多重宇宙假想的发展，现代科幻诞生了。从西哈诺在太阳帝国和月亮帝国的旅程，到戈德温的《月中人》，再到威尔金斯的《探索月球上的世界》。至于如何飞抵其他的宇宙，那时的人们还不曾具备儒勒·凡尔纳式的想象。第一次，西哈诺将一大串盛有露水的瓶子拴在身上，由于太阳的热量会吸引露水，他的身体也就逐渐飞往高处；第二次，他使用了一台用火箭推进的机器。戈德温则炮制了一架前所未见的依靠鸟类飞行助推的飞行器。

科幻作品

从凡尔纳到现如今，现代科幻作品可谓开启了虚拟天文学的一个新篇章。科幻作家们将天文学及科学宇宙观的种种假设推演到了极致。雷纳托·乔瓦诺里（他是我早年的学生）就曾针对“科幻里的科学”写过一本趣味横生的书①。他在书中不仅分析了所有前瞻性作品中的伪科学假设（其中的许多观点都不无道理），还展示出科学在科幻作品中的重要地位。事实上，科学一直以来都是历代科幻作家们不断回归的主题，并得到了持续的完善和发展：从凡尔纳的硝化甘油火炮到威尔斯的反重力房间，再到时空旅行以及以各种宇航技术为基础的“休眠式旅行”；有了水培技术，宇宙飞船就好比一个自给自足的封闭小宇宙。还有关于朗之万悖论的诸多设想（在一对双胞胎兄弟中，那个以光速经历过空间旅行的兄弟会比留在地球上的兄弟年轻十岁）：例如，罗伯特·海因莱因就曾在《行星的时代到了》里写过一对双胞胎在空间旅行途中通过心理感应进行交流的故事，而图利奥·雷吉则在他的《宇宙编年史》中指出，如果感应信息是瞬时到达的，那么旅行途中那个兄弟则应该在问题到达前就已经做出了回复。

另一个经久不衰的主题是超空间问题。海因莱因曾在《星球人琼斯》里用围巾做模型，打了这样一个比方：“这是火星……这是木星。从火星到木星必须经过这样一段路程……可如果我把围巾折叠起来，使得火星位于木星的上方，那么我们若要穿越这段路程，又会遇到什么麻烦呢?”于是乎，科幻就开始研究宇宙中的一些非常规现象，例如空间自身的折叠。科幻作家们也会使用某些科学假设，例如爱因斯坦-罗森桥理论、黑洞理论、时空虫洞理论等等。库尔特·冯内古特在《泰坦星的海妖》中为超时空隧道、时间等曲率漏斗的存在找到了理论依据，其他作家则创造了“速子”——一种超光速的粒子。

科幻作品对于时空旅行的各个侧面都进行了讨论，包括时空旅行者遇到不同时空的自己，以及著名的“祖父悖论”（如果一个人回

---

① 雷纳托·乔瓦诺里：《科幻里的科学》，米兰，彭皮亚尼出版社，1991 年。——原注

到过去，将自己尚未结婚的祖父杀死，则其后代会在那一刻消失）。在这些讨论中，科幻作家们也会使用到汉斯·赖欣巴哈在《时间的方向》里所提出的闭合因果链概念，即A引起B，B引起C，C引起A——一种至少在次原子世界中存在的模式。菲利普·迪克在《逆时针世界》中提出了熵反演理论。弗雷德里克·布朗写了一个名为《结局》的故事，在故事的前半部分里，时间被假设为“一个场”，而琼斯教授则找到了一台能够逆转时间场的机器。于是，琼斯教授启动了逆转按钮。故事后半部分的文字内容与前半部分完全相同，只是词语的顺序完全逆转了。

在古老的无穷宇宙论的基础之上，人们还想象出了一些平行存在的宇宙。例如，弗雷德里克·布朗曾在他的《荒唐的宇宙》里提到，有可能存在着无穷无尽的平行的宇宙：“打个比方，也许有这样一个宇宙，在这个时刻，正在上演与我们这个宇宙同样的情景，只不过那个宇宙里的你，或你的等同者，穿着一双棕色的皮鞋，而不是黑色的皮鞋……再打个比方，在另一个宇宙里，你的手指上可能会有一道划痕，在第三个宇宙里，你可能会长着紫色的角……”关于这些可能存在的世界，某位名为戴维·刘易斯的哲学家曾于一九七三年在他的《反事实》里指出：“我要强调，我所指的‘可能存在的宇宙’，绝不是口头上说说的存在，而是名副其实的存在，谈到‘可能宇宙’的现实性，我是字斟句酌的……我们的现实世界只是众多世界之一……你们已经相信了我们这个现实世界，我只要求你们对于这一类世界再相信得多一点。”

科幻与科学之间究竟存在多大的距离？究竟是科学引领科幻，还是科学追随科幻？如果说科幻作家一定读过科学家们的著作，又有多少科学家是在科幻作家的作品中激发出想象力的呢？谁知道会不会有那么一天，科幻作品中的虚拟天文学也变成现实？

我找到了托马斯·阿奎那的一段文字，他将原因和结果之间的两种形态学关系进行了区分：其一，原因可能近似结果，就好比一个人与他的肖像相似；其二，原因不似结果，就好比火能生烟，却不像烟。托马斯认为太阳与热量正属于这第二种形态关系：太阳能产生热量，但本身却是冰冷的。对此，我们一笑而过，认为这只不过是圣托马斯为了解释自己的天体理论而举的例子。但若有那么一天，当人们真的开始研究所谓的“冷核聚变”问题时，难道我们不会对圣托马斯的观点肃然起敬，重新引起重视吗？

冷太阳与空地球

说到冷太阳，倒是真有一些非虚拟的天文-地理研究支持此观点。在我们看来，这些观点无异于痴人说梦，可信度极低，但它们确实是经过严密的思维和决断过程而得出的。

早在一九二五年，纳粹分子们就开始鼓吹奥地利伪科学家——汉斯·霍尔宾格——的万年冰论。该理论一度得到了罗森堡和希姆莱等人的支持。希特勒上台之后，该理论还煞有介事地被提到了科学研究领域，包括伦琴射线的共同发现者莱纳德也对其有所研究。

在霍尔宾格看来，宇宙是冰与火的永恒战场，它们之间的此消彼长不会推进宇宙的进化，只会造成不同时期的循环。曾经有一个体积为太阳一百万倍的巨大高温天体与一团庞大的宇宙冰块相撞。于是，冰块进入了这个炽热的天体之内，并在其中以蒸汽的形式运转了成百上千万年，最终让巨大的天体分崩离析。爆炸产生的碎片有的被抛到冰冻区，有的被抛到中间过渡地带——太阳系就是在这样的区域中形成的。月球、火星、木星和土星都是冰冻星体，银河系也是一个冰环。传统的天文学认为那是一条由众多星体组成的星系，但那只是光影造成的假象。另外，太阳黑斑也是由从木星上脱落的冰块造成的。

如今，最初的爆炸力正逐渐减弱，每颗行星都在沿着（无法察觉的）螺旋形轨迹（而不是主流科学界所认为的椭圆形轨迹）绕着另一颗较大的行星运行。在我们所生存的周期尽头，月球将越来越趋近地球。在此过程中，海水将逐渐升高，将热带地区淹没，只留下最高的山峰。同时，宇宙射线将越来越强，改变生物的基因特征。最后，我们的卫星——月球——将爆炸，变成一个由冰、水和气组成的环，继而坠落在我们的地球上。由于火星的影响，地球将发生一系列复杂的变化，最终也会转变为冰球，被太阳吸收。随后，新一轮爆炸将会发生，成为新纪元的开端。此前，地球的三颗卫星也是在类似的过程中被地球吸收的。

显然，这种宇宙进化论假设了一个“周而复始”的过程，与远古时代的神话和史诗有着异曲同工之处。那些被今天的纳粹分子称为“传统知识”的观点再次被用来反对犹太人自由科学的谬误。另外，这种冷冰冰的宇宙进化论似乎十分具有北欧人及雅利安人的特色。保韦尔斯和贝尔吉耶就曾在《魔法师的早晨》一书中表示，这种对于冰源学说的深信不疑，是由于希特勒希望借此让人们坚信他的军队能够在俄罗斯的冰天雪地里应付自如。但他们在书里也提到由于需要测试宇宙冰的反应，所以关于 V1 火箭的实验也被推迟。一九三八年，一个笔名为埃尔玛·布鲁格[①]的人出版了一本关于霍尔宾格的书，将其奉为二十世纪的哥白尼，并认为万年冰理论能够解释地球现象与宇宙力量之间的种种深刻渊源。最后，作者总结说犹太民主科学之所以对霍尔宾格的理论表示沉默，是一种典型的庸人的阴谋。

---

① 作者原名为鲁道夫·埃尔玛-文斯滕布鲁格，《汉斯·霍尔宾格的冰宇宙论》，莱比锡，科勒&阿美朗出版社，1938 年。——原注

在纳粹党周围，的确活跃着一群介于科学、神秘现象、新圣殿骑士派研究的学者，例如由鲁道夫·冯·塞堡腾朵夫创立的“图勒协会”。关于这一现象，许多人都已展开过广泛的研究。[①]

纳粹分子们还曾关注过另一理论——地球空洞说：我们并非居住在地球的外部，即凸出的地壳上，而是住在地球的内部，在其凹陷的内层表面上。这种理论是由俄亥俄州的克莱夫·西姆斯上尉于十九世纪初提出的。此前，他曾致信诸多科学团体，声称：“我要向全世界宣告，地球的内部是中空且可居住的。地球由一系列同心的固体球体相互嵌套而成，两极开放，开放角度约为十二度或十六度。”他的木质宇宙模型至今仍保留在费城自然科学院里。

十九世纪后期，赛勒斯·里德·蒂德再度提起该理论。他指出，被我们看成天空的物质其实是一团填充在地球内部的、局部发光的气体。太阳、月亮和星星也都不是所谓的天体，而是由某些现象引起的视觉效果。

第一次世界大战之后，该理论先后被彼得·本德和卡尔·纽珀特介绍至德国，后者更是发起了所谓的“地球空洞说”运动。有根据表明[②]，该理论得到了德国高层方面的重视。德国海军界的部分军官认为有了这种空洞理论，就能更为精准地确定英国船只的位置，因为如果使用红外线进行侦查，地球表面的弧度不会造成任何观察死角。甚至有人认为V1火箭的某些轨道设计之所以有误，正是因为当初的计算是基于凹陷而非凸出的地表。如果这种说法是真的，倒是能显示出虚构天文学如何具有历史上，甚至天意上的用处。

---

① 例如勒内·阿罗：《希特勒与秘密结社》，巴黎，格拉塞出版社，1969年；又如乔治·加利：《希特勒与巫术纳粹主义》，米兰，利佐里出版社，2005年新版。——原注

② 例如帕洛马峰观测台的杰拉德·克尼佩尔曾在1946年的《大众天文学》杂志上撰写文章谈及此理论。此外，曾在德国从事V1火箭设计工作的威利·雷也曾于1947年第三十九期《新奇科幻》上发表文章，题为《纳粹土地上的伪科学》。——原注

虚构的地理学与真实的历史

十二世纪下半叶，一封信件抵达西方世界。信中描述说在遥远的东方有一个强大的基督教王国。这个王国的位置比穆斯林的居住地更加遥远，也比十字军一度从非基督教徒手中夺取过来、又被他们收复回去的地区更加遥远。王国的统治者是具有传奇色彩的祭司王约翰，又称长老约翰，“一位具有我主耶稣基督权威和美德的君王”。这封信的开头如下：

> 你们要知道并且深信，我，长老约翰，是万王之王，不管是论财富、德行还是权威，我都是世上其他国王所无法企及的。有七十二个国王来向我进贡……我们的国土从使徒多默的长眠之地——大印度开始，向东越过沙漠，延伸至与东方接壤之处，向西则到达巴比伦沙漠、巴别塔附近，疆土有三个印度之广……我们国家有无数珍禽异兽：大象、单峰驼、双峰驼、河马、鳄鱼、豹子、野驴、白狮和红狮、白熊和白乌鸫、哑蝉、秃鹰、老虎、胡狼、鬣狗、野牛、人马兽、野人、长角的人、人羊兽、半兽男和半兽女、小矮人、犬面人、高达四十腕尺的巨人、独眼人、独眼巨人，还有一种叫作凤凰的鸟，以及几乎所有生活在天穹之下的动物……印度河流经我国的一个省。它发源于天堂，蜿蜒流淌，其支流滋润了整个省区的土地。河床上布满了奇珍异宝：天然石头、玛瑙、蓝宝石、红玉石、黄玉石、贵橄榄石、缟玛瑙、绿柱石、紫水晶、缠丝玛瑙和其他宝石。

信中还描绘了其他诸多美妙之处。在接下来的几个世纪里，这封信曾被多次翻译和注解。十七世纪时，这封已被译成多种语言的信件对西方天主教国家的东扩之举起到了极其关键的作用。在穆斯林统治领土的东面，还存在着一个天主教国家，这一信息为西方国家的所有扩张和探险行为找到了合法的依据。关于长老约翰，若望·柏朗嘉宾①、卢布鲁克②以及马可·波罗都有提及。十四世纪中期，长老约翰的王国从模糊不清的东方逐渐向埃塞俄比亚转移。当时，葡萄牙的航海家们正在挑战非洲探险之旅。十五世纪时，英王亨利四世、约翰·贝里公爵、教皇尤金四世都曾尝试与长老约翰取得联系。查理五世在博洛尼亚登基时还曾打算与长老约翰联手收复耶路撒冷的耶稣圣墓。

这封来自长老约翰的信件究竟是如何诞生的？其意图何在？它很可能出自神圣罗马帝国皇帝腓特烈一世的古籍誊抄室，其目的是进行反拜占庭帝国的宣传。但问题的关键并不在于这封信的来源，而在于它所导致的结果。一幅虚拟的地理画卷，居然逐渐催生了一个政治计划。换句话说，某个抄写员的凭空杜撰（这在当年是极受欢迎的文学体裁）居然成为天主教世界向非洲和亚洲扩张的借口，也成为白种人承担重任的有力支持。

所以说，上述事件可谓虚构的地理学导致真实历史的实例。类似的例子还不止于此，在文章的末尾，我还想谈谈十六世纪奥特利乌斯的《世界概观》。

奥特利乌斯已经相当精确地向人们展示出美洲大陆的所在。但他与许多前人及后人一样，始终相信“未知的南方之地”的存在，认为那是一片覆盖着整个南极地区的巨大极冠。为了寻找这块并不

① Giovanni dal Piano dei Carpini（1180—1252），意大利圣方济各会修士，后被教皇英诺森四世派往蒙古传教。

② Guillaume de Rubruquis（1215—1295），一译鲁不鲁乞，法国圣方济各会修士，1253年奉法王路易九世之命前往蒙古传教。

图十二

存在的土地，无数航海家乐此不疲地一再追寻，从门达尼亚到布干维尔，从塔斯曼到库克，他们在太平洋中反复探索。最终，虚拟的地图再次引导人们找到了真实存在的澳大利亚、塔斯马尼亚和新西兰。

所以说，我们应以理解的目光去看待那些在无穷与未来的前沿上奋战不休的人，我们也应以理解的目光去看待虚构的天文学和地理学，既去欣赏其中的伟大，也去包容那些层出不穷的谬误。

既入乡，且随俗*

关于此书，《全国联合目录》没有藏本，其稀罕程度可谓绝无仅有：布鲁内、格雷塞未曾说起，就连那些收集奇谈怪论的神秘书目索引也没能提及（包括嘉叶、弗格森、杜文，弗吉内利·罗塔、巫术图书馆、罗森塔、多尔邦、古艾达等等）。这样的一本小册子不仅出自无名作者之手，且创作年代不详，又是在某个诡异的城市发表的（叫作 FILADELFIA，PER LI TIPI DI SECUNDUS MORE①），若要了解它的相关信息也的确不容易。不过它倒是有个令人胃口大开的名字：《新乌托邦暨失落岛逸事——某天才执政官尝试将谚语奉为民众智慧之结晶，并以其为纲建立幸福共和国之经历》，8vo（2）33；45（6）（1 white）②。

该书分为两大部分：第一部分列举幸福共和国的建国纲领，第二部分则描述该国宪法导致的种种灾难与不幸，即这座乌托邦在短短几年之间迅速垮台的缘由。

这位执政官建国的“乌托邦总纲”如下：谚语是民众智慧的结晶，不仅如此，民众之言即上帝之言；因此，一个完美无瑕的国度应建立在这唯一的智慧基础之上，而其余所有理念以及其他道德、社会、政治和宗教体系之所以会垮台，就是因为人们过于自负地背离了古老的智慧（“借鉴历史，相信未来，活在当下”）。

然而，幸福共和国成立仅仅数月，人们就发觉这条“乌托邦总纲”令日常生活变得举步维艰。最先暴露的是狩猎和必需品供给方面的困难，因为人们必须遵循“打猎没有狗，就用猫来凑”的原则（当然收获甚少）。起初，这种情况还未波及捕鱼业，但由于深信“爱睡的人捞不着鱼”，渔夫们纷纷服用过量的兴奋剂，结果毁坏了身心健康，不得不早早结束自己的捕鱼生涯。加之人们认为“梨子成熟自然落”，农业也陷入持续危机，至于木工行业（包括把画挂在墙上的工作），情况就更糟了——既然“一个钉子赶走另外一个钉子”，人们只想着把新钉子钉在旧钉子上，拿着锤子敲打了半天却什么东西也做不出来。由于对铁匠的常年不信任，铸锅和卖锅已没有出路，因为“造锅的家伙是魔鬼”（如此一来，铁匠们只愿意造锅盖、卖锅盖。可既然没人买锅，对于锅盖的需求也就降到了零）。

说到道路交通，可谓寸步难行：鉴于“弃旧途而上新路之人知其所弃却不知其所得”，该国道路既禁止掉头（因此人们永远不可能回到出发之地），也禁止多条道路相交（“路口越多，危险越多”）。

不仅如此，所有的机动车也被禁行（“欲速则不达”）。同时，人们也不再能骑着驴子旅行，因为它们的恶臭实在难当（“为驴子洗头纯属白费功夫”）。总体来说，该国不仅不鼓励其公民旅行，甚至不鼓励他们开展任何生产活动，因为“活在梦里要求低”（吸毒行为愈演愈烈）。谚语说的好：“想得到就亲自去，不想得到就寄出去”，邮政服务由此取消。保卫私人财产也成了难事，因为“会叫的狗不咬人”，为了阻止狗叫，人人都给狗戴上防护口套，结果小偷大行其道。

---

* 该戏谑评论收录于《藏书者年鉴：时空旅行，寻找新乌托邦岛屿》（米兰，洛维罗出版社，2007 年）。——原注

① 此处为旧书的出版地，增加神秘感之用。埃科建议可以不译。

② 此处为旧书的索引，增加神秘感之用。埃科建议可以不译。

话说“一遭曾被热水烫，就连凉水也害怕”，该国的卫生设施被减缩到最低限度。

由于对合作原则的误解，该国规定“若要拌出美味的沙拉，得让小气的厨师放醋，正常的厨师放盐，浪费的厨师放油”（大家都知道，“油、醋、胡椒、盐到场，靴子也能变成佳肴”）。这样一来，每当有人想要下厨，（因为“用别人的手去碰火来得更容易”），就必须找到一个他认为正常的合作伙伴（这个角色当然谁都乐意充当）和一个浪费的合作伙伴并强迫他来调味，因为“天生的傻子就是别人的乐子”。可要找一个小气的合作伙伴，问题就严重了。一来谁也不愿被人说成小气鬼，二来小气鬼对于自己的时间也不大方（“小气鬼就像猪，死后才见他的好处”）。所以，折腾到最后，人们往往放弃给沙拉调味，因为“饥饿本身就是最好的调料”。

清晨洗漱这件事也遭遇了同样的尴尬。话说“老朋友是最好的镜子”，但每天早上找到一个为自己服务的老朋友可真是不容易——除非是两个上了年纪的同龄人决定相互给对方当镜子照。就算是这样，每当需要刮胡子时，情况还是惨不忍睹。

人们的社交生活也退化到少数几个单音节词的交流，因为“沉默是金”；“对于善解人意者，寡言即有雄辩之效”；“苍蝇飞不进闭着的嘴”；“少说多听，百战不殆”；“说出的话削弱人，憋着的话武装人”（“谨慎永远不嫌多”）。另外，人们知道“小酌养生，豪饮伤身又伤神”；“酒能怡情，也能泄密”；“灾祸与酒相伴而行”，所以尽量避免交际聚会——在偶尔为之的情况下，往往都以破口大骂而收场，因为“先发制人等于制人两回”。同样出于对于合作原则的误解，赌博游戏无法进行，因为“相信他人不如让瞎子引路”，为每个游戏者找个瞎子可不容易，况且，只要来个独眼龙，就会让其他人输光光，因为“在瞎子的国度里，独眼称王”。类似于“多角射击”的竞技比赛也是遭到禁止的，因为“风水轮流转，小心射出冷箭扎自己的身”。

经营商店可谓困难重重，点心店尤其如此。俗话说“谁造的孽谁来受”，点心师傅总被顾客们用蛋糕砸脑袋。对于价格的商讨常常沦为粗俗的谩骂，因为如果“挑三拣四的是真买主”，那么显然，买主总会挑毛病。每当有顾客走进店里，问店员为什么要出售某种废物时，店员往往生硬地回答：“您才是您那个婊子母亲生的废物!”从而引发“齐达内综合征”。最后，大家都清楚“付钱如寻死，不用太着急”，店员们常常被顾客习惯性的拖延付款弄得伤透脑筋。

人们的工作时间很短，“一个圣人一个节”，全年共有三百六十五个节日（自然，“节日过完，圣人开怀”）让人们放肆饕餮，反正“餐桌旁边永不老”（就更不用说圣马丁节了，在那期间，“是葡萄汁就能酿酒”）。鉴于人们如此崇敬圣人，在“狂欢无止境，玩笑无止境”的狂欢节期间，人们被迫只能把“步兵”作为嘲弄的对象，使得整支军队没了礼仪[①]。对了，人们深信“搞定朋友靠上帝，搞定敌人靠自己”的说法，导致武装力量最终被取消。

宗教生活也遇到了困难：首先，人们很难认出谁是神父，因为“单看衣装辨不出和尚”，这些上帝的臣仆们总是乔装出行。再者说，由于“上帝爱与沉默的人说话”，该国也不鼓励人们做祷告。

法律秩序的维持就更是充满艰辛了。法官们几乎没法给罪犯判刑，因为“只要承认过错，罪孽就能减半”，即使判处徒刑，也不能将判决结果公之于众，因为“提错事即可，不提犯错人”。若想找律师，那更是难上加难，因为“良言一句金不换”。法官们都不愿让证人参与审判，因为他们认为“听多他人言，最后没主见”（至于那屈指可数的几个接受查访者，也统统患有重病，“人之将死，其言也善”嘛）。对家人施加暴力的行为不会受到惩处（“每个人都是自己

① 因为意大利谚语有云：“可以拿步兵开玩笑，不可拿圣人开玩笑。”

家庭的主宰”)。人们对于工伤死亡事故不闻不问，只是轻描淡写地认为“站得高自然摔得狠”。至于较严重的罪行，可以商谈，且可通过割舌之刑来代替砍头（“口舌干净少费力”，“宁要一纸短合同，不要长篇判决书”)。该国有时会施行极刑，随后又野蛮地组织被行刑的罪犯进行短跑比赛（“没脑袋的家伙有好腿”)，当然，结果注定相当悲催。不仅如此，该国对于那些自认为不费一刀一枪就凭着口舌功夫让路人交出财物的打劫者也格外宽容。一句话，该国的法官们能不判罪就不判罪，正如谚语所说：“若连长篇大论也不害怕，又怎会惧怕大棒。”

后来，人们意识到“靠剑维生，必死剑下”，因而制定了“以牙还牙”的刑罚制度，并且要求刑罚当众执行。对于谋杀之类的罪行，这种制度的效果尚且不错，但对于“鸡奸”之类的罪行，若要当众施以相应的刑罚，则令人尴尬不已。这种习俗最终被废止。

由于“这次虽然当逃兵，下次还能上战场”，士兵叛逃不算犯罪。但奇怪的是，用显隐墨水写东西却被视为犯法，因为“谁看不明白自己写下的文字，就无异于一头蠢驴”。在坟墓上放置死者的照片也是明令禁止的，因为既然“只要不死，就能再见”，那么一旦死了，就不能再见。说起该国的法官，简直是声名狼藉到了极点，因为第一条无赖原则就是“恶人先告状”（第二条则号称“窃钩者诛，窃国者诸侯”)。

在这样一个毫无公正可言的共和国里，妇女的境遇也很是悲惨：民众的智慧结晶没有对她们表现出丝毫的温存。俗话说，“不要跟水、火以及女人开玩笑”；“提防神父、兄弟和姐夫”；“流泪的女人和流汗的马比犹大更虚伪”；“矮个女人最风骚”；“女人和好吃醋的男人最恐怖”；“女人若是坠情网，房门紧锁也枉然”；“最毒妇人心”；“女人起初甜若蜜液，随后苦如胆汁”；“若是母鸡打鸣，公鸡闭嘴，鸡窝永无宁日”；“红颜如祸水”。

由于人们通常遵循“指着媳妇说婆婆”的习俗，妻子们不得不整日聆听针对婆婆的抱怨。倘若哪个女人嫁了个有爱心的丈夫，则很有可能常年遭受暴力侵犯，因为“打是亲，骂是爱”（“没有争吵的爱情会发霉”）。未婚女子根本不能妄想嫁给一个脾气温和的年长丈夫，因为谚语有云：“若已年近花甲，不如放下女人，把酒而歌。”

这样的“厌女原则”令性生活变得十分困难：首先，大家都知道“烟、酒和女色会令人腐朽”，也明白“与其两人凑合，不如一人潇洒”。同时，人们对于甜言蜜语也满腹狐疑，因为“不寻常的甜蜜一定暗藏玄机”。然而，偷情之事却屡见不鲜，大家都说：“爱上邻居有好处，随时见面，不用跑腿。”鉴于“新年新生活”，人们认为婴儿都应在一月份降生，也就意味着大人只应在每年四月初受孕。但谚语规定说：“圣诞节和家人过，复活节与情人过”，所以每年四月，人们都是与情人在一起偷情怀孕（大家都知道，“圣诞节天暖，复活节则天寒”，被戴绿帽子的丈夫会在这个节日追杀出轨的妻子和情敌），如此一来，幸福共和国里的公民几乎是清一色的私生子。

如此不和谐的性生活并没有通过“手淫”或“色情影片交易”得到弥补（虽说“知足者常乐”），因为“看得见摸不着会令人抓狂”。结果，同性恋比比皆是，毕竟是“物以类聚，人以群分”嘛。（有什么不好呢？“不是因为漂亮而漂亮，而是因为喜欢而漂亮”。）

对于许多病症，医生束手无策，人们对他们的质疑也达到了无以复加的程度。首先，人们认为“焦虑猛于疾病”；“没有任何神医能够医治恐惧”；“医生的过错都掩埋在地里”；“牙医靠别人的牙吃饭”。再说，“遭灾染病，焉知非福”；“生命若在，希望即在”（大不了就来个安乐死，正所谓“重病需要猛药医”）。话说“一天吃一个苹果，医生不在眼前转悠”；“胡子刮净，整日清新”；“娶个老婆消停一月，宰头肥猪安享一年”，人们干脆不去看医生，时常靠杀猪来解决问题。由于“心灵不受大脑指挥”，心脏科医生无人问津，当然耳鼻喉科医生的境遇也好不到哪去（“鼻子不要紧”），至于对兽医的质疑，就更别提了，既然“白送的马不看牙”，他们只能医治那些花高价买来的马匹。说到肺部感染，这种疾病时有发生，因为大家都深信“圣烛节，冬日结”，所以一过这个节日，人们就纷纷脱去冬装，哪怕随后还经常会有狂风暴雨下冰雹的日子。总之，就连医生们也不愿去医院，认为“跟着瘸子走，自己也变瘸”。

对于这些不幸的人来说，唯一的安慰即是游戏和消遣。可无论是哪种竞技运动，都会在比赛开始前决出胜负（“球局未启，胜负已分”）。话说“骁勇骑士的手中从来不会缺少长枪”，所以该国没法进行赛马，因为骑师手中的长枪会把比赛搅得一团混乱。传统的泥潭摔跤竞赛就更加得不偿失了，反正“赢也好，输也罢，总之一身烂泥巴”。

爬杆取物算是唯一具有可操作性的游戏。爬到高杆顶端的人可以享用一根鸡骨头（“不冒风险，不啃骨头”）。

可别以为这些没有性生活和性游戏的人会埋头于书本。他们压根儿就看不上学校，因为“语法比不上实干”嘛。对于逻辑学，人们也不屑一顾，反正“‘如果’和‘但是’写不出历史”。老师们都糟糕透顶，因为“有本事的人自己干，没本事的人教人干”（而学生们对此却一无所知，“提问题的人不犯错”嘛）。数学方面的教育仅限于最基础的计算：学生们当然知道“没有二，何来三”，但至此也就打住，因为“若是囊中空空，就不能吹嘘有四”[①] ——至于囊中应该有什么货，则语焉不详：“不曾亲手杀熊，就不能披着熊皮炫耀”。鉴于方与圆之间的鸿沟，高等数学就更别提了，正所谓“持方枘而内圆凿也，欲得宜适亦难矣”。机灵的孩子总是遭到歧视（“快嘴的

① 意大利语中常用“四”这个数字表示“一些”的含义。这句谚语的含义指：若是囊中空空，就不能吹嘘有货，即不能打肿脸充胖子。

家伙没文化”）且非常容易得病，原因很简单：“太过清醒烦恼多”。所以说，人们都认为“活着的蠢驴好过死了的博士”。

完成学业的学生不能拿着简历去找工作，因为该国禁止“王婆卖瓜，自卖自夸”。相反，失业或半失业状态却备受推崇（“手艺学完晾一边儿”），再说了，“二十岁不会，三十岁不练，四十岁把老本吃干净”。

该国人民的科技常识也少得可怜：他们拒绝使用循环系统（“覆水难收”），宁愿按照古老的笨办法过日子（“聚水滴以成江海”；“马儿慢慢吃，草儿渐渐长”；“心急办错事”；“着急的母猫下瞎猫崽”）。

显而易见，幸福共和国令他的国民十分不幸。年长日久，人们逐渐抛弃了这座岛屿和他们的执政官。执政官也终于意识到自己的乌托邦彻底垮台了。“亡羊补牢，为时未晚”，正如我们的匿名作者在这本小册子里写下的睿智评语所说：不可盲从民间谚语，毕竟“历史的经验填不饱肚子”；“说是一码事，做是一码事”；“过犹不及”。执政官认为，“有因必有果”，可以“从果子认出果树”，“头发上所有的疙瘩迟早都能被梳子发现”。如果说“善始才能善终”，并且“坚持到底才是胜利”，那么“埋下恶根只能自食恶果”。谚语说得好：“生得痛苦，死得惨烈”；“在沙子里播种，收获的只有愤怒”；“种下风，收获风暴”；“好玩的游戏总是结束得太早”。

“每块木头都有蛀虫”，“每个硬币都有反面”，要是早些知道这些道理该多好啊！但话说回来，“迟来的醒悟总是充满了‘如果’”；“只要嘴里还有牙，就不知道明天会怎样”。

对于当年那位匿名作者来说，这些话同样受用。“逝者已经安息，生者但求平静”。我只是把我所读到的向大家呈现出来，别无他意。无论如何，“两国交战，不杀来使”。

我是爱德蒙·唐泰斯！*

有一些倒霉的家伙，他们是从罗伯-格里耶等人的作品开始接触文学的。其实，只有在了解传统小说的叙事结构之后，才能读懂罗伯-格里耶究竟打破了什么。同样，若想了解加达在语汇方面的创新和变形，必须弄清楚意大利语的规则，并且对《皮诺曹》里的地道托斯卡纳方言相当熟悉才行。

还记得小的时候，我常常与一个出身于书香世家的小伙伴比高下。那时，他正在读阿里奥斯托。而我为了不输他一头，就用仅有的零花钱从书摊上买了一本塔索，囫囵吞枣地读了一遍。但私底下，我却在读《三个火枪手》。一天晚上，小伙伴的母亲到我家串门，无意中在厨房里发现了那本“禁书”（大文豪通常都有蹲在厨房里靠着碗橱偷偷读书的经历，而他们的母亲则常常责备说这样迟早会把眼睛熬瞎，至少也得出门去透透气），不禁嘲笑起我来（“怎么可能？你竟然还读这种烂书”）。注意，还是这位太太，她告诉我母亲说她的偶像是伍德豪斯。其实，我也读伍德豪斯的作品，并且读得很带劲，只是——同为打发时间的读物——为什么伍德豪斯就要比大仲马高出一头呢？

早在一个世纪前，人们就开始对连载小说大加斥责。一八五〇年，《里昂塞修正案》曾向刊登连载小说的报刊征收重税，差点没将这种文学体裁置于死地，不仅如此，几乎所有笃信上帝的人都众口一词地认为这类小说破坏家庭，摧垮青年的意志，令成年人崇拜消费，且威胁皇权和教权。不信，大家可以读一读阿尔弗雷德·内特蒙于一八四五年写的作品（《连载小说之批判研究》），整整上下两部，两千多页，字字句句都在声讨这种恶魔般的文学。

然而，只有读过连载小说并且是从小读起的人，才能明白小说的经典叙述套路——这些套路看上去顺理成章，水到渠成，实际上却暗藏着作者的苦心。

现在，我想谈论的并非某一本具体的书，而是一类作品（连载小说）以及这类作品中的特有环节："真相大白"或"恍然大悟"。

正如上文所述，如果说连载小说体现了小说这种体裁惯用的套路，我们就必须提到亚里士多德（《诗学》）。所谓"真相大白"，指的是从不知到获知的过程，尤其是一个人发现另一人身份的过程：比如某个人物（通过别人的提示，或是通过找到某一件首饰、某一处伤疤）无意中发现另一个人是他的父亲或儿子。当然，俄狄浦斯最终发现与他订下婚约的伊俄卡斯忒竟然是自己的母亲，这算是更为夸张的情形了。

面对这种"真相大白"，读者要么单纯地让思绪跟随作者的思路跌宕起伏，要么会针对作者的叙述方式进行反思。不少人担心第二种情形会削弱叙述的效果，其实不然。为了证实这一点，以下我将分析几种不同的叙述方式，随后再出其不意地回到"真相大白"的奇迹上来。

有一种揭示真相的方式是"双重"的，即令小说中的人物和读者都感到始料不及。这种效果既可以通过先前的层层铺垫来达到，

---

* 本文收录于《藏书者年鉴：思书——绿色年代阅读之随感》，米兰，洛维罗出版社，2008年。——原注

也可以迅雷不及掩耳之势令读者大跌眼镜。至于铺垫的剂量如何掌握，让读者在未察分毫的情况下突然间惊讶得目瞪口呆，这就要看作者的手段是否高明了。另一种“水落石出”的手段则是“单方面”的，即书中的人物在真相面前如坠云雾，而读者却对情节的走向了然于心。一个最典型的例子就是基督山伯爵逐一向他的敌人揭示自己的身份，作为读者，早在读到故事的一半时就在等待并预先体味后来的结局了。

在双重揭秘机制中，读者与人物融为一体，与其同喜同悲，在真相大白时也与其一道大吃一惊。但若是单重揭秘，读者则将自身投射于作品中的人物，了解他的性格，想象他的秘密、沮丧和复仇的欲望，从而能够预测出之后的大反转。显然，读者希望在现实生活里，自己与敌人（例如可恶的办公室主任或背叛的女人等等）的抗争也能像基督山伯爵那样：“你不是一直瞧不起我吗？好吧，现在就让你知道我到底是谁！”看到这里，读者已然在舔着嘴唇，期待大结局的到来了。

若要来一个精彩的真相大白，“伪装”是必不可少的要素。乔装打扮的人物摘下面具的瞬间往往会让不知情的人物更加惊愕。而读者，要么与其中的人物一道大跌眼镜，要么就已识破伪装，津津有味地看着作品中的不知情者是如何呆若木鸡的。

假如所谓的真相“过多过滥”且“毫无价值”，那么无论是哪种揭示方式都会失去意义。事实上，这类“真相大白”的情节是一把双刃剑，必须谨慎设置，且应成为一段可信情节中的高潮点。《基督山伯爵》中的主人公是在不同的故事进展阶段，逐次知道自己曾是哪些阴谋的受害者的，这是一个极为罕见的高明例子。因为尽管真相大白了好几次，却没有让读者感到失望。然而，在通俗连载小说中，很多作者认为揭秘情节颇受欢迎便一用再用，导致作品的震撼力荡然无存，仅保留了些许安慰效果，仿佛为读者提供了某种毒品，令其渐渐上瘾，无法自拔。滥用“揭秘”的手法会产生某些非正常现象：“真相”对情节的推进毫无作用，反而沦为故事本身的一种广告，仿佛仅仅用来表明自身是一部出色的、物有所值的连载小说。蓬松·杜泰伊拉的《修院铁匠》中就出现过这种接连不断的“无用揭秘”，在此列举如下，凡是标有星号的，都属此类（而正如大家所见，大多数“揭秘”都带有此标记）。*杰洛拉莫神父向乔瓦娜表明身份，杰洛拉莫神父向马聚尔表明身份，*通过瓦罗涅斯的叙述，马聚尔女伯爵得知乔瓦娜是欧罗拉的姐妹，*看到母亲留在抽屉里的肖像画，欧罗拉得知乔瓦娜是自己的姐妹，欧罗拉在读过母亲的手稿后意识到老本尼阿米诺原来是弗里兹，*卢奇亚诺从欧罗拉处得知乔瓦娜是她的姐妹（且自己的母亲杀害了姐妹俩的母亲），*拉乌尔·德·拉·莫尔利耶尔认出布莱索的儿子是切萨雷，而马聚尔女伯爵则是自己的引诱者，*卢奇亚诺在决斗中打败莫尔利耶尔后，在他的衬衫下找到了一块绘有格雷特兴肖像的吊坠，*吉卜赛女郎通过波里托手中的吊坠了解到欧罗拉是自由的，*毕比发现吉卜赛女郎起诉的两位女贵族是乔瓦娜和欧罗拉，*保罗（即马聚尔的骑士）通过毕比向他展示的格雷特兴的吊坠（吉卜赛女郎从波里托手里拿到吊坠后又给了毕比）得知女儿欧罗拉就是他要逮捕的贵族，*毕比告诉保罗说他的女儿被错当成乔瓦娜而被捕，逃亡中的毕比得知从断头台上被救下的女子就是欧罗拉，马车上的毕比发现他的旅伴是达戈贝尔托，*达戈贝尔托从毕比处得知欧罗拉和乔瓦娜身在巴黎，且欧罗拉已身陷牢狱，波里托认出达戈贝尔托是曾在杜伊勒宫救过他性命的恩人，*达戈贝尔托认出了曾为他算命的吉卜赛女郎，*达戈贝尔托的医生得知奉“红色面具”之命赶到他身边的德国医生是他的老师，而后者也得知前者是自己的学生，且波里托是不久前在路上营救他的年轻人。几年之后，波里托认出那个与他说话的陌生人是毕比，且他们两人都认出了吉卜赛女郎以及她的助手柔伊，贝内德托再次找到并且认出毕比，＊保罗（多年精神失常）恢复清醒，并认出了贝内德托，毕比则被隐居的杰洛拉莫神父认了出来，＊马聚尔的骑士从杰洛拉莫神父处得知自己的女儿还活着，＊吉卜赛女郎发现她的大管家不是别人，正是毕比，＊（被卷入圈套的）共和党人发现自己曾把一个漂亮的德国女孩的父母送上断头台（人物的身份已在两页之前的文字中向读者揭示），＊吉卜赛女郎（受到了其他吉卜赛人的惩罚）意识到自己曾引诱并摧毁了卢奇亚诺、达戈贝尔托、欧罗拉和乔瓦娜等人。

不曾读过《修院铁匠》的读者（实在算是大幸）自然不了解其中千头万绪的人物纠葛，他们是否能够理清这一连串“大白的真相”其实并不重要，或许保持雾里看花的状态反而更好。因为相较于传统的连载小说，这部小说恰如一部电影，为了吸引《巴黎最后的探戈》的观众，干脆将整整一百二十分钟全都用来以故弄玄虚的方式展示那一百来号精神病院患者之间的千丝万缕的联系。类似的还有萨德的《索多玛的一百二十天》，其中好几百页的篇幅全部被用来铺展但丁以一句“他全身颤抖地吻我的唇”点到即止的内容。

蓬松·杜泰伊拉安排的“揭秘”情节不仅啰嗦得出奇，而且毫无意义，因为读者早已对其中人物的命运了然于心。当然，对于不挑剔的读者而言，这部小说好歹涉及了一点“性虐”的题材。至于作品里的人物，他们全都是“榆木疙瘩”，总是最后一个才知道读者和书中其他人物早就一清二楚的所谓隐情。

此种“榆木疙瘩”式的揭秘情节可分为两种，一种是“真傻帽”，另一种则是“被冤枉的后知后觉者”。如果说情节里的各种要素、数据、事件、密谈以及明确的线索都在促使真相大白，只有主人公始终蒙在鼓里，这就是典型的“真傻帽”。换句话说，作者安排主人公与读者同步知晓解开谜团的种种线索，至于为什么主人公始终不能恍然大悟，实在难以解释。说到屡遭作者批判的典型“榆木疙瘩”式人物，不妨看看警匪小说，其中总会有愚蠢的警员与神机妙算的侦探（对于线索的掌握进度通常与读者同步）形成鲜明对比。但在某些情况下，所谓的“后知后觉者”实属冤枉，因为情节的进展为主人公提供不了任何信息，读者之所以会有所察觉，完全是依靠对于通俗连载小说情节的推断。也就是说，读者根据通俗小说惯用的情节推测 X 先生一定是 Y 先生的儿子。然而，Y 先生对此是无法知晓的，因为他并没读过所谓的连载小说。

在《巴黎的秘密》中，盖罗尔斯坦公国的鲁道夫公爵算是一个典型例子。读者原本就知道他和萨拉·麦克格雷戈所生的女儿在年幼时被人带走，所以一读到他遇上了“夜莺”——温柔且毫不设防的玛丽花——就会立刻明白这个玛丽花不可能是别人，一定是他的女儿。但鲁道夫又如何才能想到他在阴暗的洞穴里偶然发现的年轻女子就是自己的女儿？所以他直到最后才恍然大悟，这也是合乎情理的。不过作者欧仁苏已经意识到了读者的疑心，所以在第一章的末尾，就提前揭开了谜底。这是一个典型的例子：作品的情节安排明显地受制于传统的文学模式和刊载周期。传统模式令读者能够猜想到最具有可能性的结局；而每周刊登，情节无限延展的连载形式则令作者不敢让读者将疑惑储存得太久，以免因时间过长而遗忘。所以说，欧仁苏只好解开这个疑团，在不过分增加读者记忆负担和紧张情绪的前提下展开新的迷局。

从小说的叙事艺术性来看，将好牌留到第二轮再出的做法无异于自杀。但事实上，当作者选择这种“昭然若揭”的叙述模式时，自杀就已经发生了：通俗小说不允许含混不清，哪怕在情节设置方面也不行。

另一类毫无意义的“揭秘”情节是“神秘人物的误导”。常见的通俗小说往往会在一开篇就引入某神秘人物，让读者摸不着头脑，在设置了充分的情节之后，作者揭开谜底：“读者认定为 X 先生的神秘人物其实是……”这是一种谈不上高明的叙事佐料，为读者带来些许廉价的惊喜。注意，在这种情形下，恍然大悟的主体并不是主人公（作品中的神秘人物非常清楚自己的身份，且通常会趁他人不备出现在黑黢黢的小巷或封闭的房间里），而是读者。倘若读者常常阅读连载作品，就能很快意识到所谓的神秘人物只是一种误导并能迅速猜出其身份，只是作者依旧坚持把读者当“榆木疙瘩”——因此，这种手段恐怕只会对那些愚钝的读者才能奏效吧。

然而，倘若从情节设置的角度来看，老套的手法只能构筑出老套的故事，但从心理享受的角度及认同感来看，这些手法却能起到奇妙的作用，因为读者的惰性需要被迎合，需要作者奉上一个他们已经猜到，或很容易猜到的谜底。

话说到此，我们不妨反思，陈旧的叙事技巧是否真的具有我在文章开头所说的魔力。答案是肯定的。我的一位女性朋友常常说：“每当电影里出现迎风飘扬的旗帜，不管是哪国旗帜，我都会哭。”还有的人，在评价《爱情故事》时如此写道：“面对奥利弗和珍妮的境遇，只有铁石心肠的人才会放声大笑。”此言差矣。即使长着铁石般的心肠，眼眶也会湿润，因为这是情感所起的化学作用。如果某种叙述手段是为了让读者流泪，那么无论何时，读者都会流泪。就算是最玩世不恭的公子哥至多也只能假装擦鼻子，偷偷拭去溜出眼角的泪水。你可以把《关山飞渡》（甚至是各种五花八门的模仿版本）看无数遍，但每到号角响起，第七骑兵团的勇士举起出鞘的宝剑，准备砍向杰罗尼莫那群胜券在握的乌合之众时，哪怕是最不通情达理的读者，他的心脏也会在细亚麻布的衬衫下剧烈地跳动。

既然如此，就算我们已知道谁会认出谁，也让我们自由地感受“真相大白”所带来的愉悦和激动吧，同时也让我们带着惊讶的神情来欣赏连载文学所呈现的种种手法：

“噢！”米拉迪站起身说，“我告诉你们，我一定会找到那个冤屈我的法官，我要找到真正的凶手。”“安静!”传来一个声音，“这个问题我可以回答。”身穿红色斗篷的男人走上前去。“这是谁？这是谁?”米拉迪大叫起来，害怕得差点背过气去。她的头发散开了，一根根倒竖在铁青色的脑袋上。“您是什么人?”所有在场的证人都喊了起来。“你们应该问问这个女人，”红衫男人答道，“瞧，她已经认出我了。”“里尔的刽子手，里尔的刽子手!”米拉迪咆哮着，极度的恐惧让她不得不双手扶墙，才不至于跌倒。这个三十年来在安德烈面前卑躬屈膝的男人昂首挺胸地站在那里，让那不孝子看着自己父亲的尸体，那个躺在门槛上的男人，说：“子爵大人，您的父亲杀害了您母亲的前夫，又把您的哥哥扔到海里。但这孩子没死：他就在这里。”说着，他指向了阿尔曼德。安德烈不由后退三步。“您的父亲，”巴斯蒂安继续说，“在临死前感到后悔，所以把原本打算留给您的财产全都留给了您的哥哥。这里不再是您的家了，而是阿尔曼德·德·凯尔格兹伯爵的家。”“请您离开!”阿尔曼德以主人的身份开口，安德烈只得服从——这或许是他生平第一次这么做。他如同一头受伤的老虎，慢腾腾地朝后退，脸上还带着威胁的神情。走到门口时，他朝窗口看了一眼——往常，他总在这里欣赏巴黎清晨的第一缕晨光——仿佛是向阿尔曼德发出了终极挑战，他高声喊道：“善良的大哥，走着瞧吧！看我们俩谁是最后的赢家：你是大善人，我是流氓恶棍，你是天堂，我是地狱……巴黎就是我们的战场。”说完，他昂着脑袋走了出去，嘴角露出一个邪恶的微笑。就这样，他一滴眼泪也没流，像邪恶的唐·乔万尼一样抛弃了那个已不属于他的家。忽然，他停下脚步，再次扫视着在场的来宾。客人们默不作声，嘴角早已没了微笑。“好吧，”他继续说，“这个小偷，这个杀人犯，这个折磨女人的狂魔我今晚已经找到了，就在一个小时前……他就在你们中间：就是他！”说着，他伸出手指向子爵。子爵立刻从椅子上跳了起来，面具脱落了。有人说：“阿尔曼德，那个雕刻师！”“安德烈！”阿尔曼德厉声喊道：“安德烈，你认出我了？”但就在那一刻，正当所有宾客都被这突如其来的可怕结局惊得呆若木鸡时，门开了，走进一个黑衣人。正如老仆人在众人狂欢正酣时通知毫无准备的唐·乔万尼其父亲的死讯那样，那黑衣人丝毫不顾及众宾客，径直走向安德烈，对他说：“您的父亲，将军大人，菲利波内伯爵卧病已久，现在他的病况危急，希望能见您最后一面。”报信的黑衣人忽然瞥见冲到安德烈面前试图阻止他的阿尔曼德，立刻大喊起来：“天啊！这活脱脱就是我的上校！”一个人出现在新人的房间门口。一见到他，菲利波内伯爵大吃一惊，他僵硬地朝后退了几步。来者是一个三十六岁的人，身材高大，身穿一件装饰着红色绶带的蓝色长礼服。那衣服是复辟时期的帝国士兵常穿的服装样式。那人的眼里闪着阴郁的目光，让他因愤怒而苍白的面庞更显傲慢。他朝菲利波内走了三步，菲利波内吓得步步后退。那人伸出手，指着他大声控诉：“杀人犯！杀人犯！”“巴斯蒂安！”菲利波内大惊失色。“没错，”那士兵说，“没错，我是巴斯蒂安，你以为你把我杀了，但我没死……被你杀害一个小时后，浑身是血的巴斯蒂安被哥萨克骑兵找到了；四年的牢狱之灾后，巴斯蒂安向你来讨还他的上校的血债，你的双手沾满了他的血。”在那可怕的人面前，菲利波内无言以对，继续向后退缩。此时，巴斯蒂安转向伯爵夫人，对她说：“夫人，这可悲的家伙，既杀死了自己的父亲，也杀死了自己的儿子。”听了这话，原本茫然的伯爵夫人立刻悲痛得发狂，她如猛虎般扑向杀害儿子的凶手，似乎想用爪子将他撕碎：“杀人犯！杀人犯！”她嚎叫着，“等着上绞刑架吧……我要亲手把你交给刽子手！”可就在那一瞬间，正当恶人被逼得一退再退，这位母亲却忽然感到了身体里的一阵踢腾。她大喊一声，又突然停了下来，脸色苍白，身体踉跄，她感到筋疲力尽……眼前，她要交给法律严惩的人，她要拖到绞刑架前的人，这个可恨又可悲的人也是她另一个孩子的父亲，此刻，这孩子正在她腹中踢腾。“是她！是她！”老人高喊着，将目光由马尔齐亚转向弗吉尼亚。只有他听懂了那个晕厥的女人的痛苦呼号。那女人因为习惯性麻木而倒下，又突然醒过来，似乎是要向自己进行一次重要的忏悔。一行清泪终于润湿了那张在多年的苦难中早已干枯的脸。出离惊愕好一阵的老埃利阿斯趁着众女宾抬起伯爵夫人的头喂她喝水的当儿将一根金色的项链呈在夫人的眼前。那项链上挂着一个精美的金质十字架，上面镶满了珍贵的钻石，光芒四射，令人无法直视。与此同时，老埃利阿斯还说出了两个名字：“弗吉尼亚和希尔维亚！”“希尔维亚！”伯爵夫人大叫一声，玻璃般的眼睛凝视着那精美的珍宝，仿佛那是一件护身符。随后，她精致的头颅歪向枕头一侧，犹如在沙漠的狂风中不再昂首挺胸的花朵。然而，对于这位被背叛的美丽女人而言，大结局的时刻还未来到。过了一会儿，她像被电击一般扭动起来，睁开眼睛朝马尔齐亚看去，那眼神饱含爱意，只有做母亲的才懂得欣赏。“我的女儿啊！”她喊了一声，再次晕厥。就在这时，一个裹着面部的男人急匆匆地冲进房间，跪在两位伤者的床之间，绝望地喊道：“对不起！对不起！”弗吉尼亚伯爵夫人似乎被那喊叫声刺激了。她直直地坐了起来，意识格外清醒。她朝她那可悲的、失魂落魄的丈夫看了一眼，悲痛地大喊：“马尔齐亚！马尔齐亚！那该死的人是你的父亲！”斯特法诺从口袋里掏出钱包，从中取出一封盖着大大的黑色封印的信，交到乔尔乔面前，对他说：“我亲爱的儿子，看看这封信……大声读出来……还有您，露琪亚·弗尔蒂尔，您也听听……”乔尔乔·达里耶尔颤抖着接过信，仿佛不敢破坏那枚封印。“念!”艺术家再次命令。年轻人打开信封，读道：“致我亲爱的乔尔乔。一八六一年九月，一个可怜的女人怀抱一个婴儿，出现在我位于舍夫里的私人诊所。那可怜的女人一路被监视、迫害，她身上背着三重罪名：谋杀、偷盗和纵火。她名叫贾尼娜·弗尔蒂尔……”念到这里，乔尔乔、露琪亚和卢奇亚诺·拉布鲁异口同声地尖叫起来，说出了以下这些话。“我……我……”乔尔乔语无伦次地说，“我是贾尼娜·弗尔蒂尔的儿子，而露琪亚……露琪亚……是我的妹妹!”说着，他抱住了妹妹的胳膊。“我的哥哥！……我的哥哥!”露琪亚惊叫着扑到了乔尔乔的怀里，而乔尔乔也紧紧地抱着她。“这是罪证！啊，母亲啊！……母亲啊！……上帝终于开眼了！如此关键的罪证，您以为它已经丢失了……它在哪儿?”“你母亲带着你来到舍夫里诊所的门口时，你拿着的那匹玩具马的腰上……”斯特法诺·卡斯特尔回答说。“您有证据吗？……”“这是她的死亡证……现在的保罗·哈尔曼特，那个百万富翁，大企业家，贾科莫·摩尔提美尔的前任股东，不是别人，正是贾科莫·加劳德!”马留斯粗暴地把自己的椅子拉到特纳尔迪耶尔身旁。后者注意到这个动作，依旧慢条斯理，仿佛一个将对手牢牢攥在拳头里的演说家，享受对方聆听自己话语时强烈的心跳：“出于与政治毫不相干的原因，这人不得不躲在下水道里居住。他有一把钥匙：我重复一遍，当时是六月六日，将近晚上八点。你们现在明白了：扛尸体的人是冉阿让，而拿着钥匙的人现在正与你说话；至于那上衣的布片……”特纳尔迪耶尔的话戛然而止，他从口袋里拿出了一块布满孔洞、染有深色污渍的黑色布头，用两个拇指和食指捏着，举在于眼睛相当的高度。马留斯站起身，面色苍白，几乎无法呼吸。他的眼睛紧盯着那块破布，说不出话来，眼神也不敢从那布头上挪开，不断朝墙壁退去。他的右手在墙上胡乱地摸索，想找到那片插在壁炉旁小柜子锁孔里的钥匙：他找到了，打开了柜子，把手伸了进去，目光却始终没有离开那块布头。与此同时，对方继续说道："男爵先生，我有足够的理由相信，被杀害的青年是一个被冉阿让拽入陷阱的富有的外国人，他有一大笔钱。""那个青年就是我，这就是那件衣服！"马留斯厉声说道，将一件沾满血迹的黑色旧上衣扔在地板上：随后，他从特纳尔迪耶尔手中夺过那块布头，蹲在那件上衣旁边，将它摆在衣服被撕坏的下摆处：撕裂的痕迹完全吻合，布头的确来自那件上衣。"上帝啊！"维尔福一脸惊骇地尖叫着，直往后退，这不是修士布索尼。"不！"修士撕下了假发圈，摇晃着脑袋和他黑色的长发。他的头发不再被发圈束缚，散落在肩头，在苍白的面孔周围形成轮廓。"这是基督山先生的脸！"维尔福惊叫着，神情憔悴。"您说的还不对，国王的检察官大人，您再往远处想想。""这是谁的声音！谁的声音！我在哪儿听过？""您在马赛听过，已经二十三年了。那天是您与圣梅朗小姐订婚的日子。您仔细想想。""您不是布索尼？您也不是基督山？我的上帝啊，您是那个藏在暗处的致命死敌！……我一定是在马赛得罪了您；噢，真该死！""没错，你的记性不错！"伯爵手臂交叉，摆在宽阔的胸前，"您想想，再想想。""我到底对您干了什么？"维尔福喊道，他的思绪时而清晰时而混乱，不知自己究竟是梦还是醒："我到底对您干了什么？您说啊！""您给我判了一个漫长而痛苦的死刑，您杀害了我的父亲，您夺走了我的自由、幸福和爱！""您是谁？您到底是谁？我的上帝啊！""我是一个可怜人的幽灵，您曾把那可怜的人埋在依夫城堡的地牢里。后来，这个幽灵从他的坟墓里爬了出来，老天给了他一张用钻石和金子做的面具，让他成了基督山伯爵，直到今天，才让您看到他的真面目。”“啊！我想起来了，我想起来了！”检察官猜测道，“你是……”“我是爱德蒙·唐泰斯！”基督山神情冷峻，令人生畏。他的眼里燃烧着火焰，迅速从近旁边的小屋用不到一秒的时间拽下了领带、外套和马甲；他身穿水手服，头戴水手帽，披散着黑色的长发，就这样走了回来，神色恐怖，怒气难掩。他双手交叉放在胸前，走到将军的面前。将军正等着他，听见他的牙齿咯吱作响，步伐沉重，不由往后退去，直到碰着了一张桌子作为支撑，才停了下来。“费尔南多！”他怒斥将军道，“关于我的一百个名字，我只要说一个，就能让你五雷轰顶；这个名字你一定猜得出来，不是吗？”将军扭过头，伸出手，目光惊愕，默不作声地品尝这出好戏：他背靠着墙，慢慢挪到门口，灰溜溜地退了出去，只留下身后一个如雷贯耳的声音：“爱德蒙·唐泰斯！”带着毫无人气的叹息，他一直走到院子里。他如醉汉般穿过院子，跌倒在仆人的怀里。“你现在后悔了吗？”一个阴沉而严肃的声音响起，让唐格拉尔毛发倒竖。他试图用模糊的目光看清眼前的物体，在那匪徒身后，他看见一个身披斗篷的男人，站在大柱子投射的阴影里。“我为什么后悔？”“为你曾经犯下的罪行！”那声音继续说。“哦，是的，我后悔，我后悔！”唐格拉尔大声说着，用干瘪的拳头敲打自己的胸脯。“既然这样，那我就饶恕你。”那人一边说，一边脱下斗篷。他上前一步，好让对方看清自己。“基督山伯爵！”由于恐惧，唐格拉尔的脸上呈现出从未有过的铁青色——无论先前是遭受饥饿还是其他灾难，他都不曾如此。“你错了，我不是基督山伯爵。”“那您是谁？”“我是你出卖、背叛、羞辱的人；是在你追求荣华富贵时被你践踏的人；我的父亲曾被你饿死；我本来也想让你死于饥饿，但我宽恕了你，因为我也需要宽恕：我是爱德蒙·唐泰斯！”随后，他发出一声恐怖的狂笑，对着尸体手舞足蹈。他疯了。[1]

噢，这一连串“真相大白”和“神秘误导”可真是过瘾啊！对此，就连阿基列·康帕尼勒也不能免俗，在《假若月亮赐我好运》的开头，他就带着超现实主义的幽默，写下了这样的文字：

> 二十世纪某一年的十二月十六日，那个冒着各种风险悄悄潜入故事开头那一幕发生的房间的人一定会无比惊愕地发现一个头发蓬乱、面色铁青的年轻人在房间里焦躁地踱步；没有人会认为那年轻人是法古乔医生——首先，他根本就不是法古乔医生；其次，他长得也不像法古乔医生。随着故事的进展，我们便会发现，我们提到的那个偷偷潜入房间的家伙，他的惊人发现其实毫无意义。那年轻人不过是在自己的家里走来走去，只要他愿意，便可随心所欲地想走多久就走多久。[2]

① 该段拼接而成的文字依序来自大仲马、蓬松·杜泰伊拉、朱塞佩·加里波第、哈维耶尔·蒙岱宾、维克多·雨果、大仲马（再次）和卡罗琳娜·伊韦尼齐奥的作品。——原注

② 阿基列·康帕尼勒：《假若月亮赐我好运》，见《作品集：1924—1933 小说》，米兰，彭皮亚尼出版社，1989 年，第 204 页。——原注

《尤利西斯》：我们的惦念*

许多年前，出了一部奇怪的小说（小说?）。由于这小说用英文这种不太普及的语言写成，所以过了许多年，读者依然寥寥无几。小说的作者名叫贾科莫·约伊斯，或者按照圭多·皮奥维内的写法，叫“伊奥伊斯”，再或者叫作“乔伊斯”。我尝试着向读者们汇报一下对于该书的读后感（鉴于许多文人手头都有该书的法译本），却感到千头万绪，大概是读了这部支离破碎的作品之后，自己的思绪也深受其害。所以我只能在此罗列一些零碎的观点，逐渐加以深化，同时标以序号，以便大家明白以下段落并非是以前因后果的逻辑关系为基础而逐一渐进的。

一、在意大利，该书与乔伊斯的其他作品一样，鲜为人知。即使在十分小众的圈子里，大部分人也只是在知识分子聚餐或沙龙上听闻其名。所以说，为数不多的几本《尤利西斯》（意译本为 *Ulisse*，这样恰好与荷马史诗中的英雄同名）只是在小范围内流传，极少被人借阅。无论多么努力想要读懂，最终也归于徒劳，只留下一种混乱茫然的印象，认为那是一部充满了污言秽语、七颠八倒且光怪陆离的作品。

二、不仅如此，早在阅读他的另一部作品《一个青年艺术家的画像》时，人们便在结尾处感到一切都变得支离破碎，无论是思想还是结构都粉碎成潮湿的碎末，如同受潮的火药粉一般。

三、在结束第一遍艰难的阅读之后，我们不用再为它搭上更多的时间就可以立即断定，这部《尤利西斯》谈不上是艺术作品。

四、谈到这部小说的手法，乔伊斯无非是采用了心理及文体层面上的“点画派”手法。由于该手法自始至终都无法构筑起整体情节，所以不光是乔伊斯，还有诸如普鲁斯特、斯韦沃等类似风格的作家都注定只能引起一时的关注，却无法长久。

五、旅居的里雅斯特的爱尔兰颓废派诗人乔伊斯之所以会被认为是斯韦沃的“伯乐”，这绝非出于偶然。无论如何，斯韦沃都算得上是最为接近被动式解析文学的意大利作家。这种文学由普鲁斯特发扬到了极致，如果说积极向上之人的作品才算是艺术品，如果说艺术家的价值大于一面镜子，那么这只能算一种二流艺术。

六、说到底，乔伊斯是意大利臭资产阶级低级趣味的传承者之一。感谢上帝，也感谢墨索里尼，意大利还不完全算是一个欧共体利益至上的、巴黎派头的资产阶级国家。

七、无论如何，塞纳河岸上还是有人愿意翻译这部作品的。读到最后一页的人一定会觉得恶心作呕，仿佛刚刚从一间装满了垃圾、住满了怪物的美术馆里走出来。乔伊斯就像是一阵如大雨般倾泻而下的烟尘，令人窒息。如果说其他的作品让你们期盼浪漫，让你们自觉是坠落的天使，那么这个铁石心肠的家伙则坚定地将你们定义为有着强烈情欲需求、钟情于凶残诡异的魔法的懒猪。那些曾让你们自豪的梦想无非是现实版的巫魔夜会，对于物质的痴迷将导致精神上的狂妄和放纵。我说过了，无路可逃……当然，他的作品包含极大的耐心，这种耐心几近疯狂、非常智慧，却并不天才。乔伊斯

* 本文发表于《藏书者年鉴：迟来的评论——关于古往今来著名、不著名、甚至无名文学作品的妙评文集》（米兰，洛维罗出版社，2009 年）。——原注

所说的真理无非是一些无关紧要的、暂时的真理，与我们的经验存在过于关联。

八、一位被众人称为“隐逸派”的诗人——翁加雷蒂——似乎曾研究过拉伯雷与乔伊斯之间的关系。毫无疑问，在两位作家所代表的两个不同世界（拉伯雷式的和乔伊斯式的）中的确存在着类似的“分崩离析”的现象。但通过这种有机的分裂，他们一个是表达关于想象、诗意表达及神话的经典力量，而另一个则是要表达关于现代智慧、品味、人性表达及心理学的经典力量。我要重申的是，拉伯雷的作品所体现的，是一个史诗主题的“分崩离析”，它会形成一部光怪陆离的、荒谬的、形而上的电影，一种流动的、不成形的、零散杂乱的、但却令人理得清脉络的物质；同时，它也体现了一群五花八门的人物之间的“分崩离析”——这些人物原本都是经典史诗里英勇无畏的英雄。这种“分崩离析”让上述所有元素都进行了某种非正常的、刻意形成的和超出正常尺度的“变脸”。而在乔伊斯的作品中，哪怕只是针对一个普通的事件、一种情感或心理状态（例如某人在早晨醒来），也要对所有的细枝末节进行无穷无尽的描写，描写其可能出现的分裂的结果，描写各种昏暗、古怪、相悖的幻象。他那复杂的想象力可以进行精确到原子和细胞的计算，将某人的思绪进行最为彻底的化学解析。简而言之，前者进入了一个超乎想象的荒谬王国，倚靠在纯粹由幻想搭建的建筑之上，后者则踏入了一片无与伦比的幻象大陆，只有随身携带着“最前沿智慧”的手术刀、放大镜和手术钳的人才敢于涉足。

九、也许我们可以将乔伊斯的作品归于心理解析的文学之列，但他作品中的某些特质却把他阻挡在此类作品的范畴之外。他追求的是本色的人，一种针对情感的粗线条塑造，论其深度，可以说极为肤浅。正如先前的评论所说，它的作品是混杂着愚蠢、偏见、模糊的文化记忆、脆弱的感性主义和性强权的一团污泥。对他来说，心理解析只是一种手段，他本可以好好利用这一手段，使自己不在出发点和最终结果之间的尴尬地带流亡，但他在该领域的研究仅限于科学范畴，而不属于文学范畴。很显然，从文学史的角度来看，他属于一个早已被人尝试过的老旧流派，充其量只能算是陀思妥耶夫斯基、左拉以及塞缪尔·巴特勒（有那么一点类似）的一个迟到且蹩脚的模仿者。

十、对于某些人而言，普鲁斯特和乔伊斯是某个历史时期的代表人物，并且代表那个时期的最高成就。但我们应该清楚地认识到，对于今天的我们来说，他们并不能体现现实的精神性：他们在作品中表达的那种特殊的世界观于我们并不具有价值，因为它与当时的思维方式和文化状况紧密相连，是那个年代的产物。当我们要求读一本“集体主义的小说”时，我们希望看到的是一本能够以全新的角度分析我们日常生活中人际关系、社会交往以及爱与生活的小说，它所采用的全新视角能为我们构筑一种全新的道德标准和方式，去解决生活中的问题。我们已经表明了我们的道德标准，它应融入我们的社会环境，成为我们在其中应对的必要选择（因为我们时刻都身处各种各样的团体之中），还应是我们安排生活的新方式。同时我们也表明，正因如此，我们才要反对以任何形式宣扬个人主义和资产阶级情调的颓废小说（自传主义、满足型的日记主义、关于自我认识的心理主义）。

十一、事实上，阿尔卑斯山以北的许多作家，如詹姆斯·乔伊斯、大卫·赫伯特·劳伦斯、托马斯·曼、朱利安·赫胥黎和安德烈·纪德都曾为了那些精巧花哨的杂技而牺牲诗歌的真实性和严肃性……这些所谓的“欧洲”艺术家们的脸上全都不谋而合地挂着一种恶魔式的微笑：真相明明就在眼前，他们却要与之耍弄。他们所掌控，并且不惜冒着风险去把玩的真实是一种诗意的真实，是他们纯真的情感。他们不约而同地要去把玩这巨大的财富。虽然各有各的手段，但却遵循同一条准则。他们似乎是想建造一座富于智慧的谎言之塔。正因为如此，乔伊斯才能创造出那些夸张离奇的东西，仿佛逼迫一头羊生出一只狗崽。

十二、显然，乔伊斯是着了魔，他幻想着把所有理念都集结起来。上个世纪末，瓦格纳的音乐思潮四处蔓延，而乔伊斯则把这种潮流引入了文学界，妄想像创作一页真正的乐谱一样来创作散文，简直是愚昧之举！乔伊斯编织了一系列主导动机①，又通过密密麻麻的隐喻对照让人不识庐山真面目。不仅如此，他还想把篇章冠以不同的色调，这里是红色，那里是绿色，如此等等。这种对于不同门类艺术的混杂"羞涩地"始于波德莱尔，后来，在兰波发表了那篇用不同的色彩来命名元音的十四行诗②之后，这一点成为颓废派的共同特征。五光十色的听觉，词汇的交响曲……正如大家所知，在这条道路上，我们最终到达了用碎报纸和酒瓶底拼凑图画的程度。乔伊斯的语言是一种吊儿郎当的语言——请允许我在此玩一玩乔伊斯的文字游戏——流氓的语言……总之，乔伊斯是被世界语的恶魔勾魂摄魄了。

十三、问题在于要超越托马斯·曼的共产主义化小说。对于谦卑的爱德华·杜雅尔丹发明的内心独白，乔伊斯只是将其转化成了一摊零碎的语言，把原本好好的词汇化解为一种自由的语言，词义富于动态，随机应变，这是由我们的未来主义者，法西斯统治下真正的艺术家们勇敢发明的语言。

十四、一个人不应放弃自身的民族性。急于求成的乔伊斯很快就投身于新的艺术国际主义，放弃了真正的情感现实，在他的最新作品中表达了一种对于自身所属的民族精神的错误反叛，四处散布对

---

① 指贯穿整部音乐作品的动机。
② 指兰波十七岁时创作的《元音字母》，又名《色彩十四行诗》。

于本国民族、语言和宗教的讽刺。从《一个青年艺术家的画像》开始，他就鄙视自己的人性，回归到混沌、混乱的梦境和潜意识当中。他被自己内心的恶魔活活掐死，作为某种意义上的精神分析家，他费尽心机地把自己的准则强行嫁接到弗洛伊德的世界里，但却是徒劳无功。那是一种支离破碎的精神，不去强调永久的价值，却试图去抓住那些转瞬即逝的瞬间。这个爱尔兰人表达的是一种女性化的态度，这并不是因为他作为一个希腊化的艺术家的朴实的热情，而是因为他作为一个伪知识分子的狂妄和傲慢，他的一只脚踏在生理退化的进程中，另一只脚则踩在疯人院里。没有人能不把这所有的一切看作清仓货，把他本人看作淫秽书籍的贩卖者。乔伊斯是现代颓废派的典型代表，是人类文学史上的一个化脓感染的细胞。何以证明？因为他所倡导的反古典主义通过具有拉丁特点的语言使古代与现代相对立，同时又对这种语言冷嘲热讽。在他所倡导的反叛过程中，他采用了不纯洁的、颠覆性的语言，将古罗马文化从神坛上拽下来，用犹太式国际主义的镀金偶像取而代之。多年以来，这种国际主义支撑着过多的现代派思想。事实上，乔伊斯一直是这个犹太组织的追随者。该组织抛出过许多理念和代表人物，长期以巴黎为据点。乔伊斯反对一切具有拉丁特性的事物，包括罗马帝国和天主教会的文化，他是处心积虑的反拉丁主义者。他对于罗马帝国和教皇的冷嘲热讽夹杂着滑稽而卑鄙的举动，倘若这些文字没有让人隐约看出他巧妙掩饰的对于以色列之子的诱惑，也许就不会如此惹人讨厌了。

十五、难道当代小说非要从一潭死水堕落为一潭臭水吗？难道意大利，这个道德革新和精神复辟的策源地，就偏偏要向乔伊斯顶礼膜拜吗？在他的眼里，西方文化所倡导的一切道德、宗教、家庭观和社会观、品质、责任、美感、勇气、英雄主义、牺牲精神以及本真的人性都已丧失无遗，只剩一条犹太主义的蛀虫在摧毁一切！

十六、这就是事实。尽管诸如科拉多·帕沃利尼[1]、安尼巴莱·帕斯托雷[2]、阿代尔基·巴拉托诺[3]，甚至蒙塔莱、西尔维奥·本科[4]、利纳蒂[5]、切基[6]和潘农齐奥[7]等人都在替乔伊斯辩护。最后，帕侬乔还曾表达过一个精彩的观点："意大利文学的真正问题在于它已一次性变成了欧洲文学，嫁接在粗壮的外国文学的树干上，并表现出独特的气质，对于我们周围那些值得观察、值得热爱以及值得承受的现实有话可说，而不是针对'特蕾莎修女'或'米凯莱大叔'之类毫不值得同情的事件无病呻吟，也不是对于玄妙之旅、无用回归、或郊区电车之行的动听描写（这文学里有多少行程啊）！"

十七、对于新意大利精神的屠杀恰恰就表现在叙述性散文之中。伊塔洛·斯韦沃——三代犹太血统——是始作俑者，直到有着六代犹太血统的阿尔贝托·莫拉维亚，恰好织成了一张可悲的网，将社会污浊底层的"下九流"全都一网打尽：那些家伙甚至不配称作人，他们意志薄弱，深陷在低级而肮脏的感性之中，无论身体上还是道德上都是百病缠身……而说到所有这类小说家们的导师，他们就是那些歇斯底里的疯子，他们的名字是马塞尔·普鲁斯特和詹姆斯·乔伊斯，骨子里的外国人、犹太人，根深蒂固到头发尖的失败主义者。

注：

除了承上启下的过渡性文字，上述评论文字均摘自二十世纪二

---

① Corrado Pavolini（1898—1980），意大利作家、导演和文学评论家
② Annibale Pastore（1868—1956），意大利哲学家和实验主义逻辑学家。
③ Aldechi Baratono（1875—1947），意大利哲学家和政治家，两次世界大战期间意大利社会党领袖。
④ Silvio Benco（1874—1949），意大利作家、记者。
⑤ Carlo Linati（1878—1949），意大利作家。
⑥ Emilio Cecchi（1884—1966），意大利文学评论家和艺术评论家。
⑦ Mario Pannunzio（1910—1968），意大利记者和政治家。

三十年代的相关评论文章，出处依次如下：

一、卡罗·利纳蒂：《乔伊斯》，《晚邮报》，一九二五年八月二十五日。

二、《〈一个青年艺术家的画像〉手稿读后感》，一九一六年。

三、圣蒂诺·卡拉梅拉：《反乔伊斯》，《巴雷蒂》杂志，一九二六年第十二期。

四、瓦伦蒂诺·皮科利：《乔伊斯，何许人也？》，《意大利画报》，一九二七年第十期；《二战后的意大利小说》，《文字与书籍》，一九二七年第四期。

五、圭多·皮奥维内：《小说家》，《文字与书籍》，一九二七年第九期、第十期。

六、库尔齐奥·马拉帕尔泰：《怪异之国和怪异之城》，《野性》，一九二七年。

七、乔万尼·巴蒂斯塔·安焦莱蒂：《诗意的光环》，《文学博览》，一九二九年七月七日。

八、埃利奥·维托里尼：《乔伊斯与拉伯雷》，《新闻报》，一九二九年八月二十三日。

九、埃利奥·维托里尼：《精神分析文学》，《新闻报》，一九二九年九月二十七日。

十、卢恰诺·安切斯基：《集体创作小说与集体主义小说》，《安布罗斯》杂志，一九三四年五月十七日。（别忘了，当时安切斯基二十三岁，当他开始接受法西斯主义教育时，年仅十岁。此后，安切斯基将成为意大利战后文坛中最猛烈的先锋派运动的倡导者。）

十一、维塔利亚诺·布兰卡迪：《欧洲小说家眼中的意大利小说》，《我们的作家》，米兰，蒙达多利出版社，一九三五年。

十二、马里奥·普拉兹：《评〈尤利西斯〉》，《新闻报》，一九三〇年八月五日。

十三、菲利普·托马索·马里内蒂等，《合成小说》（现为《未来派理论及创造》），米兰，蒙达多利出版社，一九六八年。

十四、埃尼奥·焦尔詹尼：《关于詹姆斯·乔伊斯的调查》，《珀尔修斯的结局》，一九三四年。

十五、雷纳托·法梅亚：《乔伊斯、普鲁斯特和现代派小说》，《罗马子午线报》，一九四〇年四月十四日。

十六、马里奥·潘农齐奥：《小说的必要性》，《试金者》杂志，一九三二年第六期。

十七、朱塞佩·比昂多利洛：《文学中的犹太主义》，《萨丁团结报》，一九三九年四月十四日。

上述所有资料均摘自于乔万尼·钱奇的《乔伊斯的意大利之运》（巴里，亚德里亚蒂卡出版社，一九七四年）。

岛屿缘何总难寻*

传说中的乌托邦往往位于岛屿之上（祭司王约翰的国土可谓特例）。岛屿听起来总有一种难以描述和无法企及的味道。即便有人偶然造访，一旦离开，便无法再次找回。所以说，只有在小岛上，人们才能创造出神话般的完美文明。

尽管希腊文明兴盛于群岛，对诸多岛屿不可谓不熟悉，但只在某些神秘的小岛上，尤利西斯才遇到了喀耳刻、波吕斐摩斯和瑙西卡；在罗德岛的阿波罗尼奥斯笔下，《阿尔戈英雄纪》的主人公们发现的也是一系列岛屿；圣布伦丹在他的《航行》中停靠的岛屿名叫“福祉岛”或“幸运岛”；托马斯·莫尔的乌托邦之城还是一座岛屿；十六至十七世纪，繁盛于岛屿的神秘文明是人们津津乐道的话题：从富瓦尼的南半球岛屿到维拉斯的塞瓦兰岛；“邦蒂号”上的哗变者曾在一座小岛上寻找失落的天堂（无果而终）；凡尔纳笔下的尼摩船长亦在岛上生活；史蒂文森和基督山伯爵的宝藏更是藏匿于一座岛屿，这类例子不胜枚举。除此之外，还有一些恐怖的虚幻岛城，例如莫洛博士的兽人岛和詹姆斯·邦德登上的诺博士岛。

岛屿的魅力究竟从何而来？从字面上看，“岛屿”（isola）这个词代表与世隔绝之地。但原因并不止于此——马可·波罗和柏朗嘉宾也曾穿越荒无人烟的陆地，在已知的文明社会之外找到过新的世界。

岛屿之所以诱人，更重要的原因在于，直到十八世纪人类有能力确定经度以前，人们都只能在偶然的情况下与某个岛屿不期而遇，接着像尤利西斯那样，从那里逃之夭夭，但若想故地重游，却绝无可能。于是，从圣布伦丹开始（一直到戈扎诺所处的年代），所有的岛屿都成了“失落岛”。

正因为此，十五、十六世纪期间描述岛屿文明的书籍才会格外受到青睐。那是一些记录世界岛屿的文献集，其中的某些岛屿人尽皆知，另外一些则只依稀存在于神话之中。这些文献总想尽可能精确地描述岛屿的地理位置（不似前一个时期，仅把岛屿描述为“传说中的某片土地”），讲述的口吻也介于传闻和航海日志之间。有时，岛屿文学的作家们也会出错。例如，他们一直认为塔普拉班和锡兰是两座不同的岛屿，（如今我们知道）其实它们是同一回事——但这又何伤大雅？无论如何，他们都描绘了一些不为人知，或者说鲜为人知的地理情况。

随后，十八世纪的航行日志开始盛行起来：库克、布干维尔、拉佩鲁兹……他们也都热衷于寻找岛屿，但他们都十分谨慎、忠实地描述自己的见闻，不再轻信以往的传言。这就属于另外一种情形了。不管怎样，他们寻找的要么是“未知的南方之地”之类不存在的岛屿（所有的地图都会提及该地点），要么就是某人曾经去过，但再也没能重返的岛屿。

就这样，我们对于岛屿的遐想一直飘忽着延续到了今天。这些幻想中的岛屿及其相关传说分为以下几类：第一，不存在的岛屿——“无中生有”的传说；第二，重叠的岛屿——“过度叠加”的传说；第三，找不到的岛屿——“扑朔迷离”的传说；第四，无法再次登

* 本文是在2010年卡洛福泰的岛屿研讨会发言稿的基础上完善而成的，收录于《藏书者年鉴：沿着圣布伦丹的足迹》（米兰，洛维罗出版社，2011年）。——原注

临的岛屿——“失落之岛”的传说。这就牵涉到四种类型的故事。

第一种属于童话故事。通常来说，关于岛屿的童话又分为两种情形：第一种要求读者（将所有的质疑统统放到一边）假装相信某座岛屿的存在，例如凡尔纳和史蒂文森笔下的岛屿。第二种情形，作者描述的岛屿是否存在无关紧要，只起到增加故事趣味性的作用——例如小飞侠的梦幻岛。好了，这类没有任何特征的岛屿不是我们今天关注的话题，原因很简单：谁也不会去寻找这样的地方。孩子们不会远涉重洋去找铁钩船长的岛，大人们也不会去找尼摩船长的岛。

出于同样的考虑，对于重叠的岛屿我也只略谈一二。再说，相关的例子也只有锡兰岛和塔普拉班岛。对此，塔尔齐西奥·兰乔尼已经在一篇关于岛屿文学的文章①中详述过了，各位若是感兴趣，不妨一读。

今天我要谈论的，是对无缘重返的岛屿的深深遗憾。因为从情感角度来看，那座不费吹灰之力、在哪儿都能找到的塔普拉班岛实在无法象征“绝恋”，至多只能代表一种“花花公子式的滥情”——毕竟上面画着塔普拉班岛的地图已经有一千零三种之多了。

根据普林尼的说法，塔普拉班岛是在亚历山大大帝时期发现的，此前，它一直被笼统地称为“对跖之地”②，并被视为“另一个世界”。普林尼所说的其实就是锡兰岛，这一点可以从托勒密的地图（至少是十六世纪的版本）中推论出来。塞维利亚的伊西多尔也将该岛的位置定义在印度南面，但他只说该岛宝石遍地，每年有两冬两夏。《马可·波罗游记》倒是没有提及塔普拉班岛，锡兰岛（Ceylon）

---

① 塔尔齐西奥·兰乔尼：《藏书者年鉴：岛屿文学作家一览》，米兰，洛维罗出版社，1992年。——原注

② 球面上任一点与球心的连线会交球面于另一点，亦即位于球体直径两端的点，这两点互称为对跖点。也就是说，从地球上的某一地点向地心出发，穿过地心后所抵达的另一端，就是该地点的对跖点。

的名称也变成了“塞兰”(Seilam)。

图一：过去的塔普拉班岛

这两座岛屿之间的重叠现象清晰地出现在曼德维尔的游记之中。他在两个不同的章节对这两座岛屿进行了描述。其中，关于锡兰岛的位置，作者语焉不详，但他明确地指出整座岛屿的周长足足有八百英里。

> 岛上到处是蛇、龙和鳄鱼，没有人敢在那里生活。鳄鱼是一种蛇，它们呈黄色，背部发光，有四只爪子和粗短的臀部，它们的指甲很长，像鹰爪，也像马刺。有些鳄鱼长五个手掌，

有的长六个手掌，还有的长达十个手掌。当它们爬经沙地时，会留下仿佛粗壮树干拖拽过的痕迹。这里的野生动物还有许多，包括大象。岛上有一座高山，高山的中央有一片大湖，湖水很深，湖边有美丽的平原。按照当地人的说法，亚当和夏娃被赶出伊甸园之后，就在那座山上哭泣，湖泊就是他们的眼泪汇聚而成的。湖底有许多宝石和大颗的珍珠。湖边生长着茂密的灯芯草和粗壮的芦竹，其中常有鳄鱼、蛇和大型蚂蟥出没。这个国家的国王每年都会允许穷人跳到湖里，采集一次宝石和珍珠。由于水里有爬行动物，人们在下水前会先用一种从“柠檬”中提取出来的液体涂抹手臂和腿脚。这种叫柠檬的果实与小豌豆很类似。这样一来，他们就不怕鳄鱼和其他有毒的爬行动物了……这个岛上还有长着两个脑袋的野鹅。①

至于塔普拉班岛，曼德维尔说它位于祭司王约翰的国土附近。当时，曼德维尔还没有如后人意识到的那样，将祭司王约翰的国土定位于埃塞俄比亚，而是放在了印度周边，尽管祭司王约翰所指的“印度”常常与“人间天堂”所在的远东相混淆。无论如何，塔普拉班位于印度附近（即红海汇入大洋之处）。与伊西多尔所言相仿，曼德维尔笔下的塔普拉班岛有两冬两夏，岛上还耸立着由巨型蚂蚁守护的巍峨金山。

蚂蚁像狗一样大，谁也不敢靠近金山，否则就有可能被它们突然袭击甚至一口吞掉。所以说，只有特别狡猾的人才能采到那山上的金子。当天气十分炎热的时候，蚂蚁会待在地下，

① 约翰·曼德维尔：《游记，或关于世上最高贵美丽之物的记录》，米兰，试金者出版社，1982年，第135—136页。——原注

从早上一直休息到午后。这时，当地人就牵着双峰驼、单峰驼、马和其他家畜，尽可能麻利地多装些金子；然后趁着大蚂蚁爬上地面以前，骑着跑得最快的牲口赶紧逃走。当天气不那么炎热时，蚂蚁就不会钻到地下休息。这时，当地人便想出另外一种办法来挖金子。他们会利用那些刚刚下过崽儿，还必须跟小马驹待在一起的母马，故意往它们身上搭上两只敞开的空篮子，让篮子垂到地面的高度。随后，他们把母马赶到山上吃草，把马驹留在家里。那些蚂蚁一看到篮子，就会立刻跳起来：因为它们生性就看不得空空如也的容器。它们会不管三七二十一，立刻用周围的东西——当然是金子——来填满篮子。当地人一看篮子已满，就会放出马驹，让它们对母亲嘶鸣，此时，母马便会驮着两只装有金子的篮子飞奔回马驹的身旁。①

从此刻开始，塔普拉班岛就像陀螺一般，在一个又一个地图绘制者手中不断变化位置，从印度洋的一端转到另一端：有时单独出现，有时与锡兰岛同时出现。在某一段时期，它与苏门答腊岛合二为一，但在另外一些地图中，它却位于苏门答腊和中印半岛之间，婆罗洲附近。

博拉齐在他的《世界名岛》（一五七二年）中提到了塔普拉班岛的遍地财富、神奇大象以及大型乌龟，还有西西里的狄奥多罗斯赐予其居民的一大特征：他们都生有一种分叉的舌头（“从底部分叉：用其中一条跟一个人说话，另一条跟另一个人说话”）。

然而，在描述过种种传闻之后，作者却向读者致歉说他从未找到过该岛的确切地理位置。最后，他这样写道：“从古至今，尽管提

① 约翰·曼德维尔：《游记，或关于世上最美丽高贵之物的记录》，米兰，试金者出版社，1982年，第203—205页。——原注

及该岛的作者不在少数，却没有任何一位指出过它的边界：对此，我也应该表示歉意，因为这也不符合我惯常的研究风格。”至于塔普拉班岛和锡兰岛是不是一回事，博拉齐显得疑虑重重：

> （根据托勒密的描述）该岛最初名叫“西蒙迪”，后被称为“萨利切”，再后来又更名为塔普拉班。某些现代学者认为它是今天的苏门答腊岛。当然，也有人说它是今天的“泽兰岛”(Zeilam)。……但也有一些现代学者认为古人对于塔普拉班岛的各种定位全都是错误的，他们所说的任何一座岛屿都不可能是塔普拉班。

如此一来，塔普拉班就逐渐由一座“重复的岛屿”演变成一座“不存在的岛屿”。例如托马斯·莫尔就将假想中的乌托邦定位于“锡兰岛和美洲大陆之间”，而康帕内拉则让自己的太阳城耸立于塔普拉班岛上。

现在，我们来看看曾引发人们痛苦追寻和长久怀念的“不存在的岛屿”。

自然，那些或有或无的岛屿都是在史诗中出现过的。例如尤利西斯登临过的岛屿就曾催生了一门学问，专门研究众多岛屿所对应的真实地理位置。又如亚特兰蒂斯的神话也激发了一阵方兴未艾的研究（出现在关于神秘现象的杂志上和糊弄傻子的电视节目里）。然而，在人们的脑海中，亚特兰蒂斯毕竟是一整片大陆，而且大家很快就接受了它已沉入大海的说法。所以说，人们只是在不断地将它神化，而非针对它进行研究。

至于“有待探寻的岛屿”，第一个例子应该是在圣布伦丹的《航行》里提到的。

圣布伦丹和他的神秘水手们曾造访过不少岛屿：鸟岛、地狱岛，还有那座曾囚禁犹大的岛屿——它最终变成了大海中一块孤零零的礁石。另外，圣布伦丹还曾停靠在一个貌似岛屿的家伙旁边：它蒙蔽了水手辛巴达。直到第二天，船员生起的火堆激怒了那个家伙，大家才发觉它根本不是一座岛屿，而是一只名叫塞康利斯的可怕海怪。

图二：岛鱼塞康利斯

说到令后人浮想联翩的岛屿，要数“福祉岛”了。那可是一座人间天堂，圣布伦丹的水手在历经七年的磨难之后才找到那个地方。

> 那是一方宝地，远非其他地域能比。它风光旖旎，令人心醉神迷，其中蕴藏的奇珍异宝更是数不胜数。岛上的河流清澈，淙淙流淌；树木青葱，果实累累。玫瑰、百合、紫罗兰争奇斗艳，花草芬芳。燕语莺啼，甜美柔和：一派春意盎然的明丽景象。岛上的道路蜿蜒迂回，全都用宝石铺就而成。只要亲眼所见，人们无不欢欣。各种家畜与野兽怡然自得，人们互相以诚相待，从不以恶言恶行相向，就连鸟兽之间也和谐相处。葡萄

园里的藤蔓葱郁，结出的葡萄无论从外形还是味道上都更胜其他品种一筹。①

圣布伦丹发现的这座天堂岛着实令人心动（无论是亚特兰蒂斯，还是奥杰吉厄岛以及费阿刻斯人的海岛都不曾产生类似的效果），在整个中世纪，甚至是后来的文艺复兴时期，人们都坚信它的存在。埃伯斯多夫等人绘制的世界地图中都能看到圣布伦丹所说的这座岛。在托斯卡内利为葡萄牙国王绘制的地图上，该岛位于海的中央，恰巧就在西行前往日本的路途之上，也就是后来的美洲所在。

早些时候，该岛所处的纬度与爱尔兰相当。在更近一些的地图中，它逐渐南移至加那利群岛或“幸运岛”的位置，而人们又常常将后者与一座名叫圣布伦丹的岛屿混为一谈。于是，它有时与马德拉群岛重叠，有时又与另外一些不存在的岛屿相混：例如十六世纪时，佩德罗·德·梅迪纳就在《航海的艺术》中将该岛与神秘的安提利亚岛相提并论。在贝海姆于一四九二年绘制的世界地图中，这座天堂岛的位置明显靠近西方，位于赤道附近。早在那时，它就已经有了“失落岛”的名称。

十二世纪时，欧坦的洪诺留在他的《世界图志》里将这座岛屿描述为最令人心旷神怡的一座岛。它鲜为人知，即使曾被造访，也从未被再次登临。（“大洋之中，有岛名曰‘失落岛’。此岛不为人知，但其风景之优美，土地之肥沃，皆在其余诸岛之上。此岛人迹罕至，即使偶有造访，却不曾被人再次登临，故名曰‘失落岛’。”）到了十四世纪，皮埃尔·贝绪尔也曾用类似的语句来描绘“幸运岛”。

然而，认为能够再次找到“失落岛”的想法依然存在，一五一九年六月的《埃武拉条约》便是证明。当时，葡萄牙的曼努埃尔一

① 圣布伦丹：《航行》，米兰，彭皮亚尼出版社，1975 年，第 229—231 页。——原注

世与西班牙约定放弃他对加那利群岛的所有权利，其中就明确提到“失落岛”或“隐秘岛”也包括在其中。一五六九年，赫拉尔杜斯·墨卡托绘制的地图里仍旧标注了这座神秘岛屿的位置。一七二一年，最后一批探险者也是以这份地图为依据开始了寻岛之旅。

圣布伦丹岛并非是一座不存在的岛屿——因为确实有人曾经造访，但它却是一座失落的岛屿——因为从未有人能够再度登临。如此一来，它就代表了某种“难偿之愿”，与真正的爱情故事、萍水相逢以及那个失去了心爱劳拉的神秘的日瓦戈医生颇为相似。令人撕心裂肺的爱情并不是从未动过真格的单相思（这就好比根本不存在的岛屿，或者说少男少女们对于爱情的幻想），而是曾一度降临，却又永久消失的情感。

然而，岛屿为什么总会找不到呢？

在古代，星星是水手们唯一的参照物。他们依靠星盘或十字测天仪确定某颗星相对于地平线的高度，并推断出其与天顶的距离。由于通过天顶距加减赤纬就能得知地球上的纬度，因此，只要知道那颗星的赤纬，水手们就能算出自己所处的纬度，从而明白自身位于某个著名参照点的南面或北面。然而，要找到一座岛屿（就更别说其他的地方了）光知道纬度是不够的，还得知道经度。众所周知，纽约和那不勒斯位于同一个纬度上，却不在同一个地方，因为它们的经度不同，即处在不同的子午线上。

直到十八世纪末，这个问题一直困扰着水手们，他们没有可靠的工具来确定经度，即确定自己究竟位于某个参照物的东边还是西边。

相应的情形就发生在所罗门群岛（这也算是“失落之岛”的著名案例）。相传所罗门王的宝藏就藏在这里。早在一五二八年，阿尔瓦罗·德·萨维德拉就开始寻找这些岛屿，结果却一直在马绍尔群岛和阿德默勒尔蒂群岛之间徘徊；然而，一五六八年，阿尔瓦罗·

德·门达尼亚却到达了这片群岛并为其命名，只是从此以后就无人有幸再次登临，就连门达尼亚本人在时隔三十年之后，与佩德罗·费尔南德斯·奎罗斯再度前往时，也没能重返故地，而是差之毫厘，在东南面的圣克鲁斯岛登了陆。

继他之后，其他人也遭遇了类似的情形。十七世纪初，荷兰人创建东印度公司，在亚洲建立了巴达维亚城，将其作为探索东方的基地。他们触到了新荷兰①，却没有找到有关所罗门群岛的任何踪迹。无独有偶，英国的海盗们发现了一些很可能位于所罗门群岛东侧的陆地，对此，圣詹姆斯宫毫不犹豫地赐予其贵族封号。至于所罗门群岛，再也无人寻得其影踪，以至于许多人都将其归为传闻。

门达尼亚曾到达过所罗门群岛，却记错了它的经度。不过就算他在老天的帮助下作出了正确的标识，其他水手（包括第二次探险途中的他本人）也无法清晰地找到那条经线究竟位于哪里。

在好几百年的时间里，众多欧洲航海大国一直在寻找某种能够"固定地标"的方法——对于这所谓的"punto fijo"②，塞万提斯曾进行讽刺——他们不惜斥重金悬赏那些能够提出可靠办法的人。于是，航海家、科学家和其他疯狂的家伙们提出了各种五花八门的法子：有的依靠月蚀，有的依靠磁针，还有所谓的船舶测速器，而伽利略则提出了以观测木卫食为基础的方法，因为木卫食经常发生，一晚可以观测到多次。

然而，所有这些办法都显得不够可靠。其实，可靠的办法自然是有的：在船上放置一座钟，令其显示某个具有明确经度地点的时间，同时确定海上某地 X 的时刻。由于自古以来地球就被划分为三百六十个经度，因此，太阳在每小时就前进十五度。这样一来，通

---

① 今澳大利亚西部海岸。

② 西班牙语，定点。

过两地的时间差，就能推断出两地的经度差值。举个例子，如果船上的钟显示巴黎时间为正午十二点，同时又可了解到海上某地 X 的时间为下午六点，由于每一小时相当于十五度经度差，就可推测出 X 地的经度与巴黎相差九十度。

要确定参照地点的时间并不难，但要让钟表在船上一直保持精确却几乎是不可能的事情。且不说当年利用沙子和水计时的钟表必须处于静止的平面上才能运转，就算是机械钟表，随船在风浪中震荡了几个月之后，也不可能保持完全精确。然而，若要用来指示经度，这钟表就必须准确无误，否则四秒钟的误差就会引起一度的偏离。

当年的某些航海日志曾提到一种建议，即使用“交感粉末”（参见《昨日之岛》第十六章）。这是一种神奇的物质，只要涂抹在曾制造创伤的武器上，就能通过散布在空气中的血微粒（类似于原子弹效应），引起伤口的反应——哪怕此时武器和伤口相距甚远。长期使用这种物质能够治愈伤口，但最初的反应却是狂躁和剧痛。

因此，有人决定把一只受伤的狗带上船，同时每天在某个固定时刻用这种药粉涂抹击伤狗的武器。这样一来，船上的狗就会因痛苦而狂吠，而水手们就能了解当时出发地的相应时间。[①]

关于这个故事，我在《昨日之岛》中进行了详述。但我仍想在这里引述一段，因为说到底，关于这则扑朔迷离的传闻，只有我本人在这本书中描述了整个过程。

> 一天早上，有个水手从桅杆上面摔了下来，跌破了头盖骨，引起船上一阵骚动。罗伯托趁着伯德被人召去照顾伤患的时候，

① 关于“交感粉末”，当年曾有许多文学作品提及，包括凯内姆·迪格比的作品（例如《交感剧场：关于交感粉末在宏观和微观层面上各种不受外来因素——包括神秘力量、宇宙精神、星相变化和神灵之力——干扰的奇妙的机械、物理、数学、化学和医学交感》，纽伦堡，1660 年），关于狗的故事很可能只是传闻。新近提到该说法的文章还有达娃·索贝尔的《经度》（米兰，利佐里出版社，1996 年）。——原注

偷偷溜进货舱。

他一路摸索前行，希望找出通道。不知道是他运气特别好，还是那天早上关在里面的狗哀叫声特别响亮，罗伯托很快就找到密室，位置和日后他在“达佛涅号”发现酒桶的地方一样。横在他眼前的是一幕可怕的景象。这间小室非常隐秘，像是为了某种特殊的目的而规划出来的。他看见一大堆破布，上面躺着一条狗。

也许是一条血统纯正的狗，可是因为宿疾和饥饿的煎熬，如今瘦得只剩皮包骨。看得出来，伤它的人还是想保住它的性命：因为食物和水都不缺乏，而且有些还像是从旅客的配给中扣攒下来的。那狗侧身躺着，舌头露在外面，一幅无精打采的懒模样。它的身上有道伤口，皮开肉绽，看上去活像是两片嫩红色的嘴唇，中间陷下去的裂缝又深又长，十分吓人。伤口已经化脓，分泌出酷似乳浆的液体。罗伯托总觉得那伤口是故意不让它愈合的，可能是深谙此道的外科医生干出来的好事！

真是混账的技艺，它不仅造就了那个伤口，而且以残忍的手段进行治疗，为的是让这条狗的伤口一直不能结疤，因此得要继续忍受痛楚，天晓得它还能撑上多久？不仅如此，当罗伯托仔细察看伤口，竟发现周围有些结晶颗粒，好像是种盐类。一定是哪个医生(没错，就是那个医术精湛但心狠手辣的医生！)每天按时撒在上面，希望借着药物的刺激，阻止伤口的愈合。

罗伯托束手无策，只得轻轻抚摸狗儿，一面听它低声呻吟，一面盘算着如何救它，结果一不留神，用力过重，狗儿痛苦地哀嚎起来。这时，罗伯托的怜悯心突然被成就感取代，因为他终于明白了，当船在伦敦靠岸，伯德博士让人偷偷摸摸送来的那口箱子，里面装的正是这条狗。

罗伯托凭他一路来的所见所闻，推测出这条狗早在上船以前就已受伤，后来伯德又千方百计不让它的刀创愈合。他一定和伦敦的人约好，每天到了固定时刻，便让同谋对伤害狗儿的武器或是染有狗血的布条动些手脚，以便引起它的反应——有可能是减轻，也可能是加剧它的疼痛。因为伯德自己曾说过，武器膏药的原理也可能用来加剧伤害。

所以伯德虽然远在“阿马丽利斯号”上，每天却都能固定收到从欧洲传来的标准时间，加上推测出来的所在地时间，他就可以求得正确的经度！①

如果说狗的传闻纯属杜撰，在同一部小说里，我还展示了伽利略在一六三七年的一封信里（致劳伦斯·雷约尔②）所提到的装置。伽利略设想通过观察木卫的位置来确定经度。但这一办法也遇到了同样的难题，在随着海浪颠簸的船上，要把望远镜精确地对准目标天体十分困难。于是，伽利略提出了一个天才的解决之道。关于其中的趣味，我们暂且不提小说里颇具喜感的对白，不如直接看看伽利略是怎么说的，以资娱乐。

说到最大的困难，首当其冲的自然是应对船只的常规起伏。我想已经找到了解决办法。解决这一难题已经足矣，因为若是遇上惊涛骇浪或是狂风暴雨，往往遮天蔽日，不仅无法进行天文观测，就连日常的船务工作都要停止。不过，在常规起伏的情况下，却有可能获得如同在风平浪静的海面上进行观测的效果。为了达到这一目的，我设想将观测仪器安放在船上的特殊装置中，使它既不会感到船艏船尾的起伏，也不会受到船身两侧摇摆的影响。我的装置原理如下：假如船只位于没有任何波动

①《昨日之岛》，米兰，彭皮亚尼出版社，1994 年，第 207—208 页。——原注

② Laurens Reael（1583—1637），1616—1619 年间任荷属东印度总督，1625—1627 年间任荷兰海军上将。

的止水里，就可以像在陆地上那样方便地使用望远镜。现在，我要将观测仪器放置于一条小船，小船位于小容器里，小容器之外还有一个大容器。小容器应盛有合适量的水，具体的水量我将作进一步解释。首先，小容器里的水不能随船身前后左右地起伏，而应始终保持平静，不管大船如何摇晃，水面都与地平线平行。我们制作的小船就漂浮在这小容器里的平静水面上，仿佛漂在无风的大海上，完全静止不动。观测仪器也就放在这小船上。所谓的大容器是一个半球形的水池，小容器也是如此，只是体积略小，两个容器的弧形表面之间应保持不大于一根拇指宽度的距离。大容器里的水量只要能承托小容器漂浮即可，小容器就好似漂浮于海面上……两个容器的容积大小如下：小容器应能承托小船内观测者、观测椅、望远镜及其固定装置的重量，令其不会沉底，同时小容器的表面不能触及大容器的表面，这样一来，当大容器里的水因船只起伏而晃动时，小容器里的水仍能保持静止。我认为可以在大小两个容器的弧形表面之间安装八至十个弹簧，它们能阻止两容器表面的碰触，却不会令小容器受到大容器颠簸的影响。假如能用油来代替水，效果会更好。需要的油量不会太大，两到三桶就足够了……

我已经按照相同的原理，制作了一种弧形头盔，应用在我们的战船上。头盔上装有望远镜，且其观测角度被调节成一个固定方向。当观测者戴上这种安装有望远镜的头盔，可以用那只自由的眼睛紧盯某固定点，并用望远镜将其找到。类似的装置不仅可以固定在观测者的头部，也可固定在其肩膀或躯干上。望远镜的大小可依据清晰观测木卫的需要来确定。[1]

---

① 伽利略·伽利雷：《致劳伦斯·雷约尔的信》，《作品集》，都灵，UTET 出版社，1964 年，第一卷，第 951—953 页。——原注

伽利略的办法不是不好，但的确没有人敢投资他的天才发明。事实上，尽管有无数发明高手提出了五花八门的经度测定法，但真正解决问题，还要等到哈里森发明航海计时器，更精确地说，要等到十八世纪七十年代这项发明得以应用之时。从那时起，即使海上风雷大作，船上的钟表也能精确地保持出发地的时间。所以说在此以前，岛屿是注定要“失落”的。

从前，太平洋的探险史里遍布着想去A地却找到B地的人。例如一六四三年，塔斯曼想寻找所罗门群岛，结果他首先到达了塔斯马尼亚（即纬度向南稍稍偏离了四十二度），随后又发现了新西兰，接着途经汤加群岛，过斐济群岛而未登陆，在看到少数几个小岛之后，最终到达新几内亚的海岸线，却没发现在它的拐弯内部隐藏着澳洲——这原本是非同小可的大事（参见图三）。总之，他的轨迹就像一颗被投石机发射出的台球，四处乱撞。在他之后的许多年里，其他航海家也曾到过澳大利亚附近，却始终没能发现它。

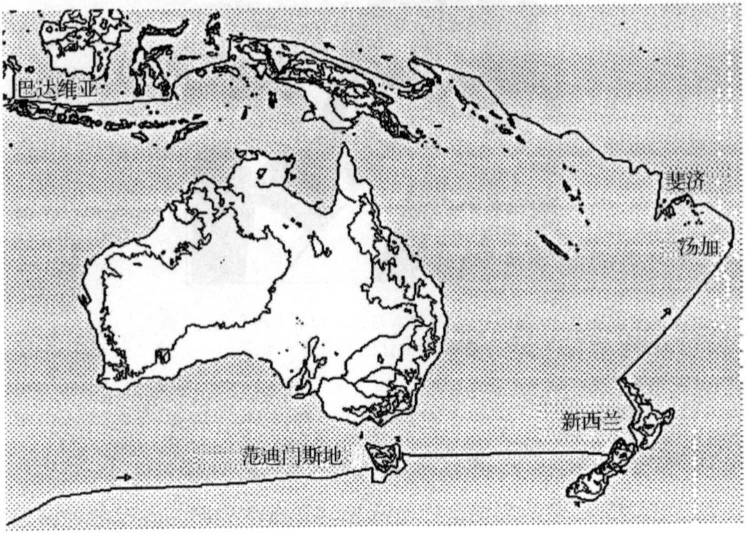

图三

总之，那一时期的航海探险是一种在小岛、珊瑚礁和陆地之间的疯狂游荡。当时的人们没有意识绘制平面图（真可怜），有了库克的航海图，我们是可以把线路在纸上画出来的。不过说到底，当时所有人都在像布莱船长那样驾着小船朝马鲁古群岛游荡，重要的是别再遇上“邦蒂号哗变”。

即便在经度问题得到解决之后，人们依然在众多岛屿之间不断迷失。不信可以看看《咸海之谣》（雨果·普拉特）里“七海游侠”柯尔多和拉斯普京的航海遭遇。《咸海之谣》中的人物喜爱阅读。在某一章节里，潘多拉温柔地倚靠在梅尔维尔的作品全集上（参见图四），凯恩则在读一首柯勒律治的关于老水手的叙事诗（参见图五），蹊跷的是这首诗居然是在斯吕特的德国潜水艇上找到的。斯吕特死后，将这首诗以及里尔克和雪莱的诗作都留在了埃斯孔迪达。后来，凯恩还援引过欧里庇得斯。

图四：“你只想着自己，却从不担心自己的错误会让他人遭遇不幸。”

在故事的开头，甚至连拉斯普京这样的恶痞海盗也在读《世界周航记》（参见图六）。可以肯定的是，那一定不是一七七一年的第一版，因为那一版的封面上并没有标注作者的姓名，且标题的排版格式也不是三行。

图五："那么多人，那么多好人都死去了！而无数令人作呕的丑恶却继续存在，包括我。"

图六：《世界周航记》（路·安·德·布干维尔著）

图中（参见图七）所示的那本书大约从中部翻开，在同样规格的原版书上，被翻到的页面大约与第五章对应，"航行始于基克拉泽斯主岛，发现了路易西亚德湾…… 稍事休息…… 新不列颠。"

倘若拉斯普京按照一九一三年代的方法计算过，就应该清楚自己位于西经 155°（这与普拉特的地图正相符合，参见图八）。然而，如果相信布干维尔的说法（参见图九），他却应该处于著名的 180°经线，即国际日期变更线上。另外，布干维尔还提到"所罗门群岛的存在和位置都十分可疑"这一说法。

图七："船长，他们在上面收容了两个落水者。"

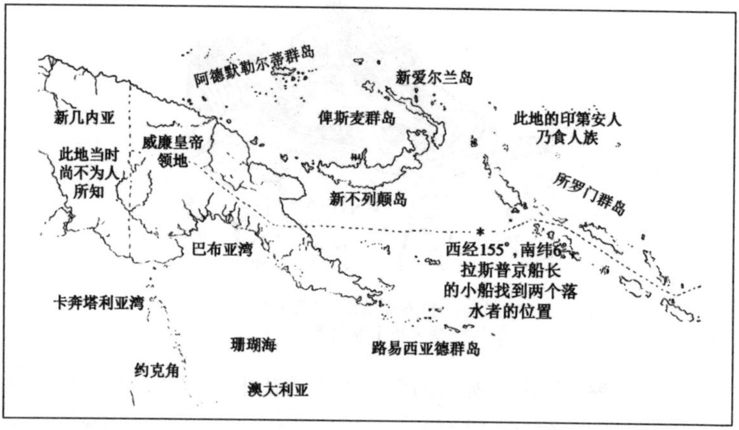

图八

当荷兰商人遇到拉斯普京的小船时，无论是众军官还是那个斐济水手都立刻注意到了一件事情：那艘船偏离了航线。因为斐济人通常都会朝东面和南面航行。恰如我们之后所能了解的，拉斯普京确实应该这样做，因为修士的神秘岛（即埃斯孔迪达岛）的位置还在其东南面很远的地方。

大家不妨告诉我，如果斯吕特的潜水艇是从凯瑟琳奥古斯塔河[①]出发，朝西航行，柯尔多为什么会在新不列颠岛的西端找到它（参见图十）。潜水艇的目的地是修士的埃斯孔迪达岛，而埃斯孔迪达岛（南纬19°，西经169°）应该位于所罗门群岛的南面、斐济的西面（参见图十一）。那个朝新几内亚航行，以期到达埃斯孔迪达岛，并且宣称“我们很快就会到达埃斯孔迪达岛（实际距离至少还相差二十个纬度）”的德国海军军官无异于痴人说梦，他被拉斯普京那张混淆了空间边界的地图给迷惑了。事实上，拉斯普京或普拉特（或者说他们俩）甚至也在极力混淆时间的边界。

凯恩和潘多拉是于一九一三年十一月一日被拉斯普京收容的，所有人都在一九一四年八月四日之后到达了埃斯孔迪达岛（修士告诉他们世界大战于那天爆发），具体的日期大约在九月底到十月底之间。从柯勒律治的两页篇章到与斯吕特进行的两次讨论，过去了整整一年。在这期间，潜水艇载着十七世纪海盗式的狂热、“老水手”和“啊哈船长”的梦想，悠然而又好奇地四处航行游历。

《咸海之谣》里所有人物的航行方式就算与门达尼亚略有不同，也都与布干维尔相似。他们都在不确定的群岛中漫游。

迷失，恰恰是岛屿的魅力所在。倘若如一艘由奇维塔韦基亚驶往撒丁岛的渡轮般不费吹灰之力就到达目的地，那么一切也都黯然失色了。这其中永恒的魅力正如圭多·戈扎诺[②]所吟唱的：

> 最美不过“隐秘岛”：
> 西班牙国王的珍宝
> 堂兄葡萄牙国王签署相赠

---

① 今塞皮克河，位于巴布亚新几内亚西北部。

② Guido Gozzano（1885—1979），意大利黄昏派诗人。以下诗句摘自其诗作《最美》。

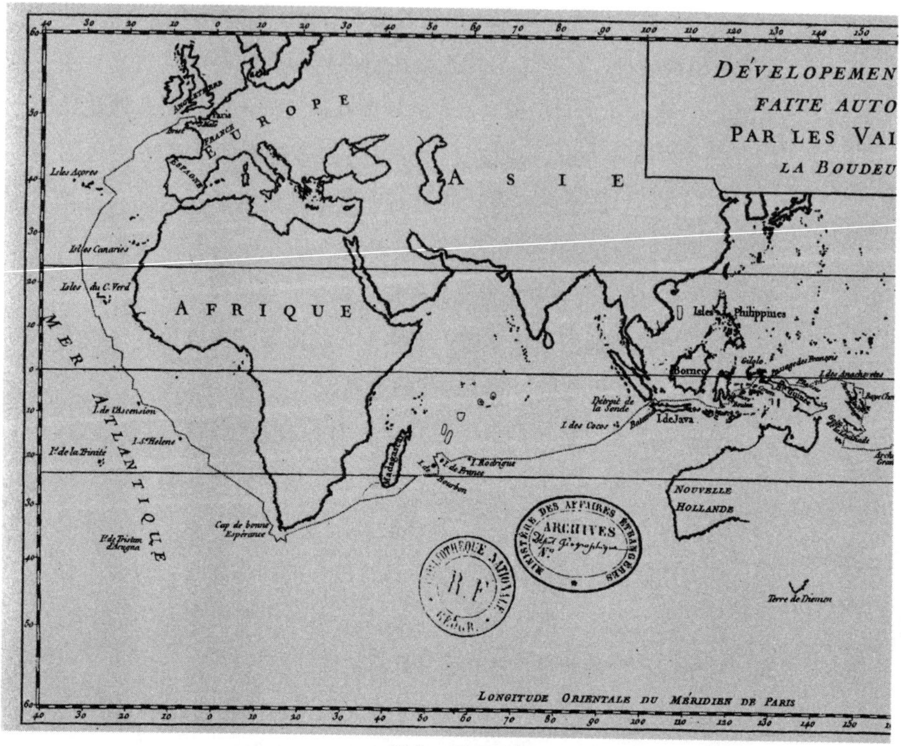

图九:《世界周航记》中布干维尔的皇家舰队

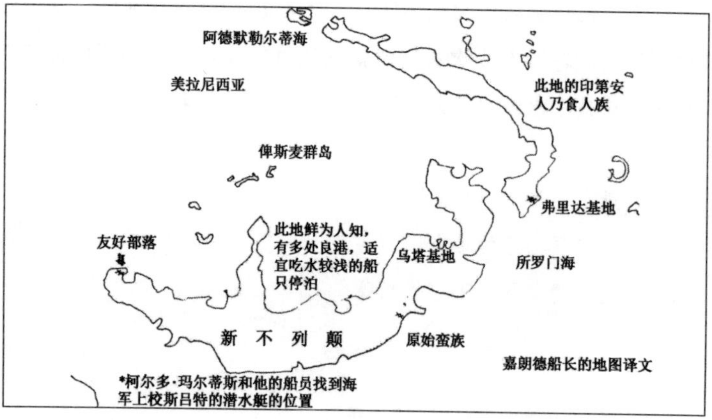

图十

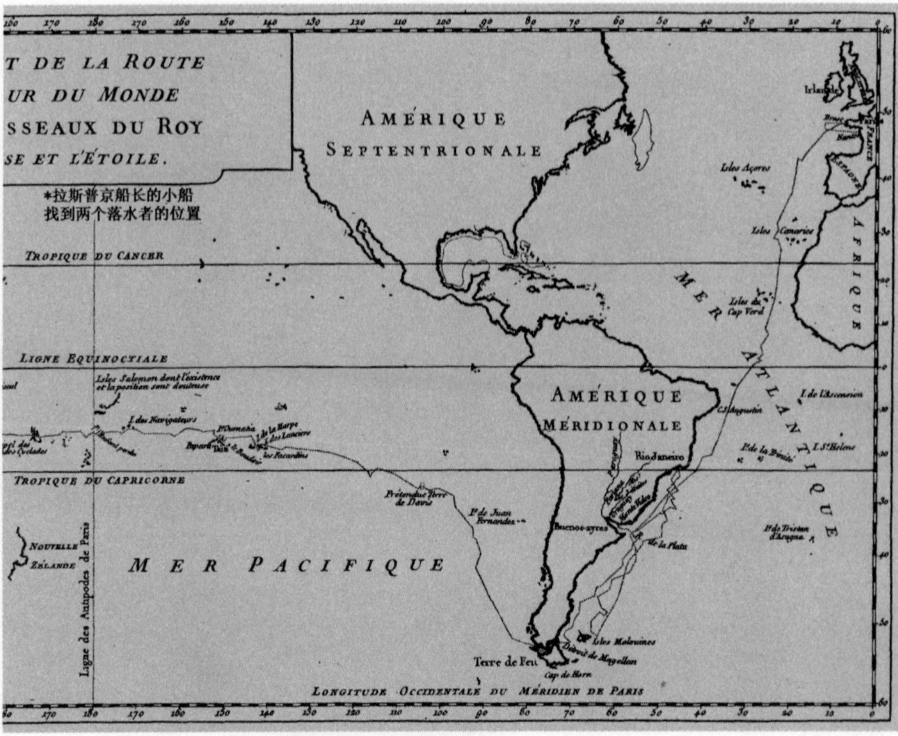

（“马车号”和“星辰号”）的航线平面图

有教皇的哥特拉丁之印为证。

王子扬帆探寻梦幻国度

找到“幸运群岛”：朱诺尼亚岛、歌果岛、赫拉岛

还有马尾藻海和混沌之海

只是“隐秘岛”未曾现身，哪怕遍寻四海……

战舰上鼓起的圆帆，终究无用，

船头上装备的快帆，徒劳无功；

仿佛与教皇达成一致，“隐秘岛”深藏不露

葡萄牙和西班牙至今仍在觅其影踪。

隐秘岛的确存在。它有时远远地显现

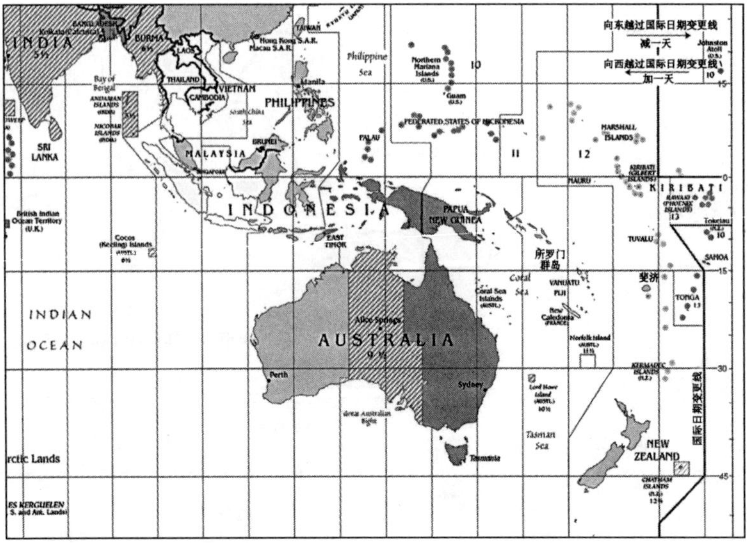

图十一

在特内里费岛与拉帕尔马岛之间，淡淡的神秘色彩：

“……隐秘岛！”好心的金丝雀

在泰德峰之巅给外乡人指点

海盗们也在古老的地图上作出标签。

是……被寻觅的岛？还是……被朝拜的岛？

是陷入海中的魔幻之岛；

有时，它就在水手们的眼前……

船头簇拥着神奇的海岸线，

奇花异草之间，棕榈参天，

丛林茂盛密集，散发圣洁之气，

豆蔻流“泪水”，橡胶渗汁液

仿佛宫廷贵妇，以芬芳宣告：

“这就是隐秘岛……”倘若水手再上前一步

它便立刻隐没，化为飘渺的幻影

泛着远方那一抹幽蓝……

我想，对于十八世纪航海书籍中的地图，戈扎诺一定一无所知，但通过他所描述的“它便立刻隐没，化为飘渺的幻影，泛着远方那一抹幽蓝……”我们却能够想象当年的人们在解决经度问题之前识别岛屿的方式。那时，唯一的根据就是初次登临时所绘制的岛屿轮廓图。当水手们从远处逐渐靠近一座岛屿（好比今天美国的一座城市），只能凭借其在天空映衬下的轮廓来进行辨识。假如两座岛屿的轮廓特别相似呢（就好比两座现代城市，都有帝国大厦和双子塔）？人们就会登陆错误的岛屿，谁知道这样的事情已经发生过多少回了。

再者说，岛屿的轮廓是会随着天空的颜色、雾霭、时辰，甚至是季节（这会影响树木的浓密程度）的变化而有所差异的。有时，一座岛屿会远远地呈现出天蓝色，有时又会消失在暮色或雾霭之中，低沉的云朵也会改变山峦的形状。这样一来，还有什么比一座只具备大致轮廓特征的岛屿更容易转瞬即逝的呢？前往一座没有地图标识、没有经纬度坐标的岛屿就如同艾勃特在《平面国》里所描绘的情形一般：人们只知道一个维度，看待事物也只看正面，没有厚度、高度和深度的概念，只有平面国之外的居民才能从高处俯瞰这个国家里的一切。

的确，有传闻说马德拉岛、拉帕尔马岛、戈梅拉岛和耶罗岛上的居民或是被云雾所遮蔽，或是被摩根女巫所迷惑，认为发现了西边海天之间忽隐忽现的“失落岛”。

同样，人们也能在海面的倒影中看到本不存在的岛屿，或是将两座不同的岛屿相互混淆，但就是找不到心中希望到达的那座岛。

岛屿就是这样变得无影无踪的。

因为如此，岛屿总是难以寻觅。正如普林尼所说：“某些岛屿永远都在漂移。”

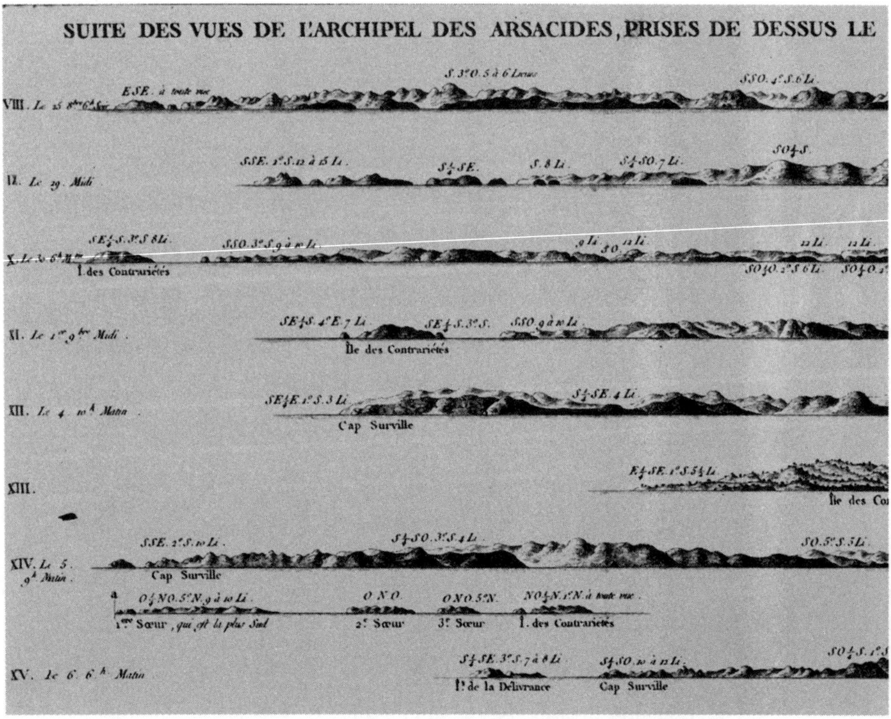

图十二：“安息群岛”各岛屿轮廓图，由让-弗朗索瓦-玛丽·

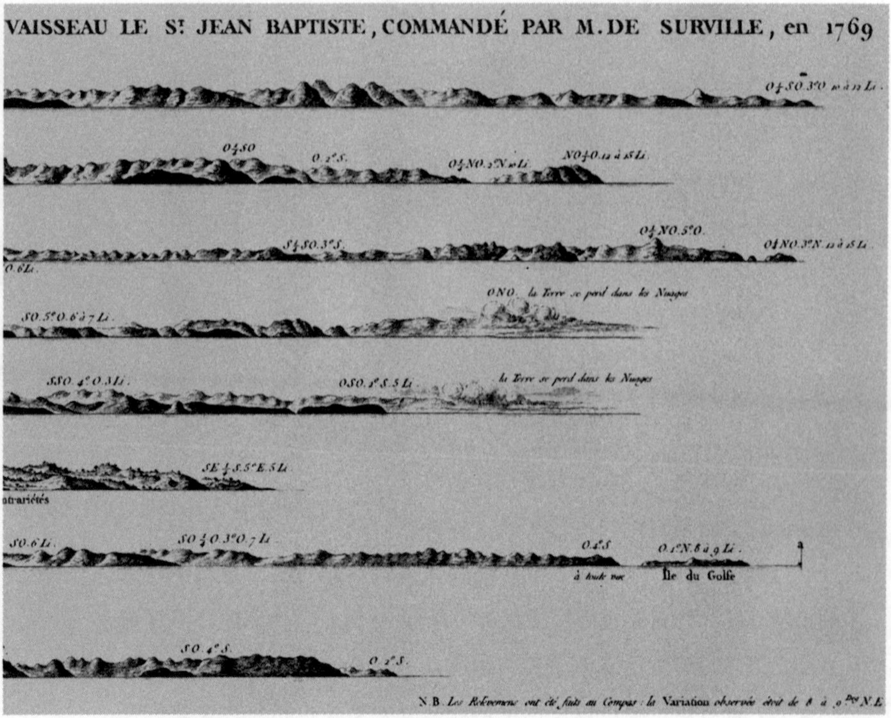

德·叙维尔指挥的圣·让·巴蒂斯特舰队绘制，一七六九年

关于“维基解密”之反思*

从内容上看，“维基解密”无非是些“所谓的丑闻”，但从形式上看，它却体现了并将体现出别样的含义。可以说，它开启了一个崭新的历史时期。

“所谓的丑闻”，指的是众所周知却因为颜面问题仅在私下议论的事情（诸如针对某桩奸情的八卦消息）。任何人，就算他并不深谙外交之道，只要看过几部讲述跨国阴谋的电影，就会明白自从二战结束后，即各国首脑可以使用电话联络或乘坐飞机相互会见共进晚餐之时起，大使馆就丧失了原有的外交职能（难道有哪位头戴二角帽的大使曾向萨达姆宣战吗），只代表国家处理一些日常性事务。从明面上看，使馆逐渐转变成一个关于对象国的资料中心（如果大使足够能干，就能充当社会学家或时事政治研究专家的角色），而从暗地里看来，如今的使馆已经演变成名副其实的情报中心。

然而，高调地把此事宣扬出来，会让美国外交部门不得不承认一些实情，从而在形式上遭受某种形象损害。但有意思的是，这种损失、泄漏以及接踵而至的秘密消息似乎并没对原定的受害者（贝卢斯科尼、萨科齐、卡扎菲或默克尔）造成多大影响，相反却给事件的始作俑者，即可怜的克林顿夫人造成困扰。恐怕她每天都必须接收使馆人员出于职业义务而给她发送的一系列信息，因为这是他们获取薪资的唯一理由。从各个角度来看，这样的情形正是阿桑奇[①]所需要的，因为他这颗毒牙针对的是美国政府，而不是贝卢斯科尼政府。

为什么受害者连皮毛都不曾伤到呢？因为正如大家都已意识到的，所谓的“绝密消息”无非都是“媒体的回声”，它们所提到的，也全都是在欧洲已经人尽皆知、议论纷纷，甚至已经堂而皇之地登上美国《新闻周刊》的秘密。所以说，所谓的绝密情报就如同某企业的宣传部门发送给董事长的新闻稿，好让忙得没时间读报纸的领导了解近期的形势。

很明显，克林顿太太收到的报告并不涉及秘密事件，也就谈不上所谓的“间谍情报”。就算这些报告果真关乎一些貌似“机密”的消息，诸如贝卢斯科尼在俄罗斯天然气贸易里占有私人股份（这事儿究竟是真是假我们姑且不谈），充其量是在重复那些在酒吧里谈论政治的家伙们的观点，早在法西斯时期，这些人就被打上了“咖啡厅战略家”的标签。

他们所做的，无非是去确认那些已经人尽皆知的消息。换句话说，每一份特务档案（无论在哪个国家）里都充斥着早已公之于众的材料。美国人关于贝卢斯科尼狂野之夜的“非常”调查里提及的所有内容全都可以在意大利近几个月的各大报刊上读到（除了两种直接受总理控制的刊物）。至于卡扎菲的暴力癖好，也早就成为漫画家们的创作题材了（甚至都有些过时了）。

“机密档案”的内容必须是已经人尽皆知的消息，这已成为情报部门一直以来的工作原则。大家若是去某家专门关注神秘现象的书店看一看，就会发现所有的新书（无论是关于圣杯、雷恩堡之谜，

---

* 本文改编自两篇文章，一篇发表于法国《解放报》（2010 年 12 月 2 日），另一篇发表于意大利《快报》（2010 年 12 月 31 日）。——原注

① Julian Assange（1971—　），澳大利亚互联网积极分子，维基解密的创始人。

还是关于圣殿骑士或玫瑰十字会）都无一例外地在重复先前的书籍所涉及的内容。之所以会有这样的现象，并不仅仅因为从事神秘现象研究的作者懒于挖掘第一手资料（当然他们也不知道该去哪里寻找空穴来风的消息），而是因为那些神秘现象的追随者只相信他们已知的内容，只愿意不断重申他们已经了解的信息。这也是丹·布朗得以迅速走红的原因。

机密档案部门也是如此。信息提供者很懒惰，情报部门的领导也同样懒惰且思维局限，只认可他们已知的消息。

所以说，各国的情报部门根本无法预测“911”之类的事件（由于情报部门常常被引入歧途，所以在某些情况下，他们甚至会制造出类似的事件），只会收集公开的秘密，既然如此，留它何用呢？然而，年长日久，砍掉这些工作岗位也显得实在没有什么意义了。

前文说过，从内容上看，“维基解密”中说的无非是些“所谓的丑闻”，但从形式上看，它却开启了一个崭新的历史时期。

世界上的任何一国政府，假若还要继续将互联网或其他电子存储形式当作可信赖的沟通渠道及机密文件存储工具，就不会再有任何秘密可言。不仅仅是美国，就连圣马力诺和摩纳哥大公国也难逃这种命运（估计只有安道尔可以幸免）。

我们来追溯该现象的起源。在奥威尔的时代（《一九八四》），政府当局就如同一家之中的“老大哥”，监视其臣民的一言一行，这种监视行为几乎没有人察觉。电视节目《老大哥》只是对那个年代的滑稽描绘，因为所有观众都可以监视那一小撮爱好抛头露脸者的一举一动，而那群家伙也正是为了出现在众目睽睽之下而聚集到节目中。所以说，这个电视节目是纯表演和纯心理的行为。然而，奥威尔那时的预言却在今天一一变成了现实，公民的言行举止完全处于当局的掌控之下：通话的手机、完成的交易、下榻的酒店、用信用卡缴费的高速公路路段、装有闭路电视的超市，通过如此等等的手段，公民成为政府当局这位“超级老大哥”眼皮子底下彻头彻尾的受害者。

直到昨天，我们大家都还怀有这样的想法。但现在，我们发现就连处于权力机构深处的人也无法逃脱黑客的监视。换句话说，监视不再是单向行为，而是具有循环性。当局监控着每一位公民，每一位公民，或者说是代表公民进行报复的黑客也能了解当局的所有秘密。

如果说民众尚且无法审视和评估黑客们截获及散布的信息量，媒体则表现出希望承担一种全新角色的苗头（最近这些日子正逐渐进入角色）：以往，他们的职责是记录重要信息，至于哪些才算是重要信息，那是由政府通过宣战、贬值货币、签署同盟协议等行为来确定的；如今，媒体能够自主决定对哪些消息大肆宣传或是保持缄默，他们甚至会与当局商讨（从前也有过先例），哪些“秘密”应该公之于众，哪些又应该被严格封锁。

（不仅如此，鉴于所有对政府当局表达某种好恶情绪的机密报告都是基于报刊文章或某位记者向使馆专员透露的隐情，当今的媒体还担负着另外一种职能：以往，他们时刻关注外国使馆，以求获得隐秘信息；如今，他们的各种举动却成为各国使馆关注的焦点。闲言少叙，我们还是回到正题。）

对于明日的当权政府来说，保存机密已经没有可能。既然如此，他们又将如何立足呢？诚然，正如齐美尔所言，每个真正的秘密都是空白的秘密（既然是空白，就没有什么可被揭露的），政府当局能够达到的极致就是保守空白的秘密；“对贝卢斯科尼或默克尔的性格了如指掌”可谓是一条空白的秘密，因为相应的内容早已为民众所知晓，但若是像“维基解密”那样，公然宣称希拉里·克林顿的秘密全都是空白的秘密，这就意味着剥夺了当权者的一切权力。

显然，未来的美国政府不可能继续将信息储存在互联网上——

这样做无异于把信息悬挂于街角。但同样不言自明的是，以现今拦截技术的发展程度，想通过电话来汇报机密信息也是枉然。想要发现某国首脑是否已经登机并与他国首脑取得联系，简直易如反掌，就更别提已经成为民众抗议大集会的G8峰会了。

那么未来的私密会谈该如何进行呢？面对“信息完全透明化”的大获全胜，我们该如何应对？

我非常清楚，就当下的情况而言，我的预言颇具科幻甚至是空想色彩。但我无法不去想象政府保密机构的工作人员乘坐马车在荒郊野外，在连游客也不曾踏足（如今的游客总会用手机把眼前的一切景象给拍下来）的幽僻小路旁，传达交接凭大脑记忆的信息，如果实在记不住，至多也就是把最关键的核心信息写在一只鞋的鞋跟上。

试想一下，利沃尼亚使馆的特派员与魔钟之国[①]的信使在人迹罕至的街角交头接耳地对暗号，这情景该多么神奇！又比如在卢里塔尼亚[②]的宫廷化装舞会上，某位面色苍白的丑角悄然退至烛光照射不到的阴影之中，摘下面具，露出奥巴马的脸，而对面的书拉密女则快速地摘下面纱，显身为安格拉·默克尔。也只有在这样的场合，在一首首华尔兹和波尔卡舞曲之间，政要们才能够躲开阿桑奇的追踪，进行会面，从而决定欧元、美元，或者说这二者的命运。

好了，玩笑到此为止。不过，未来虽不会如此夸张，但也八九不离十。无论如何，关于机密谈话的信息和记录都必须以手抄的方式留下唯一的文本，并用钥匙锁在抽屉里。说到底，“水门事件”中的间谍活动（无非就是撬开了某个柜子或箱子）可没有“维基解密”这么成功。在此建议克林顿太太看看这则在网上找到的广告：

---

① 意大利同名戏剧作品中一个家家户户门口都挂着魔钟的国家。
② 作家安东尼·霍普在他的作品《曾达的囚徒》中虚构的中欧国家。

MARTEX SECURITY 是一家成立于一九八二年，专门从事财产保护的公司。我们可根据您家的大小定制带有密码功能的家具，用于收藏珍贵财产和重要文件，确保任何不轨之徒即使搜遍整个住宅和办公场所都无法发现这些重要财物的所在。家具的种类和形式多样，可根据客户的要求定制。我们对客户信息进行高度保密，并安排具有高诚信度的木工进行制作。

话说不久前，我曾写过一篇文章，说当今的科技已经在以大虾的步伐迈步，即日趋退化。无线通讯技术曾为我们的生活带来巨大变革，然而在一个世纪以后，互联网重建了有线（电话线）通讯系统。录像带曾让电影学者得以一幕一幕地快进或者回放，从而对影片进行深入分析，发现它们在剪辑方面的奥妙，然而，现代的 DVD 播放机（数字的）却只能一段一段地跳跃，即进行粗线条操作。如果乘坐高铁，往返于米兰和罗马之间只需要三小时，然而乘飞机，加上前后所有的交通时间，至少需要三个半小时。既然如此，何不让政治和政府间的交流方式回归到骑马送信、（依靠水蒸气雾掩护的）蒸汽浴会谈、（让某位卡斯提里欧尼女伯爵[①]）洞房传密信的状态呢？这为将来的电视女郎以及希望利用该手段为公众服务的人们开辟了全新的工作前景。

---

① Virginia de Castiglione（1837—1899），拿破仑三世的情人。

图书在版编目(CIP)数据

树敌/(意)埃科著;李婧敬译. —上海:上海译文出版社,2016. 8
(翁贝托·埃科作品系列)
ISBN 978-7-5327-7138-7

Ⅰ.①树… Ⅱ.①埃… ②李… Ⅲ.①散文集—意大利—现代 Ⅳ.①I546. 65

中国版本图书馆CIP数据核字(2016)第005429号

UMBERTO ECO
Costruire il nemico e altri scritti occasionali

图字:09-2011-362号

树敌
Costruire il nemico

UMBERTO ECO
翁贝托·埃科 著
李婧敬 译

出版统筹 赵武平
责任编辑 张 鑫
装帧设计 陆智昌

上海世纪出版股份有限公司
译文出版社出版
网址:www. yiwen. com. cn
上海世纪出版股份有限公司发行中心发行
200001 上海福建中路193号 www. ewen. co
上海市印刷四厂印刷

开本 890×1240 1/32 印张 8.5 插页 2 字数 168,000
2016年8月第1版 2016年8月第1次印刷

ISBN 978-7-5327-7138-7/I·4324
定价:42.00元